DIE INSEL DES ZWEITEN LEBENS

Dirk C. Wessel

DIE INSEL DES ZWEITEN LEBENS

KRIMINALROMAN

Bibliografische Information der Deutschen Nationalbibliothek:

Die Deutsche Nationalbibliothek verzeichnet diese Publikation in der Deutschen Nationalbibliografie; detaillierte bibliografische Daten sind im Internet über http://dnb.dnb.de abrufbar.

© 2018 Dirk C. Wessel

Satz, Umschlaggestaltung, Herstellung und Verlag:

BoD – Books on Demand

ISBN: 978-3-7460-8576-0

KAPITEL 1

„Da gehört noch ein ordentlicher Schuss Chilisauce dran!", meinte Jack Mc. Farlain, als er das Essen probierte, welches die Kellnerin ihm gebracht hatte. Jack Mc. Farlain hatte sich an diesem Abend des 30. April für in Knoblauchöl gebratene Garnelen mit Basmati-Reis und einem thailändischen Algensalat als Dressing entschieden.

„Nur zu. Dein Magen-Darm-Trakt wird es dir danken", antwortete Mike Gray augenzwinkernd, der ihm an dem kleinen Tisch im Restaurant Punggol Inn gegenübersaß. Mike Gray hatte sich mit gegrillten Calamares begnügt.

Das Punggol Inn war ein beliebtes Ausflugsziel im Norden Singapurs. Ursprünglich eine einfache Bretterbude, an einem Creek gelegen, hatte es sich in den letzten Jahren etwas vergrößert, aber dabei nicht seinen Charme verloren. Ein Charme, der darin bestand, dass die Terrasse direkt über dem Creek gebaut war und man so über dem trüb dahinfließenden Wasser zu schweben schien. Mit Blick auf den Dschungel am gegenüberliegenden Ufer und der damit einhergehenden Kakophonie der Geräusche des anbrechenden Abends. Beherrscht von dem Geschrei der Fledermäuse, die die Jagd auf Myriaden von Mücken eröffneten.

Die Atmosphäre war wie in einem Schauspiel oder einer Oper. Faszinierend und berauschend zugleich.

Das spürten auch Jack Mc. Farlain und Mike Gray. Sie waren ein Paar. Sie machten kein Geheimnis aus ihrer Homosexualität, versuchten aber, es nicht gerade an die große Glocke zu hängen, denn hier in Singapur wurden solche Verbindungen nicht gern gesehen, aber noch geduldet. Begonnen hatte ihre Beziehung in Kuala Lumpur.

Sie waren beide Stewards bei Malaysian Airways gewesen und hatten sich an ihrem Arbeitsplatz kennen und lieben gelernt. Damals vor sechs Jahren hatte es als Abenteuer begonnen, dann war es wie ein Rausch gewesen und sie hatten schnell gespürt, dass es mehr war. Spontan waren sie damals nach Macao geflogen, um zu heiraten, denn auch in Malaysia war eine gleichgeschlechtliche Verbindung nicht gerade angesagt. Ein Jahr später hatten sie dann in Singapur bei Air Cathay angeheuert und etwas später sich endgültig für die Tropen entschieden und dem verregneten England für immer den Rücken gekehrt.

Dieser Abend des 1. Mai im Punggol Inn war für sie der letzte freie Abend für gute zwei Wochen. Ihr Arbeitgeber, Air Cathay, hatte sie für mehrere Flüge eingeteilt. Am nächsten Tag sollte es losgehen mit dem Flug AC404 nach Frankfurt.

Das war auch der Grund, warum sie kaum Alkohol getrunken hatten, als sie gegen 21 Uhr das Punggol Inn verlassen hatten, um mit ihrem Mini nach Hause zu fahren. Jetzt um 21 Uhr war es schon stockdunkel. Sie hatten noch eine knappe Stunde Fahrt bis nach Hause vor sich.

Gleich nach ihrer Heirat hatten sie ihre Ersparnisse zusammengeworfen und sich ein winziges altes Haus auf dem oberen Teil der Bukit Timah Road gekauft. Ihr ganzer Stolz. Nicht nur, dass es für Singapur eine geschichtsträchtige Adresse war, denn immerhin war die Bukit Timah Road eine der ältesten und vor allem die längste Straße Singapurs, die in Richtung der Grenze mit Malaysia führte. Mit dem kleinen Garten war das Haus ein Idyll, in welches sie sich nach den anstrengenden Flügen zurückzogen.

An diesem Abend war die Rückfahrt schnell gegangen. Es hatte kaum Verkehr geherrscht. Gegen 22 Uhr hatten sie die Bukit Timah Road erreicht. Dann waren sie auch schon angekommen. Mike Gray war ausgestiegen, um das Gartentor zu öffnen, damit Jack den Mini rückwärts hereinfahren konnte.

Als das vollbracht war, hatte Jack das Autolicht ausgeschaltet. Was bedeutete, dass sie sich plötzlich in absoluter Dunkelheit wiedergefunden hatten, an die sich ihre Augen erst langsam gewöhnen mussten. Die Zikaden fingen wieder ihr Zirpen an, als die schützende Dunkelheit sie umfing.

Doch das Idyll der Tropennacht war endlich. Mc. Farlain hatte die Bewegung in der Dunkelheit nicht gesehen, aber wohl erahnt. Instinktiv hatte er die Gefahr gespürt, die von dieser Bewegung ausging. Aber seine abwehrende Reaktion war schon zu spät gekommen. Ein Schlag mit einem stumpfen Gegenstand hatte ihn zu Boden gehen lassen. Dann hatte er das Bewusstsein verloren.

Mike Gray hatte noch versucht, um Hilfe zu schreien, aber er hatte keinen Laut mehr aus seiner Kehle herausbekommen.

„Du ruhig", hatte eine Stimme in chinesischem Slang neben ihm gezischt. Da sich Mikes Augen etwas an die Dunkelheit gewöhnt hatten, hatte er eine Gestalt gesehen. Aber mehr auch nicht.

„Du mitkommen", hatte die Stimme wieder gezischt.

Die Gestalt hatte Mike Gray zu einem Toyota Pick-up dirigiert, der auf der Straße parkte.

„Wir müssen morgen ganz früh zum Dienst", hatte Mike Gray versucht die Gestalt in ein Gespräch zu verwickeln.

„Wir werden Ersatz finden", hatte die Gestalt geantwortet und hinzugefügt: „Jetzt einsteigen!"

Mike Gray war hinten in den Toyota eingestiegen.

Sein Peiniger legte ihm eine Handschelle an und schloss die andere an der Nackenstütze des Fahrersitzes an.

Für einige Minuten hatte Mike Gray alleine auf der Rückbank des Toyotas gesessen. Dann waren die Peiniger zu zweit wiedergekommen und hatten einen Körper auf die Ladefläche des Pick-Ups gewuchtet.

KAPITEL 2

Am nächsten Abend, es war der des 1. Mai, herrschte ein ganz normaler Betrieb auf dem Changi Airport, dem Eingangstor nach Singapur. Dem am besten funktionierenden Flughafen in ganz Asien. So hatte eine internationale Jury den Flughafen zum besten Airport im letzten Jahr gekürt.

Und das entsprach auch der Realität. Changi Airport hatte Bangkok als Drehscheibe in Südostasien längst abgelöst. Changi Airport war neben seiner Funktion als Knotenpunkt für tausende von Flugpassagieren auch ein Schaufenster von Singapur und des Kapitalismus. In gefühlten kilometerlangen Gängen verkörperten die unzähligen Läden, Boutiquen, Restaurants und Schnellimbisse das liberale Lebensgefühl und den Wohlstand Singapurs.

Menschen aus der ganzen Welt kamen hier an, stiegen um oder besuchten Singapur. Es war hochgradig international. Dabei war alles sauber und gut organisiert. Mit einem Wort: perfekt. Vielleicht etwas zu sauber, zu perfekt. Fast etwas steril.

Um 20:15 Uhr kam über Lautsprecher die Ansage, dass das Gate A33 für den Flug AC404 nach Frankfurt geöffnet sei. Air Cathay bitte die Passagiere, umgehend mit dem „Boarding" zu beginnen.

Wie üblich bildete sich schnell eine Schlange vor dem Gate, denn es gab immer Fluggäste, die aus welchen Gründen auch immer so schnell wie möglich einsteigen wollten. Aber es gab auch andere, die sich mit dem Boarding Zeit ließen, um noch ein wenig zu flanieren oder vor dem Flug noch einmal die Toilette aufzusuchen, die geräumiger als jene an Bord des Flugzeugs war.

Das Boarding des Flugs AC404 brachte keine außergewöhnlichen Vorkommnisse. Die chinesischen Bodenstewardessen von Air Cathay hatten ihr zauberhaftestes Lächeln aufgesetzt und wünschten jedem der eincheckenden Passagiere einen guten Flug und happy Landing.

Um 22:16 Uhr dockte die Maschine vom Finger ab. Der Pilot hatte vom Tower die Anweisung bekommen, sich für den „Take Off" auf der Startbahn zwei, hinter einer Maschine von Garuda Airways einzureihen.

Um 22:32 Uhr hob der Flug AC404 in Richtung Nord-West ab.

Der diensthabende Fluglotse Koo Siang vom Changi Airport Tower glich noch einmal die Flugroute mit Flug AC404 ab. Er erwähnte das Funkfeuer von Butterworth. Dann sollte es weitergehen in Richtung Penang, bevor der Pilot nach Nord-West über den Golf von Bengalen abdrehen sollte. Danach würde die Maschine von der thailändischen Funkstation auf Phuket Island übernommen.

Der Pilot des Fluges AC404 dankte Koo Siang und bestätigte, alles verstanden zu haben. Er würde sich dann gegen 23:30 Uhr noch einmal abmelden.

Koo Siang übergab später den Flug AC404 an die Kollegen in Penang und lehnte sich in seinem Drehstuhl zurück. Er hatte bald Feierabend. Noch zehn Maschinen musste er abfertigen.

Gegen 23 Uhr übergab Koo Siang seinen Arbeitsplatz an James Chew, der die Nachtschicht antrat.

Zu diesem Zeitpunkt überflog AC404 ungefähr 400 Kilometer weiter nördlich das Funkfeuer von Butterworth und kurze Zeit später die Flugkontrolle auf Penang Island. Wie üblich verabschiedete sich der Pilot von AC404 nur kurz bei dem Fluglotsen auf Penang, da der Flug nun in Kürze von der thailändischen Flugkontrolle auf Phuket Island übernommen würde.

Doch dazu sollte es nicht kommen. Kurz nach Mitternacht versuchte die thailändische Funküberwachung auf Phuket Island in Kontakt mit dem avisierten Flug AC404 zu kommen.

Doch der Flug Air Cathay 404 antwortete nicht mehr.

Eine Spur nervöser werdend, begann der thailändische Fluglotse seine Instrumente zu überprüfen. Aber soweit er in der Kürze feststellen konnte, arbeiteten alle Instrumente reibungslos. Dennoch entschloss sich der Fluglotse noch etwas zu warten, denn es war schon des Öfteren vorgekommen, dass die Piloten sich nicht sofort in dem neuen Funkraum anmeldeten, so dass es zwischen zwei Funkräumen immer eine gewisse Grauzone gab, in der die Maschinen unbeobachtet waren.

Aber nachdem zehn Minuten vergangen waren und sich AC404 noch immer nicht gemeldet hatte, griff der thailändische Fluglotse zum Telefon, um Alarm auszulösen. Minuten später informierte er seine Kollegen in Penang über die aktuelle Situation.

Kurz vor 1 Uhr erreichte dann der Alarmruf den Tower von Changi Airport. James Chew nahm den Anruf entgegen. Er war ein erfahrener Fluglotse und handelte sofort nach Vorschrift, welche Schritte in einem derartigen Fall unternommen werden mussten. Als Erstes informierte er seinen Chef Kenneth W. Lee, dem Changi Airport unterstand. Erstaunlich schnell erschien dieser im Tower.

Fünf Minuten nach ein Uhr war allen Beteiligten im Tower klar, dass irgendetwas auf dem Flug AC404 vorgefallen war, denn eine kurze Überprüfung der Transpondersignale hatte ergeben, dass diese kurz nach Überfliegen von Penang aufgehört hatten zu senden.

„Abgestürzt in den Golf von Bengalen", murmelte James Chew erschüttert vor sich hin.

„Oder der Transponder wurde abgeschaltet", stellte Kenneth Lee nachdenklich fest.

Chew blickte seinen Chef erstaunt an. „Und warum abgeschaltet?", fragte er.

Kenneth Lee zuckte mit den Achseln. „Was weiß ich?", antwortete er gereizt und fügte dann etwas ruhiger hinzu: „Sie haben recht. Erst einmal müssen wir von einem Absturz ausgehen. Wir müssen eine Suchaktion veranlassen. Aber dafür brauche ich das O.K. des Innenministeriums." Noch bevor er das letzte Wort ausgesprochen hatte, griff er zum Telefon und wählte eine geheime Nummer und verlangte nach Andrew Sim.

Es war jetzt 1:30 Uhr.

Der Notdienst im Innenministerium spürte den Leiter des Krisenstabs eine gute Viertelstunde später im „Blue Parrot" auf. Ein Club, der zurzeit total angesagt war. Andrew Sim ließ es sich dort gerade mit ein paar Freunden aus Shanghai, den dazugehörigen Social Escorts und einigen Flaschen französischen Cognacs gut ergehen. Eine Drei-Mann-Band spielte dezent Südstaatenmusik.

Da Andrew Sim einen Teil seiner Karriere der Tatsache zu verdanken hatte, dass er Unmengen von Alkohol, ohne Ausfallerscheinungen zu haben, vertragen konnte, fiel sein überhöhter Alkoholspiegel nicht sonderlich auf, als er kurz nach 2 Uhr nachts Changi Airport erreichte.

Unterschwellig spürte er sogar die Anspannung, die im Tower herrschte, als er den rundum verglasten Raum betrat.

Kenneth Lee begrüßte seinen Vorgesetzten mit der gebotenen asiatischen Höflichkeit, kam dann aber doch verdächtig schnell zur Sache, was wohl dem Ernst der Lage geschuldet war.

„Der Flug nach Frankfurt mit dem Kürzel AC 404 meldet sich nicht mehr."

Andrew Sim, der Chef des Geheimdienstes und damit auch Leiter des Krisenstabes war, nuschelte ein paar Worte und versuchte dabei seinen Atem so an dem Flughafenleiter vorbei zu lenken, dass dieser nicht sofort seine Cognacfahne bemerkte.

Dieser bemerkte aber die Fahne nicht oder gab sich jedenfalls aus Höflichkeit den Anschein, sie nicht zu bemerken. Vielleicht war er auch zu aufgeregt, als er fortfuhr: „AC 404 hat sich in Penang abgemeldet, aber sich bei den Thais auf Phuket nicht angemeldet."

„Wie lange ist das her, dass wir keine Meldung mehr von diesem Flug haben?", fragte Andrew Sim, der jetzt wegen der Notsituation seine Fahne vergessen zu haben schien und seine Frage energisch artikulierte.

„Fast zwei Stunden", antwortete Kenneth Lee.

„Und was bedeutet das nach Ihrer Meinung?", fragte Sim leise, aber mit einem autoritären Unterton, der den Flughafendirektor daran erinnerte, mit wem er es zu tun hatte.

Kenneth Lee dachte einen Moment nach, bevor er antwortete: „Da weder unser Tower noch Penang noch die Thais einen Funkkontakt zum Cockpit von AC 404 aufbauen können und dazu noch keine Transpondersignale mehr empfangen werden, müssen wir von einem Unglücksfall ausgehen." Lee machte eine kurze Pause, als wolle er noch etwas hinzufügen.

„Oder?", unterbrach ihn Andrew Sim. Sprechen Sie aus, was Sie sagen wollen."

„Oder der Pilot will nicht antworten und hat den Transponder ausgeschaltet."

„Was bedeuten würde?", hakte Andrew Sim nach.

„Eigentlich ergibt das keinen Sinn. Es gibt für einen Flugzeugführer keinen Grund, den Transponder auszuschalten. Es sei denn, er wird dazu gezwungen."

„Also denken Sie an eine Entführung?"

Kenneth Lee zuckte mit den Schultern. „Im Augenblick ist alles möglich. Wir versuchen zurzeit herauszufinden, ob das ACARS-System (Aircraft Communications adressing and recording system) auch keine Signale mehr abgibt."

„Was ist das für ein System?", fragte Andrew Sim, dem diese Details nicht geläufig waren.

„ACARS übermittelt alle dreißig Minuten über Funk ein Datenpaket über technische Einzelheiten des Fluges. Also über die Leistung der Triebwerke, Geschwindigkeit, Flughöhe, Spritverbrauch und so weiter."

„An wen werden diese Daten übermittelt?"

„An den Hersteller des Flugzeugs oder an die Operationszentrale der jeweiligen Fluggesellschaft", sagte Kenneth Lee. „Wir versuchen Seattle zu erreichen. Aber Sie wissen, der Zeitunterschied macht uns Schwierigkeiten."

Andrew Sim wollte wissen, wann man mit einer Antwort rechne.

„Stündlich", antwortete Lee.

„Zu lange", entschied Andrew Sim. „Lassen Sie die Vorbereitungen zu einer Rettungsaktion anlaufen! Wir müssen annehmen, dass Flug AC404 in Schwierigkeiten oder sogar abgestürzt ist! Also informieren Sie die verantwortlichen Rettungsstellen in Malaysia und Thailand, damit von dort Rettungsmaßnahmen eingeleitet werden! Und sichern Sie den Kollegen unsere volle Unterstützung zu! Und natürlich unseren Dank", fügte er gequält grinsend hinzu.

„Eine Rettungsaktion im gesamten Golf von Bengalen?", fragte Kenneth Lee ungläubig, dem der Ernst der Lage erst jetzt richtig klar wurde.

„Ja, wo denn sonst?", entgegnete Sim und ordnete an: „Wir sehen uns um 6 Uhr wieder. Dann berufe ich die nächste Krisensitzung ein."

KAPITEL 3

Kurz nach 6 Uhr verdrängte das Morgenlicht relativ schnell die letzten Reste der Nacht. Am Himmel über Changi Airport war schon der Beginn des Sonnenaufgangs zu erahnen. Aber die Umrisse der Umgebung waren noch schwarz. Da man die Fenster des Konferenzraums weit geöffnet hatte, um von der Kühle der Nacht zu profitieren, waren die ersten Rufe einiger Muezzins zu hören, die die islamische Minderheit der Republik zum Morgengebet aufforderten.

Im Konferenzraum im dritten Obergeschoss des Hauptgebäudes herrschte eine aufgeregte, aber auch beklemmende Atmosphäre. Die Frühschicht des Flughafen- Managements hatte sich versammelt, nur ungefähr ahnend, was eigentlich vorgefallen war. Langsam erschienen auch einige Fluglotsen der Nachtschicht.

Andrew Sim und Kenneth Lee waren hereingekommen und hatten ein kleines Podium erklommen, welches an der Stirnseite des Konferenzraumes aufgebaut war. Nur Andrew Sim setzte sich auf einen der Stühle. Kenneth Lee griff zum Mikrofon.

„Meine Herren", begann er, „ich kann Ihnen mitteilen, dass die Suchaktion nach AC404 vor zwei Stunden angelaufen ist. Allerdings haben wir vor einigen Minuten eine Nachricht hereinbekommen, dass eine thailändische Radarstation ein unbekanntes Flugzeug in der Nähe der Grenze zu Kambodscha geortet haben will. Das stellt unsere Rettungsmaßnahmen in Frage. Angenommen, das ist unser Flug AC404, müsste der Pilot kurz nach Überfliegen des Funkfeuers von Penang anstatt nach Westen in die entgegengesetzte Richtung nach Osten abgedreht haben." Er machte eine Pause. Dann fragte er etwas ratlos in Richtung der Anwesenden: „Was sollen wir tun? Im Golf von Bengalen weitersuchen oder die Suche abbrechen, bis diese Radarmeldung überprüft ist?"

„Was sagt der Transponder?", fragte einer der neu Hinzugekommenen.

Kenneth Lee wiederholte, dass der Transponder seit 2 Uhr nachts nicht mehr sende und ACARS wahrscheinlich auch nicht.

Andrew Sim hatte sich erhoben und trat zu Lee ans Mikrofon. „Eine Frage an die Techniker unter Ihnen. Könnte es sein, dass Transponder und ACARS durch einen technischen Defekt deaktiviert werden? Ich denke da an ein Feuer in der Maschine. Vielleicht unter dem Cockpit?"

Ein Mann erhob sich, um besser verstanden zu werden. „Ein Feuer unter dem Cockpit hätte den unmittelbaren Absturz zur Folge. Wenn wir jetzt von den Thais hören, dass die Maschine noch bis Kambodscha weitergeflogen ist, müssen wir davon ausgehen, dass der Transponder nicht durch einen Defekt zerstört, sondern per Hand bewusst ausgeschaltet wurde. Schaltet man Transponder und ACARS aus, reißt die Verbindung zwischen Boden und Flugzeug ab."

„Wir müssen uns also die Frage stellen, ob das jemand wollte."

Kenneth Lee fügte hinzu, dass wegen der Schwierigkeiten, das ACARS-System abzustellen, vorrangig die Piloten in Frage kämen.

„Sind die Piloten schon überprüft?", fragte Sim in den Raum.

Der Fluglotse James Chew, der von der Nachtschicht gekommen war, erhob sich in der ersten Reihe. Er stellte sich kurz vor, als der diensthabende Fluglotse, bevor er auf Andrew Sims Frage einging: „Der Chefpilot des Flugs AC404 ist ein erfahrener Mann. Schon dreißig Jahre bei der Fluglinie. Über den Co-Piloten ist weniger bekannt. Aber nichts, was gegen ihn spricht. Merkwürdig ist allerdings, dass das Flugzeug in einem Augenblick verschwindet, in dem die Maschine den einen Flugüberwachungsraum verlässt, um in den neuen Raum zu fliegen. In diesem Fall von Malaysia nach Thailand. Angenommen, jemand will ein Flugzeug verschwinden lassen, ist der Übergang zwischen zwei Flugüberwachungszonen gut gewählt."

„Wie oft kommt es vor, dass sich Flugzeuge nicht melden?", wollte Andrew Sim wissen.

James Chew antwortete, dass es sicherlich manchmal zu Verzögerungen komme, denn die Piloten müssten zwischen zwei Flugüberwachungszonen einige Handgriffe machen, wie beispielsweise die Frequenzen ändern. Aber es dürfte sich schlimmstenfalls nur um Minuten handeln.

„Danke für Ihren Bericht", sagte Kenneth Lee.

James Chew ließ sich auf seinen Stuhl zurückfallen.

Kenneth Lee fuhr fort: „Ich glaube, wir kommen so nicht weiter. Wir sollten erst einmal die Fakten prüfen, auf die wir in diesem Moment Zugriff haben. Die erste Frage ist immer nach einem möglichen technischen Defekt. Wer ist von der Technik im Raum?"

In der zweiten Reihe erhob sich ein Mann und stellte sich als Ong Hua Seng von der Technik vor.

Kenneth Lee forderte von ihm einen kurzen Bericht über den Zustand der Maschine.

Ong setzte gerade an, seinen Bericht auf Chinesisch zu geben, wurde aber von Andrew Sim mit dem Hinweis unterbrochen, sich des Englischen zu bedienen.

Das fiel Ong nicht leicht. Aber am Ende seines Berichts war allen Anwesenden klar, dass die Maschine technisch wohl in Ordnung war.

„Was sagt das schon?", meinte Andrew Sim. „Selbst die besten Maschinen können versagen. Denken wir nur an den Air-France-Flug, der auf dem Weg von Rio nach Paris verloren ging."

Die Diskussion verlor sich in Einzelheiten. Schließlich sagte Andrew Sim, er und Kenneth Lee müssten in einer Stunde zum Rapport beim Innenminister.

Zu diesem Zeitpunkt, es war jetzt kurz vor 9 Uhr, waren in Singapur die ersten Zeitungen mit dem Aufmacher erschienen, dass Flug AC404 sich nicht mehr meldete.

Im Innenministerium hatte sich das auch herumgesprochen. Eine gewisse Hektik war unübersehbar. Der Konferenzsaal, in den der Innenminister gebeten hatte, war gut gefüllt, als Leow Kim Liat, Innenminister der Republik Singapur, den Raum betrat. Allein die Teilnehmerliste des Treffens zeigte, wie ernst man den Vorfall mit AC404 einstufte. Denn das Bild von einem modernen, sicheren und sauberen Singapur war in Gefahr. Was man absolut nicht brauchte, waren Probleme dieser Art. Man hatte schon genug Probleme.

Unter anderen waren anwesend: der Innenminister, sein Sicherheitschef und gleichzeitig Chef des Geheimdienstes Andrew Sim, Kenneth W. Lee, der Chef von Changi Airport, Sean Wong, der erste Assistent von Sim, des Weiteren der Staatssekretär für Transport und

Gesundheit sowie der Sicherheitsberater des Präsidenten Donald Wong. Allein die Tatsache der Gegenwart von Donald Wong zeigte, wie hoch das Geschehen auf Regierungsebene aufgehängt war.

Sim eröffnete die Konferenz, indem er kurz die Meldungen aktualisierte. Man habe Nachricht von Boeing in Seattle, dass das ACARS-System ungefähr zeitgleich mit dem Transpondersystem aufgehört habe zu senden. Die Radarüberwachung in Thailand habe die Meldung bestätigt, dass eine unbekannte Maschine in Richtung Osten, das heißt in Richtung Kambodscha und Vietnam, geflogen sei. Wenn diese Maschine mit Flug AC404 identisch sei, könne man davon ausgehen, dass die Maschine nicht im Golf von Bengalen abgestürzt sei. Dann müsse man in alle Himmelsrichtungen ermitteln.

Der Sicherheitsberater des Präsidenten wollte wissen, was Kenneth Lee mit dieser Bemerkung, man müsse in alle Himmelsrichtungen ermitteln, sagen wolle.

Kenneth Lee antwortete, er meine damit, dass alles in Frage komme. Natürlich an erster Stelle ein Absturz, aber auch beispielsweise eine Suizid-Absicht des Piloten oder Co-Piloten, eine Entführung, ein Unfall innerhalb der Maschine, welcher nicht unmittelbar einen Absturz zur Folge gehabt hätte.

Donald Wong hatte wissen wollen, woran er dabei denke.

Eine Möglichkeit, hatte Kenneth Lee geantwortet, sei beispielsweise eine gerissene Treibstoffleitung, wodurch Dämpfe hätten freigesetzt werden können und Mannschaft und Passagiere das Bewusstsein verloren haben könnten.

„Unsere Flugzeuge sind heute eine Ansammlung von tausenden Schaltungen, Leitungen, Modulen und technischen Raffinessen, die wir Laien nicht mehr überblicken. Ist auch nur eine Kleinigkeit davon defekt, kann es zur Katastrophe führen. Und das ist nur die technische Seite. Hinzu kommen die menschlichen Gefahren, die von Passagieren und auch der Crew ausgehen. So ist es eigentlich ein Wunder, dass überhaupt noch eine Maschine glücklich landet."

Kenneth Lee machte eine kurze Pause. Dann sagte er: „Das meinte ich mit meiner Bemerkung, dass wir in alle Himmelsrichtungen ermitteln müssen."

Diese Bemerkung war der Startschuss zu allerlei Theorien. Die Versammelten diskutierten über die Möglichkeit, dass einer der Piloten die Sauerstoffzufuhr abgestellt haben könnte, wodurch alle Passagiere getötet worden seien. Die Maschine könnte entführt worden sein, um irgendwo zu landen. Aber wo? Vielleicht waren Terroristen am Werk gewesen? Oder Cyber-Terroristen, die das Navigationssystem der Maschine gehackt hatten und so den Absturz herbeigeführt hatten?

Andrew Sim, der erkannte, dass die Verschwörungstheorien ins Kraut schossen, versuchte die Diskussion wieder in den Griff zu bekommen.

„Meine Herren", sagte er energisch. „Es hat doch keinen Sinn, immer neue Theorien aufzustellen. Lassen Sie uns schrittweise Punkt für Punkt abarbeiten, was geschehen sein könnte. Ich glaube, Kenneth Lee ist der geeignete Mann dafür, die Diskussion zu leiten."

Kenneth Lee erhob sich und baute sich an der Stirnseite des Raumes auf. „In der Geschichte der Luftfahrt", begann er, „gibt es kein vergleichbares Ereignis. Wir haben hier einen Flug, der möglicherweise weitergeflogen ist, obwohl er keine Signale mehr abgibt. So etwas gab es noch nie. Noch nie verschwand eine große Maschine ohne Zurücklassung irgendeiner Spur. Vielleicht fliegt die Maschine in diesem Augenblick immer noch. Sprit hat sie genug. Bis uns kein Absturz gemeldet wird, können, ja müssen wir zwingend davon ausgehen, dass die Maschine noch in der Luft ist. Zwar sind Flugzeuge immer wieder verschwunden, doch nie mit so vielen Passagieren. Nehmen wir als gegeben an, dass die Maschine nach Abschaltung der Funksysteme noch weitergeflogen ist, müssen wir von einer Entführung ausgehen. Die Konsequenz ist, dass wir es mit einem oder mehreren Entführern zu tun haben. Aus dem Kreis der Passagiere oder auch der Crew.

Da wir irgendwo mit unseren Nachforschungen beginnen müssen, sollten wir uns als Erstes die Passagierliste vornehmen ...“

„... um wen zu suchen?“, unterbrach ihn Donald Wong.

Kenneth Lee ließ sich nicht aus der Ruhe bringen. Nachdenklich fuhr er fort: „... um einen Passagier herauszufiltern, der nicht in das Raster des Geschäftsmannes, des Touristen, des Normalbürgers fällt, der mit gutem Grund von Singapur nach Frankfurt fliegt.“

„Und wie wollen Sie das machen? Schließlich waren sicherlich eine Vielzahl von Nationalitäten an Bord?“, hakte Donald Wong nach.

Kenneth Lee sagte, man werde die Staaten beziehungsweise deren Polizeiorgane um Überprüfung der Personen bitten, die an Bord von Flug AC404 waren. Das werde zwar einige Tage dauern, aber dann wisse man, woran man sei. Parallel werde man die Mannschaft überprüfen, was wesentlich leichter sei, da viele mit Sicherheit aus der Region stammten.

„Ich könnte das Außenministerium anweisen, den Kontakt mit den Nationen herzustellen, die Passagiere an Bord haben", schlug Donald Wong vor.

Kenneth Lee winkte mit den Worten ab, er habe schon einen Blick auf die Liste geworfen. Es seien hauptsächlich Passagiere aus Singapur, sehr viele Deutsche, einige Chinesen und Japaner sowie jeweils wenige aus anderen europäischen und asiatischen Nationen. Mit allen Nationen habe man aber auf Polizeiebene eine gute Zusammenarbeit.

Andrew Sim mischte sich in den Dialog zwischen Kenneth Lee und Donald Wong mit den Worten ein: Übrigens habe man schon in den vergangenen Stunden eine Kurzprüfung der Mannschaft vorgenommen. Der Pilot und sein Co-Pilot zeigten keine Auffälligkeiten. Anders sei dies bei zwei Stewards. Nach den Protokollen hatten sich zwei von den eingeteilten Stewards nicht zum Dienst gemeldet und mussten Hals über Kopf durch zwei Ersatzstewards ersetzt werden. Da das häufig vorkomme, sei daran noch nichts Auffälliges. Etwas seltsam sei allein, dass sich der Angestellte von Air Cathay, der diesen Austausch vorgenommen habe, krankgemeldet habe, aber an seiner Hausadresse nicht anzutreffen sei. Man versuche noch immer ihn zu finden.

„Müssen wir uns in diesem Punkt Sorgen machen?", fragte Donald Wong.

Kenneth Lee antwortete: „In gewisser Weise sollten wir uns schon Sorgen machen. Denn die Stewards unterliegen nicht den gleichen Sicherheitsstandards wie das fliegende Personal. Haben aber Zugang zum Cockpit, zumal einer der Stewards ins Cockpit muss, wenn Pilot oder Co-Pilot das Cockpit verlässt, um beispielsweise die Toilette aufzusuchen. Seltsam kommt hinzu, dass der Angestellte, der die Ersatzstewards eingeteilt hat, nicht aufzufinden ist."

„Das ist ja gar nicht schön", murmelte Donald Wong.

„Wir sollten die Geschichte mit den Ersatzstewards jetzt noch nicht zu hoch aufhängen. Solange wir das Flugzeug nicht gefunden haben, ist alles möglich. Der Start liegt jetzt zwölf Stunden zurück. Noch reicht für Flug AC404 der Sprit. Noch könnte die Maschine in der Luft sein. Aber nicht mehr lange."

KAPITEL 4

Auch auf St. Pauli, dem Vergnügungsviertel von Hamburg, war an diesem 4. Mai das Verschwinden von Flug AC404 bekannt geworden. An den Zeitungsständen fragte die BILD-Zeitung auf Seite eins mit dem Aufmacher:

„Warum antwortet Flug AC404 nicht mehr?"

Um dann aber im folgenden Text die Frage einzugrenzen:

„Absturz oder Entführung?"

Offensichtlich hatten die Reporter der Zeitung noch keine Antwort auf diese Frage, denn es folgten nur einige belanglose Passagen über die Fluggesellschaft, einige Details der Boeing 777 sowie ein nichts sagendes Interview mit einem Rentner, der früher Pilot gewesen war.

Aber für die Menschen hier auf St. Pauli war Singapur auch weit weg. Und dass der Flug als Ziel Frankfurt hatte, berührte letztlich auch nur wenige von ihnen, zumal am Abend am Millerntor St. Pauli auf Freiburg traf.

Schon nachmittags begann das Leben auf St. Pauli zu pulsieren. Die ersten Trauben von Fußballfans zogen grölend, aber friedlich über die Reeperbahn und versuchten sich auf den Abend mit Flensburger Pils und Jägermeister einzustimmen.

Derweil schien in der Bodmereigasse zwischen Hans-Albers-Platz und Bernhard- Nocht-Straße eine Polizeiaktion zu laufen. Mehrere Streifenwagen waren ziemlich abenteuerlich am Straßenrand abgestellt. In diesen Hintergassen von St. Pauli hätte ein Polizeieinsatz auch niemanden erstaunt, denn die Bodmereigasse entsprach dem Eindruck, wie sich der Normalbürger eine Gegend vorstellt, in der man garantiert niedergeschlagen, ausgeraubt und als Frau vergewaltigt wird.

Aber der Eindruck einer Polizeiaktion täuschte. Im Gegenteil. Es gab einen Geburtstag zu feiern. Kriminalhauptkommissar Harry Lehn hatte anlässlich seines 41. Geburtstages zu einem Umtrunk nach Dienstschluss gebeten. Das entsprach zwar nur der halben Wahrheit, denn erstens war Lehns Geburtstag im Januar gewesen, der Umtrunk im Januar hatte aber ausfallen müssen, weil Sturmtief „Eleonore" damals den gesamten Hafen geflutet und mehrere Sonderschichten der Polizei erforderlich gemacht hatte. Und somit die kleine Feier im wahrsten Sinne des Wortes ins Wasser gefallen war. So war der Umtrunk in den Mai verlegt worden. Zweitens war die Einladung „nach Dienstschluss" auch nur die halbe Wahrheit. Richtig war, dass der Umtrunk eine Stunde in die Arbeitszeit fiel, aber wegen des Spiels von Pauli gegen Freiburg mit Einverständnis von Polizeirat Stahmer vorverlegt worden war.

Harry Lehn hatte um 17 Uhr in die Bar „Zum Blauen Papagei" zum Umtrunk für Kollegen und Weggefährten gebeten. Es gab Bier, Korn und Schnittchen. Der Blaue Papagei war eine der nicht so bekannten Adressen auf dem Kiez. Aber der erste Eindruck war nicht schlecht. Ein schmiedeeisernes Schild mit einem blauen Papagei baumelte über dem Eingang. Das Schild bewegte sich ein wenig in der leichten Brise, die von der nahen Elbe heraufstrich. Allein dieses Schild war wie aus der Zeit gefallen, aber es war noch ein Beweis für das echte St. Pauli.

Betrat man die Bar, so empfing den Gast eine gemütliche Atmosphäre. Einige undefinierbare Grünpflanzen rankten sich innen an den Sprossenfenstern empor, was der Bar einen Hauch von Tropischem verlieh. Dieser durchaus positive Eindruck wurde durch eine Neonröhre in Frage gestellt, deren übertriebene blaue Farbe wohl eine Hommage an den blauen Papagei sein sollte, der der Bar den Namen gegeben hatte.

Aber alles in allem war es ein ehrlicher Laden. Das war nicht immer so gewesen, denn unter dem Vorbesitzer hatte die Bar einen eher zweifelhaften Ruf genossen. Aber das war eine andere Geschichte.

So hatte sich Kriminalhauptkommissar Lehn für den „Blauen Papagei" entschieden, um Kollegen und Weggefährten zu seinem Geburtstagsumtrunk einzuladen. Harry Lehn war in Kollegenkreisen beliebt, und so waren alle, die es halbwegs mit ihrem Dienst vereinbaren konnten, gekommen, um auf sein Wohl anzustoßen. An erster Stelle sein Assistent Kommissar Leo Perner. Dann die Hauptkommissare Brandauer, Sturm und Koslowski. Ja selbst sein unmittelbarer Vorgesetzter Polizeirat Stahmer war gekommen, was Lehn besonders freute.

Auch viele der sogenannten Wegfährten waren erschienen, wie Anwälte, Sozialarbeiter, der Leiter des Bezirksamts, der Pastor von St. Gertrud, der Pfarrer von St. Joseph, aber auch einige von der anderen Seite.

Aber das war immer Lehns Stärke gewesen, das Gespräch mit der anderen Seite nicht abreißen zu lassen. So hatte auch an diesem Nachmittag Millionen-Paul im Blauen Papagei vorbeigeschaut. Ein irrer Typ. Ein übler Betrüger, ein Spezialist für Schneeballsysteme, aber auch ein Mensch. Lehn freute sich, dass er gekommen war. Vor einigen Monaten hatte er Millionen-Paul in einer Kaschemme getroffen. Im Gespräch hatte er mit Absicht erwähnt, dass eine arme Kiez-Familie am Zirkusweg in Not sei, weil ihr Kind in Amerika am Herz operiert werden musste, die AOK aber die Zahlung abgelehnt hatte. Zwei Tage später hatte die Familie zwei Lufthansa-Tickets Hamburg-Frankfurt-New York anonym mit der Post bekommen. Dazu noch einen Bankscheck, mit dessen Betrag man zwei Herzen operiert haben könnte.

So war es eben auf St. Pauli. Es war ein Geben und Nehmen. Die Gefahr für einen Polizeibeamten bestand allein darin, das „Geben" und „Nehmen" in einer gesunden Balance zu halten.

Lehns Nähe zu dieser Grauzone war vielleicht auch einer der Gründe, dass er schon länger auf die Beförderung zum Polizeirat wartete. Aber auch das war wiederum eine andere Geschichte.

Heute, hier im Blauen Papagei war die Stimmung gut. Nach einer knappen Stunde waren die Schnittchen alle und der Konsum von Bier hielt sich auch in Grenzen, weil viele noch im Dienst waren und auf Cola umgestiegen waren. Nach einer guten Stunde leerte sich die Bar langsam. Bevor Polizeirat Stahmer aufbrach, nahm er Lehn mit der Bemerkung zur Seite, Lehn müsse noch einmal im Präsidium vorbeischauen, um einen dringenden Fall mit ihm zu besprechen. Auf Lehns Einwand, er habe Alkohol getrunken, fragte Stahmer: „Viel?"

„Angemessen", antwortete Lehn ehrlich.

„Kommen Sie trotzdem!", sagte Stahmer mit einem Grinsen. „Ich brauche Sie, weil Sie Englisch sprechen. Und übrigens Brandauer und Koslowski auch."

Er war schon in der Tür, als er sich noch einmal umdrehte. „Auch Perner soll kommen. Wir treffen uns um 20 Uhr im Konferenzraum 101."

Lehn wollte seinen Chef noch fragen, was vorgefallen war, denn immerhin hatte Stahmer soeben fast alle Kommissare der Abteilung LKA 71, Deliktübergreifende Ermittlung, ins Präsidium einbestellt. Aber Stahmer hatte bereits den Blauen Papagei verlassen.

Lehn fragte Perner und Brandauer, ob sie den Grund der Besprechung kennten. Aber das Ergebnis war nur kollektives Achselzucken.

KAPITEL 5

So hatten sich Brandauer, Koslowski, Perner und Lehn kurz vor 20 Uhr im Konferenzraum 101 des Präsidiums eingefunden. Ihre Stimmung war durchwachsen, denn diese Besprechung bedeutete, dass wieder einmal ihr Feierabend flöten war und es noch keineswegs sicher war, dass ihnen die Überstunden gutgeschrieben wurden.

Polizeirat Stahmer betrat eine Minute nach 20 Uhr den Raum und übergab jedem der Anwesenden eine dünne Akte mit den Worten: „Das haben wir heute Nachmittag vom Bundeskriminalamt bekommen und die wiederum von ganz oben in Berlin."

Bevor Lehn die Akte geöffnet hatte, witzelte er: „Hat jemand bei der Merkel in der Uckermark eingebrochen und den Sauer entführt?"

„Lehn, Lehn, Lehn", stöhnte Stahmer. „Wenn Sie nicht heute uns im Blauen Papagei freigehalten hätten, würde ich Sie jetzt wegen dieser Bemerkung bezüglich unserer Kanzlerin tadeln. Aber so tue ich so, als hätte ich es nicht gehört!" Ohne Übergang fuhr er fort: „Aber wenn die Herren einen Blick in das Dossier geworfen haben, werden Sie erkennen, dass es vielleicht auch um eine Entführung geht. Leider ist alles noch in englischer Sprache, weil wir für eine Übersetzung keine Zeit hatten. Aber da Ihnen das Englische nicht fremd ist, werden Sie auf einen Blick erkennen, dass die Regierung der Republik Singapur uns bittet, bei der Aufklärung des Schicksals des Flugs AC404 zu helfen."

Brandauer wollte wissen, wie das denn von Hamburg aus zu bewerkstelligen sei.

„Die Dienststellen in Singapur schwimmen völlig, was den Grund des Verschwindens der Boeing anbetrifft", antwortete Stahmer. „Alles ist möglich: Unfall, Entführung oder Suizid des Piloten. Wie es aussieht, nimmt man jedoch eine Entführung an. Da die Maschine nach Frankfurt flog und somit viele Deutsche an Bord waren, soll das Bundeskriminalamt das Umfeld der in Deutschland wohnhaften Passagiere eruieren. Was die Adressen hier im Umkreis von Hamburg betrifft, hat das BKA diese Bitte an das LKA Hamburg weitergegeben. Überprüft werden soll, ob sich im Umfeld der Passagiere Hinweise auf einen verbrecherischen oder eventuell auch terroristischen Hintergrund ergeben. Im Anhang des Dossiers finden Sie einmal die Liste aller Passagiere und im zweiten Teil die Namen und Adressen der Passagiere im Umkreis von Hamburg, die wir überprüfen sollen."

Lehn schlug die letzte Seite auf. Er überschlug die Namen. Es waren zwölf Personen plus Adressen. Er ging die Namen kurz durch. Sie sagten ihm nichts.

Stahmer unterbrach seine Gedanken. „Bei zwölf Passagieren entfallen vier auf jeden von Ihnen. Gehen Sie gleich morgen früh mit der nötigen Zurückhaltung und vor allem mit dem nötigen Taktgefühl ans Werk, denn die Angehörigen werden überaus beunruhigt sein, weil sie wahrscheinlich von der Fluggesellschaft parallel informiert sind, dass es bei dem Flug Probleme gibt."

Stahmer machte eine Pause. Dann fragte er kurz, ob es noch Fragen gebe.

Kriminalhauptkommissar Koslowski hatte noch eine Frage: Ob es denn einen gezielten Verdacht gebe?

Stahmer verneinte das. Da man nichts wisse, müsse eben alles hinterfragt werden. Es könne beispielsweise sein, dass man einen Passagier hatte umbringen wollen. Vielleicht wollte sich ein Passagier auch selbst umbringen. Aber es komme auch ein Selbstmordattentäter in Frage. Eben alles. Der gesamte Horizont des Verbrechens.

Mit diesen Worten war die Besprechung beendet. Stahmer wünschte einen guten Abend und verließ den Raum.

KAPITEL 6

Der kleine Polizeiposten war nicht leicht zu finden. Er lag etwas versteckt am Ufer des Selat Johor, dem Creek, der die natürliche Grenze zwischen Singapur und Malaysia bildet. Rund um den Polizeiposten war ein Rest von Dschungel geblieben, der noch nicht dem Bauboom zum Opfer gefallen war. Grund war vielleicht auch der schwammige Untergrund, der sich teilweise mit Mangroven abwechselte.

Ein kilometerlanger Sandweg, der kurvenreich und holprig war, verband den Polizeiposten mit der Straße, die von Singapur Centrum nach Lim Chu Kang führte.

Die Aufgabe der in dem Polizeiposten stationierten dreiköpfigen Besatzung war, mögliche Grenzgänger aufzubringen, die schwarz von Malaysia herüberkamen. Dies war per Boot oder schwimmend möglich. Schwimmend war es nicht zu empfehlen, da sich in dem brackigen Wasser des Creeks die Krokodile nur so tummelten. Versucht wurde es aber immer wieder, was den Polizisten die traurige Aufgabe einbrachte, die Opfer der Krokodile aus dem Creek zu bergen. Dazu benutzten sie ein kleines Motorboot.

Wong Li, der Leiter des Polizeipostens, stand an diesem Morgen des 5. Mai auf dem Steg vor der kleinen Station, der einige Meter in den Creek ragte, um einen Liegeplatz für das Motorboot zu haben. Er liebte diesen Ort am Morgen, wenn man besonders intensiv die Geräusche des Dschungels hinter ihm und am gegenüberliegenden Ufer wahrnehmen konnte. Heute war Wong Li allerdings ein wenig abgelenkt, denn er wartete auf das Polizeiboot, welches von einer Patrouillenfahrt zurückerwartet wurde. Über sein Mobiltelefon war er schon informiert worden, dass die Kollegen wieder einmal eine traurige Fracht mitbrachten. Eine Leiche, die sie auf der Höhe des Poyan Reservoirs aus dem Creek gezogen hatten. Eine Leiche, die schon stark von Krokodilen angefressen war.

Schließlich machte das Boot an dem kleinen Steg fest. Für Wong Li war der Tote kein schöner Anblick, aber er war es gewohnt. Nur die Kleidung des Toten hatte überhaupt dafür gesorgt, dass noch größere Teile des Körpers erkennbar waren.

Zu dritt legten sie den Toten auf den Steg.

Bei genauerem Hinsehen wurde ihnen klar, dass es sich um einen Weißen handelte. Das machte die Sache nicht einfacher. Tote Asiaten waren immer Flüchtlinge oder Schmuggler, nach deren Schicksal niemand fragte. Aber bei Europäern oder gar Amerikanern war alles komplizierter, zumal wenn es sich um Touristen handelte. Dann gab es Fragen über Fragen. Die Botschaften wurden eingeschaltet. Die Republik Singapur sah es nicht gerne, wenn Ausländer in ihrem Hoheitsbereich von Krokodilen gefressen wurden.

Diese Gedanken gingen Wong Li durch den Kopf, während sein Untergebener die Taschen des Toten untersuchte. Aus der Hosentasche der Leiche förderte er einen kleinen Fisch, aber auch einen Ausweis zu Tage. Er gab ihn Wong Li. Es war ein Berechtigungsausweis für einen Parkplatz, Der Ausweis war auf den Namen Jack Mc. Farlain, Angestellter bei Air Cathay, ausgestellt.

Bei Wong Li schrillten augenblicklich die Alarmglocken. Waren nicht alle Zeitungen Singapurs voll von dem Verschwinden dieser 777 von Air Cathay?

Schneller als sonst ging er über den Steg zu der kleinen Polizeistation zurück, ließ sich auf seinen Schreibtischstuhl fallen, griff zum Telefon und wählte die Nummer seiner vorgesetzten Dienststelle. Es meldete sich Officer Lew Kim Siang.

Erstaunlich kurz und präzise schilderte Wong Li den Fund der Leiche und erwähnte am Schluss, dass man einen Ausweis auf den Namen Jack Mc. Farlain gefunden habe. Der Mann, ein Weißer, sei offenbar Angestellter bei Air Cathay. Er meine, so betonte Wong Li, dass er diesen Umstand sofort habe melden müssen. Denn die Presse sei ja voll von Air Cathay.

Die Pause, die entstanden war, bevor Lew Kim Siang antwortete, zeigte Wong Li, dass er richtig gehandelt hatte.

Dann kam ein zögerliches „Sind Sie sicher?".

„Ja, Sir!", antwortete Wong Li bestimmt.

Lew Kim Siang dankte ihm für die Meldung. Er werde sofort die Information an den Krisenstab weiterleiten.

Was denn mit der Leiche geschehen solle, fragte Wong Li.

„Erst einmal liegen lassen und nichts verändern", war die Antwort. Man werde so schnell wie möglich zurückrufen. Damit war das Gespräch beendet.

„Man wird zurückrufen", murmelte Wong Li vor sich hin. Aber wann? „Liegenlassen!" Und das bei 35° Celsius. Der Gestank würde die Polizeistation und die Umgebung verpesten! Typische Antwort eines Bürohengstes, der in seinem Aircon-Büro saß und auf seine Pensionierung wartete.

Umso erstaunter war Wong Li, als schon nach fünf Minuten das Telefon klingelte. Ein völlig aufgeregter Lew Kim Siang informierte ihn, dass Andrew Sim, Leiter des Krisenstabs, persönlich kommen werde, um die Leiche in Augenschein zu nehmen. Er solle nichts an der Leiche verändern. Im Übrigen sei Andrew Sim schon unterwegs.

Namentlich war dem Polizeibeamten Andrew Sim bekannt. Er galt als einer von ganz oben. Wenn so einer persönlich kam, war Land unter. Mit für ihn ungewöhnlicher Schnelligkeit begann Wong Li, die kleine Wachstube auf Vordermann zu bringen, was gar nicht so leicht war, denn der kleine Polizeiposten am Creek hatte schon Ewigkeiten keinen hohen Besuch geschweige denn einen Besen gesehen.

Die Aufräumarbeiten waren noch lange nicht abgeschlossen, als Wong Li schon das Jaulen von Polizeiwagen hörte, die sich über den Sandweg näherten. Er stand auf und trat vor die Tür. Die zuckenden Blaulichter waren schon zu sehen. Die Sirenen schwollen zu einem infernalischen Lärm an und brachten die Geräusche des Dschungels zum Schweigen. Es war, als sei die Natur für Augenblicke in Deckung gegangen, um der Staatsgewalt ihr Vorrecht nicht streitig zu machen. Es war gespenstisch.

Andrew Sim kam offensichtlich mit großem Gefolge. Mindestens neun Männer in dunklen Anzügen stiegen aus den drei Polizeilimousinen. Wong Li wurde immer aufgeregter, denn er wusste, was es bedeutete, wenn die Obrigkeit in Singapur alarmiert war. Dann ging man besser auf Tauchstation. Aber dafür war es jetzt zu spät.

Andrew Sim ließ sich kurz von Wong Li Bericht erstatten. Dann ließ er sich die Leiche zeigen. Der Anblick des von Krokodilen angefressenen Körpers war ekelhaft. Andrew Sim wurde übel. Er wandte sich ab und ging in die Station zurück. Nachdem er kurz die Toilette aufgesucht hatte, ließ er sich den Ausweis des Toten zeigen.

Wong Li meinte gehört zu haben, wie Andrew Sim einem seiner Begleiter zugeflüstert hatte, das sehe alles nicht gut aus.

Dann ordnete er laut an, die Leiche sofort in die Pathologie des Mount Elisabeth Hospitals zu überführen, um die genaue Todesursache festzustellen.

Dann war der Spuk der Staatsmacht auch schon vorbei. Die neun Männer einschließlich Andrew Sims bestiegen die Limousinen. Wong Li sah das Flackern des Blaulichts langsam im Dschungel verschwinden. Auf die Sirenen hatten sie vorerst verzichtet. Ihm wurde wieder einmal bewusst, wie still es hier am Creek sein konnte.

KAPITEL 7

Noch am Abend nach der Besprechung im Präsidium war Kriminalhaupt-kommissar Harry Lehn die Liste der Flugpassagiere durchgegangen, deren deutsches Umfeld er überprüfen und nach möglichen Auffälligkeiten abklopfen sollte.

Auf der Liste stand ein gewisser Heinz Bergmann, wohnhaft in Wedel bei Hamburg. Des Weiteren ein Michael Schiff, wohnhaft in Lüneburg bei Hamburg. Herbert Koller, Professor für Germanistik an der Uni Hamburg, wohnte in Ottensen und der Letzte, Ferdinand Kurz, in Eppendorf. Das war in eineinhalb Tagen zu schaffen, vorausgesetzt, er traf die jeweiligen Angehörigen an. Wenn nicht, würde sich die Überprüfung in die Länge ziehen.

An diesem Morgen des 4. Mai startete Lehn ganz gut gelaunt in Richtung Wedel, um die Liste abzuarbeiten. Er war deshalb guter Dinge, weil diese Aktion ihn für einen oder eineinhalb Tage aus dem Sumpf der Bandenkriminalität herausholte, mit der er sich sonst herumschlagen musste. Zugegeben, es stand ihm, menschlich verständlich, etwas bevor, die besorgten Angehörigen der Flugpassagiere zu interviewen und zu versuchen sie zu beruhigen. Aber leicht war sein Beruf nie gewesen. Irgendein Haar in der Suppe gab es immer.

Auf der Fahrt nach Wedel überlegte er sich, wie man am besten die Gespräche beginnen könnte. Zuerst würde er sich als Polizist vorstellen, aber sofort betonen, dass er keine schlechten Nachrichten überbringe, allerdings leider auch keine guten. Der Grund sei allein, Nachforschungen anzustellen, ob die Angehörigen sich vorstellen könnten, dass ihr Familienmitglied, welches den Flug gebucht hatte, in irgendeiner Weise gefährdet war, sei es beispielsweise in Form von Morddrohungen.

Wurde das verneint, musste man durch Fangfragen feststellen, ob das Umfeld des Flugpassagiers schlüssig oder ein verbrecherischer oder terroristischer Hintergrund möglich war. Das war eine Gratwanderung. Er hatte ein etwas mulmiges Gefühl, aber er beruhigte sich mit dem Argument, dass es höchst unwahrscheinlich war, dass ausgerechnet eine dieser vier Personen sich als Verbrecher oder Terrorist entpuppte, den man töten oder der sich selbst umbringen wollte.

Man würde sehen.

Trotz des morgendlichen Berufsverkehrs war er gut vorangekommen, so dass er kurz vor 8 Uhr das Ortsschild von Wedel passierte und schon zehn Minuten später in die Kohlstraße einbog. Laut Liste wohnte Heinz Bergmann im Haus Nummer 30. Er fand das Haus sofort. Lehn parkte und stieg aus. Mit einem doch etwas mulmigen Gefühl las er das Klingelschild und klingelte bei Bergmann.

Der Türschnapper summte. Lehn drückte die Tür auf und betrat das Treppenhaus. Gleich im Erdgeschoss links stand eine alte Frau in einer geöffneten Wohnungstür.

„Frau Bergmann?", fragte Lehn. Er wollte seinen Spruch aufsagen, aber die alte Frau kam ihm zuvor. Sie sei die Schwiegermutter von Heinz Bergmann. Ihr Name sei Seibert. Ihr Schwiegersohn sei verreist und seine Frau, nämlich ihre Tochter, auf Arbeit. „Was wollen Sie denn von meinen Kindern?"

Lehn holte seinen Ausweis heraus. Gleichzeitig sagte er den Spruch auf, den er sich überlegt hatte.

„Kommen Sie erst einmal herein", unterbrach sie ihn. Sie bot ihm an, einen Kaffee zu kochen.

„Gerne", antwortete Lehn. Es gab ihm einige Minuten Zeit, sich in der Wohnung umzuschauen. Aber das, was er sah, war eine normale Wohnungseinrichtung des unteren Mittelstands. Ein viel zu großer TV-Bildschirm beherrschte den Raum. Die Wohnzimmergarnitur war von einem der preiswerteren Möbelhäuser. In einer Ecke vegetierte eine Grünpflanze. Auf Gardinen hatten die Bergmanns zu Gunsten von Jalousetten verzichtet, was der Wohnung guttat. An der Wand hingen zwei Sammelrahmen, die teils mit Fotos, teils mit Postkarten bestückt waren. Lehn warf einen Blick darauf. Unschwer war das Ehepaar Bergmann zu erkennen, da es praktisch auf allen Fotos abgebildet war. Herr Bergmann war ein Endvierziger mit schon relativ großen Geheimratsecken. Frau Bergmann war wohl gleichen Alters, hatte aber ihr Gewicht nicht halten können, wenn sie in ihrer Jugend denn einmal schlank gewesen war.

Frau Seibert erschien mit dem Kaffee. Der roch gut und schmeckte ebenso.

Lehn fragte nach dem Beruf ihres Schiegersohns und dem Grund, warum er in Singapur gewesen sei.

Frau Seibert gab zu, dass sie nicht viel wisse, da sich ihre Tochter von ihrem Mann in den letzten Jahren entfremdet habe. Beide lebten sie ihr eigenes Leben. Soweit sie wisse, sei er bei Thyssen im Verkauf. Von Berufs wegen sei er des Öfteren in Südostasien.

„Ist Ihnen in letzter Zeit etwas aufgefallen?"

Frau Seibert blickte Lehn fragend an, als habe sie die Frage nicht verstanden.

„Hat ihr Schwiegersohn beispielsweise Schulden?"

„Nein", antwortete sie. „Er ist ein ganz bodenständiger Typ. Wenn das nicht mit den Weibern wäre, könnte man an ihm nichts aussetzen."

„Hat er Feinde?"

„Nicht dass ich wüsste", antwortete Frau Seibert. „Er hat ein paar Freunde, mit denen er zum HSV geht. Außerdem spielen sie Skat im ‚Wedeler Krug'."

Lehn dämmerte, dass er seine Zeit hier verschwendete. Dieser Heinz Bergmann schien im Sinne der Anklage sauber zu sein. Nur der guten Ordnung halber ließ er sich die Namen der besten Freunde geben. Dann verabschiedete er sich, nicht ohne sich für den vorzüglichen Kaffee zu bedanken.

Als Nächstes stand Michael Schiff auf seiner Liste, wohnhaft in Lüneburg.

Natürlich gab es wieder einen Stau im Elbtunnel. Statt 45 Minuten brauchte er eineinhalb Stunden. Glücklicherweise ließ ihn sein Navi nicht im Stich. Kurz vor 13 Uhr parkte er vor dem Haus in der Burggasse 25.

Er klingelte. Wieder hatte er Glück. Ein Mann öffnete. Lehn wies sich aus und fragte nach Frau Schiff.

Es gebe keine Frau Schiff, antwortete der Mann leise und bat Lehn hereinzukommen. Er heiße Mandel. Ob es Neuigkeiten wegen des Flugzeugs gebe, fragte er so leise, dass es Lehn kaum verstand.

Lehn antwortete, es gebe weder gute noch schlechte Nachrichten. Er sei lediglich gekommen, um mit den Angehörigen zu sprechen.

„Um was zu erfahren?", hakte der Mann ein.

Lehn ging auf die Frage nicht ein und erkundigte sich, in welchem Verhältnis er zu Herrn Schiff stehe.

„Wir sind ein Paar", antwortete Mandel. „Nächste Woche wollen wir unsere Lebensgemeinschaft eintragen lassen."

Eine Aussage, die Lehn überraschte. Er ließ sich auf den nächstbesten Stuhl fallen.

Mandel hatte sich abgewendet. Irgendwie wurde Lehn den Eindruck nicht los, als kämpfe er mit den Tränen.

Mandel setzte sich. Immerhin schien er sich jetzt einigermaßen gefangen zu haben. Halb stotternd brach es aus ihm heraus: Er habe versucht, Michael die Reise nach Koh-samui auszureden. Aber Michael habe darauf bestanden. Sozusagen sein Junggesellenabschied. Michael habe Freunde dort gehabt. Viele Freunde. Aber er und Michael hätten sich die Ehe versprochen. So habe er schließlich zugestimmt, dass Michael noch einmal seine Freunde in Koh-samui allein sieht, bevor er die feste Bindung eingeht.

„Und warum dann auf dem Rückweg der Umweg über Singapur?", fragte Lehn. „Es gibt doch Direktflüge von Koh-samui nach Deutschland?"

Es sei der Traum von Michael Schiff gewesen, Singapur zu sehen. Da es auf der Strecke lag, habe er noch zwei Tage darangehängt, antwortete Mandel leise. Dann verfiel er wieder in eine Art Wachkoma.

Lehn schwante langsam, dass Michael Schiff wohl auch nicht der Grund war, warum dieses Flugzeug in Schwierigkeiten geraten war. Er beurteilte die Lage so: Michael Schiff war ein schwuler Zeitgenosse, der sich vor der Verbindung mit Mandel fürchtete und sich deshalb eine Auszeit in Koh-samui und schließlich auch noch die zwei Tage in Singapur gegönnt hatte.

Der Vollständigkeit halber fragte er Mandel, ob Schiff Feinde gehabt habe.

Mandel verneinte das.

„Und Freunde?"

„Viele", antwortete Mandel. „Vielleicht zu viele. Aber jetzt ist das auch egal."

„Namen?", fragte Lehn.

Mandel gab einige Namen an. Lehn notierte sie.

Dann verabschiedete sich Lehn. Irgendwie war er überzeugt, dass alles gesagt war.

Mandel brachte ihn zur Tür. Wieder hatte Lehn das Gefühl, dass er mit seinen Tränen kämpfte.

Lehn war glücklich, der bedrückenden Atmosphäre zu entkommen. Er setzte sich in seinen Wagen, atmete durch und fuhr los. Mandel stand wie versteinert in der Tür.

Es war fast 15 Uhr. Zeit genug, um noch den Angehörigen von Herbert Koller einen Besuch abzustatten. Auf der Autobahn programmierte er sein Navi. Kollers wohnten in Hamburg Ottensen, Spritzenplatz 4.

Der Elbtunnel war jetzt frei. Gute 25 Minuten später bog er auf den Spritzenplatz.

Jetzt am frühen Nachmittag herrschte hier Hochbetrieb. Was es nicht gab, waren Parkplätze. Verzweifelt suchte er in den Nebenstraßen, bis er schließlich sein Auto hinter den Zeisehallen auf einem Behindertenparkplatz stehen ließ. Das war nicht ganz fair, aber seine Arbeit musste auch erledigt werden. Und so hatten die Behinderten eben die schlechteren Karten. Inzwischen war es kurz nach 16 Uhr. Eilig ging er zum Spritzenplatz zurück. Er fand das Haus Nummer 4 und auf dem Klingelschild den Namen Prof. Herbert und Gabriele Koller im 2. Stock. Er klingelte. Die Haustür öffnete sich. Da es keinen Aufzug gab, nahm er die Treppe. Ziemlich außer Atem erreichte er den zweiten Stock. Eine mittelalte Frau stand in der geöffneten Wohnungstür. Kurzatmig stellte er sich vor und zeigte seinen Ausweis. Sie bat ihn, mit in die Küche zukommen, da sie gerade etwas koche. Noch im Gehen spulte er seinen Spruch ab, dass er wegen des Fluges komme. Er aber weder gute noch schlechte Nachrichten habe. „Und was ist dann der Grund Ihres Besuches?", fragte sie.

„Wir überprüfen alle in Deutschland ansässigen Passagiere des Fluges, ob sie beispielsweise in letzter Zeit Morddrohungen bekommen haben oder ob sich irgendetwas Außergewöhnliches ereignet hat."

„Nichts Außergewöhnliches", antwortete sie leise. Man merkte ihrer Stimme an, dass sie völlig fertig war.

Lehn fragte sie, wann sie mit ihrem Mann zuletzt gesprochen habe.

„Vorgestern", antwortete sie.

„Vorgestern?", fragte Lehn überrascht.

Völlig harmlos berichtete sie, dass ihr Herbert sie noch kurz vor dem Abflug der Maschine vom Flughafen Singapur mit dem Handy angerufen habe.

„Was hat er gesagt?", fragte Lehn.

„Nur, dass der Flug aufgerufen und die Passagiere beim ‚Einsteigen' seien. Er freue sich auf Hamburg und auf mich."

Sie begann zu weinen. Es steigerte sich zu einem Weinkrampf. Lehn wartete einen Moment. Als sie sich etwas beruhigt hatte, fragte er: „Damit war das Gespräch mit Ihrem Mann zu Ende?"

„Nein", antwortete sie. „Da war noch etwas. Aber es war völlig unwichtig, so dass ich es vergessen habe."

„Alles ist wichtig", insistierte Lehn. „Bitte versuchen Sie sich zu erinnern."

Sie versuchte sich zu erinnern, was ihr dann auch gelang. „Herbert erzählte mir, dass er beim Einchecken auf den Flug einen alten Bekannten aus Afrika wiedergesehen habe. Einen gewissen Horst Schacht. Ein alter

Haudegen." Sie lächelte etwas mitleidig und fuhr dann fort: „Herbert kennt ihn aus der Zeit, als sie gemeinsam im Auftrag der GTZ, Eschborn im Kongo waren. Es ist so eine Männerfreundschaft, wobei dieser Schacht sehr viel älter als mein Herbert ist."

„Und das war's?", fragte Lehn.

Gabriele Koller schüttelte den Kopf.

„Herbert hat dann noch gesagt, mit Horst Schacht würde der Flug nach Frankfurt nicht langweilig. Ich habe dann noch scherzhaft zu Herbert gesagt, er solle nicht zu viel trinken, denn ich wolle keinen besoffenen Ehemann in Hamburg in die Arme nehmen."

Wieder schüttelte sie ein Weinkrampf. Schluchzend meinte sie: „Wenn ich ihn nur in die Arme nehmen könnte, ganz egal ob er besoffen ist oder nüchtern."

In Gedanken überflog Lehn die Namensliste, die er von Stahmer bekommen hatte. Er war sich sicher, den Namen Horst Schacht nicht auf der Liste der norddeutschen Passagiere gelesen zu haben. Dieser Schacht musste wohl in einem anderen Teil Deutschlands zu Hause sein.

Als sich Gabi Koller beruhigt hatte, fragte Lehn, ob sie wisse, wo dieser Schacht wohne.

Sie schüttelte den Kopf. „Jedenfalls nicht in Hamburg. Irgendwo in Süddeutschland. Aber warten Sie, mein Mann hat eine Postkarte von diesem Schacht aufgehoben, auf der die Adresse steht. Würde Ihnen das helfen?"

„Wenn es Ihnen keine Mühe bereitet."

Frau Koller schüttelte den Kopf. Wahrscheinlich war sie froh, irgendetwas zu tun, um sich abzulenken.

Nach kurzer Zeit kam sie mit den Worten zurück, die Karte sei schon sechs Jahre alt.

Lehn nahm die Postkarte entgegen. Wenn er sich nicht täuschte, war der Watzmann abgebildet. Er überflog die angegebene Adresse. Es musste irgendwo bei Berchtesgaden sein.

„Darf ich die Postkarte mitnehmen? Sie bekommen sie auch zurück. Versprochen!"

Gabriele Koller entgegnete, die Karte habe jetzt sechs Jahre bei ihnen gelegen, ohne dass irgendjemand sie angeschaut hätte. Die Polizei könne sie entsorgen.

Damit war das Thema Schacht durch. Im Übrigen hatte Lehn nicht das Gefühl, dass Professor Herbert Koller irgendetwas mit dem Schicksal des Fluges AC404 zu tun hatte. Nichts deutete auf einen verdächtigen Zusammenhang hin.

Er verabschiedete sich. Er war froh, heute diese Befragung der Angehörigen hinter sich zu haben. Denn morgen stand ihm noch ein weiterer Besuch bevor.

KAPITEL 8

Am fünften Tag nach dem mysteriösen Verschwinden des Fluges AC404 war Andrew Sim irgendeiner Erklärung des Geschehens nur unwesentlich nähergekommen. Eine interessante Spur brachte die Bergung einer männlichen Leiche aus dem Creek oben an der Grenze zu Malaysia. Er hatte die Leiche sofort an die Pathologie vom Mount Elisabeth Hospital überführen lassen, um den von Krokodilen angefressenen Körper zu identifizieren und die Todesursache festzustellen. Laut eines gefundenen Ausweises war der Mann Angestellter bei

Air Cathay. Sein Name deutete auf einen gebürtigen Engländer. Bei Andrew Sim hatte sich gleich der Verdacht verdichtet, dass es sich bei dem Toten um einen der Stewards handelte, die überraschend nicht zum Dienst erschienen und durch zwei andere Stewards ersetzt worden waren. Ein Anruf bei der Air Cathay bestätigte dann den Verdacht. Wenn sich in der gerichtsmedizinischen Untersuchung herausstellen sollte, dass der Mann nicht freiwillig in den krokodilverseuchten Creek gelangt war, dann wurde das zur ersten heißen Spur. Nun, er würde in den nächsten Stunden in das Hospital fahren, um sich persönlich den Befund des Arztes anzuhören.

In diesem Zusammenhang war noch immer seltsam, dass der Angestellte, der die neuen Stewards auf Flug AC404 eingesetzt hatte, verschwunden war. Das konnte zwar Zufall sein oder eben auch nicht.

Alle diese Gedanken gingen im Kopf von Andrew Sim herum, als er zum Konferenzraum im 3. Obergeschoß von Changi Airport ging.

Dort erwarteten ihn Kenneth W. Lee und Sims Assistent Sean Wong.

Andrew Sim bat die Herren um ihre Berichte zum aktuellen Stand.

Kenneth W. Lee berichtete von einer etwas umfangreicheren Überprüfung der Piloten. Es hatten sich bei dem Chefpiloten einige Ungereimtheiten herausgestellt. So war der Chefpilot kein Mitglied der regierenden People's Action Party, sondern Mitglied der Opposition. Das war zwar nicht verboten, aber in dem von Lee Kuan Yew gegründeten Singapur für einen Chefpiloten eher ungewöhnlich. Außerdem hatte er seine erste Frau verlassen und sich eine jüngere Frau zugelegt. Da er

Mohammedaner war, war das eher normal, aber in dem rein chinesisch orientierten Stadtstaat auch nicht gerne gesehen.

„Aber diese Punkte reichen nicht aus, dem Chefpiloten irgendein Fehlverhalten zu unterstellen", sagte Kenneth W. Lee.

„Und sonst keinerlei Hinweise über die vermisste Maschine?", fragte Andrew Sim.

Sean Wong verlas kurz den neuesten Stand der Untersuchungen, der noch nicht einmal eine Stunde alt war.

Danach hatte es mit dem Flug AC404 überhaupt keinen Kontakt nach dem letzten Funkspruch gegeben. Es waren bisher aber auch nirgends Trümmer gesichtet worden, noch war die Maschine auf irgendeinem Flugplatz gelandet.

Das Telefon klingelte. Sean Wong bat um Erlaubnis, seinen Bericht zu unterbrechen und den Anruf entgegennehmen zu dürfen.

Sim nickte.

Sean Wong hörte dem Anrufer zu, hielt dann die Sprechmuschel zu und informierte Andrew Sim: Einer der stellvertretenen Chefs der Nationalbank, Koo Siang, sei soeben am Changi Airport angekommen. Er wolle ein paar Worte mit Mister Sim sprechen.

„Soll raufkommen", sagte Andrew Sim.

Nach wenigen Minuten erschienen Koo Siang und ein Begleiter im Konferenzraum.

Andrew Sim kannte Koo Siang vom Sehen.

Koo Siang bat, mit Sim unter vier Augen sprechen zu können.

Ein Wink von Andrew Sim genügte, dass die anderen den Konferenzraum verließen.

Als sie allein waren, kam Koo Siang sogleich zur Sache. Nach einigen einleitenden Sätzen, die der üblichen Höflichkeit geschuldet waren, berichtete Koo Siang, dass an Bord des Fluges AC404 eine außergewöhnliche Fracht gewesen sei.

Andrew Sim war plötzlich hellwach. „Und woraus bestand die außergewöhnliche Fracht?", fragte er lauernd.

Koo Siang kam noch nicht gleich zur Sache. „Vor einigen Wochen haben wir uns im Direktorium der Nationalbank entschieden, uns von einem großen Teil unserer Euroreserven zu trennen, weil wir der Meinung waren und noch sind, dass der Euro gegen den US-Dollar abwertet. Dieser Euro ist sowieso eine Missgeburt."

Andrew Sim erhob sich sichtlich erregt von seinem Stuhl. „Und nun erzählen Sie mir nicht, dass Sie diese Euros als Bargeld mit dem Flug AC404 nach Europa geschickt haben?"

„Natürlich nur einen Bruchteil der Euroreserven", beruhigte ihn Koo Siang. „Aber immerhin die Euros, die wir hier als Bargeld in Singapur angehäuft haben. Es handelt sich hauptsächlich um Geld, welches Touristen und Geschäftsleute hier in Singapur eingetauscht haben."

„Du meine Güte", stöhnte Andrew Sim. „Das ist ja schierer Wahnsinn. Wer wusste denn alles von dem Transport?"

Koo Siang gab zu, dass außer dem Direktorium der Nationalbank auch viele andere, beispielsweise die Transportabteilung der Bank, unterrichtet waren.

„Dann hätten Sie genauso gut einen Anschlag an der Orchard Road anbringen können, dass die Nationalbank Bargeld mit einer Zivilmaschine verschickt. Ganz Singapur wird von diesem Geldtransport gewusst haben inklusive unserer Verbrecherkartelle. Darauf können Sie sich einen genehmigen. Aber erst einmal brauche ich jetzt einen Drink."

Sim ging zur Tür und brüllte in den Vorraum: Er brauche sofort einen Gin Tonic.

Etwas ruhiger wandte er sich wieder an Koo Siang, der jetzt wie ein Häufchen Elend an dem riesigen Konferenztisch besonders klein wirkte.

„Und wie hoch ist die Summe dieses seltsamen Transportes?"

Koo Siang bezifferte die Summe auf circa 50 Millionen Euro in gebrauchten und nicht registrierten Scheinen.

„Wie kann man nur so blöd sein", stöhnte Andrew Sim, der die chinesischen Triaden kannte.

Nach langen, quälenden Minuten fuhr er fort: „Ich hoffe, dass dieser Transport kein Nachspiel für Sie hat." Dann begleitete er Koo Siang zur Tür. Er konnte den Mann nicht mehr sehen. Andrew Sim hasste Dummheit.

In diesem Moment erschien der Barmann mit dem Gin Tonic. Andrew Sim setzte sich an den Konferenztisch und genoss für Minuten den Drink und das Alleinsein.

In Gedanken ließ er alle bekannten Einzelheiten dieses mysteriösen Verschwindens einer Boeing 777 sein Gehirn passieren. Seine Gedankenspiele endeten mit der Frage, ob ein Unfall, ein Suizid oder eine Entführung vorlag. Aber die Geschichte mit dem Geldtransport sprach jetzt eher für eine Entführung. Diese Schlussfolgerung beruhigte ihn insoweit, denn so gab es vielleicht noch Hoffnung auf einen glücklichen Ausgang. Andrew Sim war sich aber klar darüber, dass es nur ein Gedankenspiel war. Aber wenigstens hatte man jetzt ein Motiv für eine mögliche Entführung der Maschine.

Doch wo sollte man mit den Ermittlungen beginnen?

Die einzige belastbare Spur waren diese beiden Stewards, die möglicherweise auf dem Flug AC 404 eingeteilt waren, aber nicht zum Dienst erscheinen konnten, weil mit Sicherheit einer als Krokodilfutter zweckentfremdet worden war. Hinzu kam das seltsame Zusammentreffen, dass der verantwortliche Mitarbeiter, der die Vertretung der beiden organisiert hatte, verschwunden war und die Ersatzleute erst kurz vorher bei Air Cathay angeheuert hatten.

Das würde in das Bild passen. Irgendjemand ermordet die beiden Stewards kurz vor dem Abflug. Um den Abflug nicht zu gefährden, muss man schnell auf zwei andere Mitarbeiter zurückgreifen. Für eine abermalige Überprüfung der Ersatzleute reicht die Zeit nicht, vorausgesetzt, der Dispatcher wollte sie überhaupt überprüfen. Und nun ist der Dispatcher auch noch verschwunden.

Kurzentschlossen entschied sich Andrew Sim, den Besuch in der Pathologie des Krankenhauses vorzuziehen, in welches die Leiche gebracht worden war. Er musste eine Antwort auf die Frage finden, ob dieser Europäer ermordet worden oder einfach nur verunfallt war.

Mit Blaulicht und der dazugehörigen Musik raste sein Chauffeur die Orchard Road entlang in Richtung des Mount Elisabeth Hospitals. Das Begleitfahrzeug mit den beiden Bodyguards hatte zunehmend Schwierigkeiten, den Kontakt zu halten. Immerhin gelang es ihnen dann doch zusammen anzukommen.

Da die Krankenhausverwaltung durch ein Telefonat aus Sims Büro über den anstehenden Besuch vorgewarnt war, standen schon zwei Angestellte am Eingang bereit, um Andrew Sim den schnellsten Weg zur Pathologie zu zeigen.

Die Gruppe, die nunmehr auf fünf Personen angeschwollen war, setzte sich in Richtung des Gebäudes, in dessen Kellerräumen die Pathologie untergebracht war, in Bewegung. Alles verlief mehr oder minder schweigend. Nur die angedeuteten Verbeugungen der Entgegenkommenden zeugten davon, dass sich jeder bewusst war, dass jemand Wichtiges mit seiner Begleitung das Krankenhaus mit seinem Besuch beehrte.

Dann tauchte die Gruppe in diese brutal heruntergekühlte, unheimliche Atmosphäre ein, die für die Pathologien in allen Krankenhäusern der Welt so typisch war.

Vor dem Eingang der Pathologie wurde Andrew Sim von Dr. Avigdor Finkelstein begrüßt, einem Israeli, der den Ruf zur Leitung der Pathologie vom Mount Elisabeth Hospital vor vier Jahren erhalten hatte.

Dr. Finkelstein kam sofort zur Sache, was ganz im Interesse von Andrew Sim war, denn die Temperaturen hier in den Kellerräumen der Pathologie waren derart heruntergefahren, dass Andrew Sim leicht zu frösteln begann.

„Wir haben hier auch Anoraks für Besucher", sagte Dr. Finkelstein höflich, der den fröstelnden Zustand von Andrew Sim realisiert hatte. Und bevor dieser antworten konnte, sagte er: „Ich hole Ihnen einen Anorak." Stolz fügte er hinzu: „Der ist aus der Schweiz von Bogner."

Andrew Sim nickte nur dankbar, denn sein Sommeranzug, gepaart mit der Tatsache, dass er durch den

Anmarsch nass geschwitzt war, war die ideale Voraussetzung für eine saftige Erkältung, wenn nicht Schlimmeres.

Andrew Sim hasste nämlich jede Art von Kranksein. Das entsprach nicht seinem Gefühl von Männlichkeit und Macht.

Während Dr. Finkelstein den Anorak holte, stand die Gruppe alleingelassen mehr oder minder frierend auf dem Kellerflur der Pathologie. Andrew Sim blickte sich um. Alles war weiß. Es war eine Orgie in Weiß. Der Maler hatte mit Sicherheit einen Rabatt auf weiße Farbe bekommen. Nur in der Mitte stand als Farbtupfer eine Grünpflanze. Andrew Sim war sich nicht sicher, ob sie glücklich war. Er hoffte für die Pflanze, dass sie aus Plastik war.

Dr. Finkelstein erschien mit zwei Anoraks. Andrew Sim zog einen davon dankbar an. Den anderen bekam sein Bodyguard.

Dann betraten sie das Büro von Dr. Finkelstein.

„Ihr Sekretär hat mich informiert, dass Ihr Besuch mit dem Toten aus dem Creek zusammenhängt", sagte Dr. Finkelstein und bat mit einer Handbewegung die Besucher, sich auf den Stühlen zu verteilen. „Wollen Sie zuerst die Leiche sehen oder soll ich zuerst Ihre Fragen beantworten?"

Mit etwas angewidertem Gesicht antwortete Sim, dass er die Leiche schon gesehen habe, nämlich gleich nachdem man sie aus dem Creek gefischt habe. Er sei es gewesen, der veranlasst habe, dass die Leiche in die Pathologie des Mount Elisabeth Hospitals käme.

„Das wusste ich nicht", entgegnete Dr. Finkelstein. „Aber danke für Ihr Vertrauen in unsere Arbeit." Ohne Sim für einen Kommentar Zeit zu geben, fuhr er fort: „Wie kann ich helfen?"

„Das ist schnell gesagt", antwortete Andrew Sim bestimmt. „Wir brauchen eine Antwort auf die Frage: Wurde dieser Tote ermordet oder nicht? Wir glauben nämlich, dass es sich bei dem Toten um einen der Stewards handelt, die für den Flug AC404 eingeteilt waren. Sie haben sicher in der Zeitung darüber gelesen."

Dr. Finkelstein nickte nur. Es schien ihn nicht sonderlich zu interessieren, wen er sezierte, denn er kam sofort auf die Pathologie zurück. „Wenn Sie die Leiche gesehen haben", antwortete er ausweichend, „dann wissen Sie, in welchem beklagenswerten Zustand der Körper ist. Durch die Krokodile sind große Teile des Körpers entweder nicht mehr vorhanden oder stark verunstaltet. Unser Team hat die Arbeiten an der Leiche noch nicht abgeschlossen. Deshalb kann ich Ihnen als Pathologe noch keine Antwort auf Ihre Frage geben."

Andrew Sim drosselte seine Stimme, beugte sich etwas vor und blickte Dr. Finkelstein ins Gesicht, als er fragte: „Und wie ist Ihre Meinung als Privatmann? Wenn ich fragen darf. Die Zeit läuft uns nämlich davon."

Plötzlich lag eine seltsame Spannung im Raum. Kein Laut war zu hören. Man spürte förmlich, wie Dr. Finkelstein um eine Antwort rang, um die Staatsgewalt in Person von Andrew Sim nicht zu enttäuschen. Dann sagte er leise: „Nach meiner persönlichen Meinung haben wir es hier mit einem Mord zu tun. Obwohl die Untersuchungen noch nicht abgeschlossen sind, sprechen einige Hinweise dafür, dass der Mann schon tot war, als die

Krokodile ihn attackiert haben. Nicht lange. Vielleicht zwei bis drei Stunden."

„Und wie ist der Mann zu Tode gekommen?"

„Wahrscheinlich durch einen Schlag auf den Hinterkopf. Aber Genaueres kann ich wirklich nicht sagen. Sie wissen", fügte er augenzwinkernd hinzu, „Krokodile haben kein Verständnis für die Arbeit von uns Pathologen. Sie torpedieren unsere Arbeit, wo es nur geht."

Andrew Sim erhob sich. Er machte den Eindruck einer gewissen Zufriedenheit.

Dr. Finkelstein bat, noch eine Frage stellen zu dürfen, worauf sich Sim auf den Stuhl zurückfallen ließ.

„Gesetzt den Fall, ich habe recht und der Mann ist ermordet. Was bedeutet das für Sie?"

Andrew Sim blickte Finkelstein in die Augen, als er antwortete: „Nichts weniger als die Hoffnung, die erhalten bliebe, dass vielleicht alle Passagiere des Fluges AC 404 noch am Leben sind."

„Weil?", fragte Finkelstein.

„Es sich vielleicht um eine Entführung der Maschine handelt und nicht um einen Absturz", antwortete Sim. „Ein Absturz hat so etwas Endgültiges, während eine Entführung noch Hoffnung lässt. Es könnte sein, dass die Entführer, wer immer sie sind, die beiden für den Flug eingeteilten Stewards ermordet und durch Gangster ersetzt haben, die dann geholfen haben, die Maschine zu entführen. Wie ich schon erwähnte, nehmen wir an, dass die Leiche, die bei Ihnen auf dem Tisch liegt, einer der beiden rechtmäßigen Stewards war."

„Und was ist dann mit dem anderen?", wollte Finkelstein wissen.

Andrew Sim hatte sich wieder erhoben und sich dem

Ausgang zugewandt. Noch vor der Tür kam er leicht grinsend auf die Frage zurück: „Vielleicht hat der zweite Steward einem Krokodil so gut geschmeckt, dass dieses den Körper unter Wasser versteckt hat, um einen gewissen Vorrat anzulegen. Unsere Krokodile sind dafür bekannt. Sie sind Hamstern nicht unähnlich."

Dr. Avigdor Finkelstein wusste nicht so recht, ob sein Besucher ihn auf den Arm nahm oder nicht. Wegen der Stellung seines Besuchers in der politischen Hierarchie von Singapur zog er es vor, die Antwort kommentarlos zu akzeptieren.

Erst am Ende des weißen Flurs, kurz vor dem Ausgang, kam die Gruppe zum Stehen. Andrew Sim drehte sich zu Dr. Finkelstein um. „Lieber Doktor. Sie haben uns sehr geholfen. Hoffentlich bestätigen Ihre Untersuchungen, dass der Mann ermordet wurde. Es würde die schöne Weisheit bestätigen, dass die Hoffnung zuletzt stirbt."

Er tue sein Möglichstes, antwortete Dr. Finkelstein, drehte sich um und tauchte wieder in sein weißes Reich ein. Nicht ohne sich vorzunehmen, dass die Grünpflanze in der Mitte des Flurs gegossen werden musste.

KAPITEL 9

Der 8. Mai begann im Hamburger Polizeipräsidium wie immer mit der üblichen Routine. Um 8:15 Uhr Besprechung bei Polizeirat Stahmer. Anwesend waren nur die Hauptkommissare Brandauer, Koslowski und Lehn. Die anderen Kommissare hatten wichtige Termine für ihr Nichterscheinen vorgeschoben.

Denn das einzige Thema war auch nur die Aussprache über die Ergebnisse der Befragungen der Angehörigen von Passagieren des verschwundenen Fluges AC404 von Singapore nach Frankfurt.

Erstaunlicherweise schien sich Stahmer für alle Befragungen im Detail zu interessieren, sodass sich die Besprechung dann doch in die Länge zog. Im Endeffekt waren die Ergebnisse von Brandauer und Koslowski negativ. Lehn stieß in das gleiche Horn. Kurz berichtete er von seinen Besuchen in Wedel und Lüneburg und schloss mit dem Besuch bei Frau Koller in Ottensen. Alles negativ.

Inzwischen war es kurz vor 9 Uhr. Zum Abschluss bat Stahmer seine Kommissare, die Untersuchungen möglichst schnell zum Abschluss zu bringen, da das Ministerium in Berlin beim BKA wegen der Brisanz des Falles schon nachgefragt habe.

Er hatte sich schon fast erhoben, als Lehn sich an jenen Mann erinnerte, der laut Frau Koller ein Freund ihres Mannes war und mit ihm zurückgeflogen war. Der Mann sollte Horst Schacht heißen und aus Süddeutschland kommen.

Um diese Information noch schnell auf ihre Wahrscheinlichkeit abzuklopfen, setzte sich Lehn an die Seite von Stahmer und bat, noch einen Blick auf die Liste aller deutschen Passagiere werfen zu dürfen.

Sein Vorgesetzter schob ihm die Liste zu. Lehn überflog sie zweimal. Ein Horst Schacht war nicht unter ihnen.

Stahmer, der bemerkt hatte, dass Lehn zum dritten Mal ansetzte, die Liste durchzugehen, fragte, ob etwas nicht in Ordnung sei.

„Ich weiß nicht", stotterte Lehn und berichtete dann kurz, dass Frau Koller ihm erzählt habe, ein gewisser Horst Schacht, ein alter Weggefährte ihres Mannes, sei auf dem Flug gewesen. Dieser Horst Schacht stehe aber nicht auf der Liste.

„Könnte diese Frau Koller in ihrer Trauer so verwirrt gewesen sein, dass sie diesen Schacht erfunden hat?", fragte Stahmer.

Lehn verneinte das. „Das, was sie sagte, klang ganz plausibel und folgerichtig."

„Immerhin seltsam", murmelte Stahmer, fuhr dann aber fort: „Obwohl es natürlich viele harmlose Erklärungen dafür geben kann. Beispielsweise könnte dieser Schacht in Frankfurt nur umsteigen wollen und als Endziel beispielsweise London haben. Dann würde sein Name wahrscheinlich nicht auf dieser deutschen Liste geführt."

Lehn setzte noch einen mit der Version drauf: „Dieser Schacht könnte vielleicht geheiratet und den Namen seiner Frau angenommen haben. Koller kennt ihn aber nur unter seinem alten Namen Schacht."

„Aber Spaß beiseite", meinte er, ernst werdend. „Wir sollten diese Auffälligkeit im Auge behalten."

Stahmer nickte. An alle gewandt, fuhr er dann etwas humorvoll fort: „An die Arbeit, meine Herren. Ich brauche Ergebnisse! Und wenn es nichts zu berichten gibt, ist das auch ein Ergebnis! Ich will diese Sache vom Tisch haben!"

Vorsichtshalber blickte Lehn noch einmal auf seine Liste. Ihm verblieb nur noch die Überprüfung des Flugpassagiers Ferdinand Kurz. Dieser Kurz wohnte laut Liste im Eppendorfer Weg 140.

Lehn machte sich auf den Weg. Die Adresse war schnell gefunden. Bei der Parkplatzsuche dauerte es etwas länger. Aber mit etwas Glück und einem Schuss Frechheit hatte er auch diese Hürde genommen.

Zu Fuß näherte er sich der Nummer 140. Es war eines dieser alten prachtvollen Häuser aus den 70er Jahren des 19. Jahrhunderts, die die Bomben des 2. Weltkrieges wie ein Wunder überlebt hatten. Er blickte an der fünfgeschossigen Fassade hoch und bewunderte im Stillen die vielen Balkone mit ihren schmiedeeisernen Gittern und die Stuckaturen, die diesen großen Häusern eine gewisse Leichtigkeit verliehen.

Gemäß Klingelanlage wohnte ein Ferdinand Kurz im 3. Stock. Lehn entschied sich gegen den Aufzug, obwohl dieser, noch aus dem Jugendstil stammend, einmalig war.

Keuchend erreichte er den 3. Stock. Er klingelte. Einmal, zweimal. Niemand öffnete.

„Da werden Sie niemanden antreffen", rief eine Frauenstimme über ihm im Treppenhaus.

Lehn hatte die Frau bisher nicht wahrgenommen. Offensichtlich bohnerte sie gerade die Treppe zur 4. Etage.

Lehn rief ihr zu, ob Herr Kurz verreist sei und wann er zurückkäme.

Die Frau war aufgestanden und stand jetzt, halb über das Geländer gebeugt, einige Stufen über ihm.

„Nein, nicht verreist", sagte sie laut. „Der kommt nie mehr zurück."

Lehn fragte, ob Herr Kurz die Wohnung aufgegeben habe.

„Nein", antwortete sie wieder etwas zu laut. „Der Herr Kurz ist tot. Verunglückt auf der Autobahn!" Sie machte eine Handbewegung, als sei dem Toten die Kehle durch-schnitten worden. Sie wollte wohl damit die Endgültig-keit des Todes dokumentieren.

Im ersten Augenblick war Lehn einigermaßen ver-wirrt, denn immerhin stand Ferdinand Kurz auf der Passagierliste des Fluges AC404 nach Frankfurt. Wenn die Geschichte dieser Putzfrau wahr war, dass Ferdinand Kurz auf der Autobahn tödlich verunfallt war, war das ein Hammer. Das bedeutete nichts mehr und nichts we-niger, als dass ein Passagier auf der Liste stand, der gar nicht mitgeflogen sein konnte.

„Sind Sie ein Freund vom Herrn Kurz?", unterbrach sie mitfühlend die entstandene Stille.

Lehn verneinte das und sagte, er sei von der Krimi-nalpolizei.

„Hat denn der Herr Kurz vor seinem Tod etwas ausge-fressen?", fragte sie neugierig.

Wiederum verneinte das Lehn und fragte stattdessen, ob sie wisse, wann denn der Unfall geschehen sei.

„Es mag jetzt drei Monate her sein", antwortete sie nach einigem Nachdenken.

„Und wie und wo ist es passiert?"

„Da müssen Sie sich schon selbst fragen, wenn Sie wirklich von der Polizei sind", sagte sie spitz.

Zum Beweis nestelte Lehn seinen Ausweis aus der Tasche und hielt ihn ihr entgegen. Da sie aber immer noch einige Stufen höher stand, konnte sie gar nichts erkennen.

Um ihre Zweifel endgültig auszuräumen, nannte Lehn noch einmal seinen Namen und seinen Dienstgrad.

„Ich glaube Ihnen ja", antwortete sie gnädig. „Ich bin übrigens Frau Spohnheimer!"

„Angenehm", bemerkte Lehn überflüssigerweise und fuhr schnell mit seinen Fragen fort: „Hatte Herr Kurz Verwandte?"

„Bis auf zwei Männer habe ich niemals jemanden gesehen."

Lehn fragte nach den Namen.

Sie schüttelte den Kopf.

„Woher wissen Sie, dass Herr Kurz bei diesem Unfall zu Tode gekommen ist?", fragte Lehn weiter.

Sie kam Lehn eine Stufe entgegen, vielleicht um nicht so laut sprechen zu müssen. „Ich kümmere mich schon seit Jahren um dieses Haus. Eines Morgens, es war so Anfang Februar dieses Jahres, stoppte ein Streifenwagen vor der Tür. Ich war gerade dabei, unten den Eingang zu feudeln. Die Beamten fragten nach der Familie Kurz. Ich sagte ihnen, dass ein Herr Kurz im dritten Stock wohne. Sie gingen nach oben. Nachdem sie niemanden angetroffen hatten, kamen sie schnell wieder nach unten und fragten mich, ob ich den Herrn Kurz kenne. Ich bejahte das und wollte wissen, ob er etwas ausgefressen habe. Da erzählten sie mir von dem tödlichen Unfall und fragten, ob Kurz verheiratet gewesen sei, was ich verneinte."

„Aber es muss doch Menschen gegeben haben, die Kurz besuchten?", fragte Lehn.

„Mag sein, mag auch nicht sein", antwortete Frau Spohnheimer. „Wissen Sie. Ich habe auch nicht jeden Tag 24 Stunden dieses Treppenhaus geputzt oder den Eingang gebohnert. Höchstens drei Mal die Woche. Da bleibt viel Zeit, wo ich nicht hier war. Hinzu kommt, dass Herr Kurz ständig verreist war. Die Wohnung stand oft Monate leer."

„Woher wussten Sie das?", fragte Lehn.

Frau Spohnheimer antwortete, dass der Briefkasten unten im Eingangsbereich manchmal so voll gewesen sei, dass teilweise vor allem Werbung auf den Boden gefallen sei, die sie dann habe mühsam aufsammeln müssen.

„Hatten Sie Kontakt zu Herrn Kurz?"

„Nein", antwortete sie. „Eigentlich nicht. Aber er hatte immer ein freundliches Wort für mich, wenn wir uns im Treppenhaus trafen."

„Gab es Hinweise, dass Kurz verheiratet oder liiert war?"

Frau Spohnheimer schüttelte den Kopf.

„War er schwul?"

Sie zuckte mit ihren Schultern. „Wissen Sie", antwortete sie schmunzelnd, „normalerweise erzählen die Männer nichts über ihre geheimen Interessen. Schon gar nicht der Putzfrau, die das Treppenhaus bohnert."

Nachdem sich Lehn die Adresse von Frau Spohnheimer notiert hatte, bedankte er sich für die Auskünfte und ging die Treppe hinunter.

Er war aufgeregt. Der Fall hatte plötzlich eine Wendung genommen, auf die er nicht vorbereitet gewesen war.

Während er zu seinem Wagen ging, rief er sich noch einmal die Fakten ins Gedächtnis zurück.

Danach stand ein Mann auf der Passagierliste, der gar nicht an Bord gewesen sein konnte, weil er tot war. Noch mysteriöser wurde das Ganze, wenn man an die Geschichte mit diesem Schacht dachte, einem Passagier, der an Bord des Fluges war, aber nicht auf der Passagierliste stand. Gab es da eventuell einen Zusammenhang? Aber das war alles noch sehr vage.

Lehn bestieg seinen Wagen und fuhr ins Präsidium zurück.

Als Erstes krallte er sich Gabi Langner und bat sie, im Computer nachzuschauen, ob irgendetwas über einen Ferdinand Kurz bekannt war. Es sei wichtig.

Gabi Langner, die wohl am Tonfall seiner Stimme erkannt hatte, dass es wirklich wichtig war, kam schon nach kurzer Zeit in Lehns Büro und bestätigte den Unfalltod von diesem Kurz Anfang Februar auf der Autobahn A7.

„Und wo hat sich der Unfall ereignet?", wollte Lehn wissen.

„Weiß nicht", sagte sie. „Ich drucke es Ihnen so schnell wie möglich aus!"

„Ich bin beim Chef", rief er ihr nach.

Glücklicherweise war Kriminalrat Stahmer in seinem Büro.

„Bitte um Erlaubnis, eintreten zu dürfen", rief er durch die offene Tür.

„Erlaubnis erteilt", antwortete Stahmer. „Was gibt es?"

„Einen Volltreffer", sagte Lehn und berichtete dann kurz, dass dieser Ferdinand Kurz, der zwar auf der Passagierliste stand, nicht an Bord von AC404 gewesen sein konnte, weil er tot sei.

„Was?", rief Stahmer erstaunt.

Lehn wiederholte die Geschichte noch einmal.

„Und was sagt uns das?", fragte Stahmer.

„Zweierlei", antwortete Lehn entwaffnend. „Entweder war Ferdinand Kurz wirklich auf dem Flug, dann war der Unfall auf der Autobahn getürkt und man hat jemand anderen für tot erklärt. Oder Ferdinand Kurz war nicht an Bord der AC 404. Dann ist vielleicht jemand anderes auf seinen Namen geflogen."

„Beide Versionen sind nicht gerade vertrauenerweckend, im Gegenteil, sie schreien nach Aufklärung!", meinte Stahmer entschieden.

Etwas zögernd fügte Lehn hinzu. „Zumal wenn wir diese Meldung im Kontext zu Schacht sehen. Denn in Schacht haben wir möglicherweise einen Passagier, der eigentlich an Bord gewesen sein müsste, aber nicht auf der Passagierliste steht, und in Kurz haben wir einen Passagier, der auf der Liste steht, aber nicht an Bord des Fluges gewesen sein kann, weil er tot war."

„Was schlagen Sie vor?", fragte Stahmer.

„Erst einmal sollten Sie das Bundeskriminalamt benachrichtigen, damit die die Behörden in Singapur über Ferdinand Kurz informieren. Einen Passagier, der auf der Liste steht, aber tot ist. Über die Ungereimtheiten mit diesem Schacht sprechen wir dann später."

„Gute Arbeit", lobte Stahmer seinen Untergebenen.

KAPITEL 10

Im Juni 1926 war in der Londoner „Times" ein Artikel über Jesselton, die größte Stadt Sabahs, unter der Rubrik „Reisebeschreibungen" erschienen.

Ein gewisser Peter Cox schrieb in dem Artikel: „Wir gingen am 4. Januar in Jesselton an Land. Wir waren sofort umringt von eher kleinwüchsigen Einheimischen. Offenbar eine Mischung aus Philippinos, Malaien, aber mit einem kräftigen Schuss chinesischen Blutes. Sie hatten nicht die offenen, strahlenden Gesichter, die wir aus Malaya und Niederländisch Indien kannten. Im Gegenteil, sie schienen uns zu taxieren, wie sie uns am leichtesten um unsere Wertsachen, vielleicht um unser Leben bringen konnten. Wir hielten unsere Seesäcke fest umklammert, bis wir eine Rikscha besteigen konnten, die uns zu unserer Herberge brachte. Die ersten Stunden in diesem Ort glichen eher einem Albtraum und wir sehnten uns nach dem schönen Batavia zurück."

In den folgenden Jahren schien sich nicht viel geändert zu haben. So erließ 1943 der Stadtkommandant der japanischen Besatzungsmacht, Major Shima Kiyohide, den Tagesbefehl, dass ab sofort alle japanischen Soldaten nur zu zweit die Kasernen verlassen durften, weil die Bevölkerung offenbar nur aus Dieben und Kriminellen bestand.

Nach dem Abzug der Japaner wurde es auch nicht besser. Jesselton wurde umbenannt in Kota Kinabalu, später der Einfachheit halber K.K. genannt. Es wurde die Hauptstadt von Sabah, dem nördlichen Teil von Borneo, einem Bundesland Malaysias. Mit über 2 Millionen Einwohnern, strategisch ideal am Südchinesischen Meer gelegen. Eine Stadt, die trotz einiger Hochhäuser auch teilweise heute noch an jenes frühere Jesselton erinnerte, welches dem Reisenden Peter Cox 1926 als Albtraum erschienen war.

Kota Kinabalu, für einige ein Traum, für viele schlichtweg die Hölle. Eine Stadt, in der Polizei und Richter eher als Dekoration dienten, als dass sie auch nur einen Gedanken darauf verschwendeten, irgendeine Staatsgewalt auszuüben. Hinzu kommen landestypische Gesetze, die von den Gesetzen der Föderation Malaysia abwichen und fallweise ausgelegt werden konnten.

Mit anderen Worten, Kota Kinabalu konnte man als Verbrechernest bezeichnen. Als Drehscheibe zwischen den westlich orientierten Staaten Malaysia, Singapur, Taiwan, den Philippinen und dem kommunistischen Vietnam, der Volksrepublik China und dem muslimisch orientierten Indonesien. Seit einigen Jahren kamen die Terroristen der Abu-Sayyaf-Bewegung als „Player" hinzu, die auf den benachbarten Inseln Mindanao, Palawan und Jolo ihr Schreckenssystem installiert hatten. Eine Multikulti-Gesellschaft schlimmster Prägung, die sich hier in K.K. austobte. Ohne gemeinsame Wurzeln, ohne Zusammengehörigkeitsgefühl. Jeder nur darauf bedacht, seinen Nachbarn zu übervorteilen, ihn zu betrügen, und wenn es sich anders nicht machen ließ, ihn umzubringen.

Gehandelt wurde und wird in Kota Kinabalu alles, was in zivilisierten Städten auf dem Index stände. Der Handel liegt in den Händen von chinesischen Triaden, japanischen Kartellen, sonstigen Kriminellen, die auf eigene Rechnung arbeiten, und von den Platzhirschen aus der Malayischen Federation.

Einer von ihnen war der weit über achtzigjährige Ton Yu Man. Früher auch bekannt als Pate von Kuala Lumpur.

Heute, an diesem 6. Mai, saß Ton Yu Man wie so oft in den letzten Jahren auf der Terrasse des KK Golf Clubs. Kota Kinabalu zählte zwar drei Golf Clubs, aber nur einen Royal KK Golf Club. Hier verkehrte die High Society von KK oder die, die sich dafür hielten. Eine Society, die hauptsächlich aus Exil-Chinesen bestand, Nachkommen der Familien, die dem Terror von Mao 1946 entkommen waren.

Aber in den letzten Jahren hatten sich in den Royal KK Golf Club auch Mitglieder eingekauft, die von Gesetzen nicht allzu viel hielten.

So auch Ton Yu Man. Er liebte es mit seinen weit über achtzig Jahren, hier auf der Terrasse zu sitzen und einen Gin Tonic nach dem anderen zu trinken. An diesem 6. Mai streifte sein Blick über den überdimensionalen Aufmacher in der „STRAITS TIMES", der Tageszeitung Malaysias:

„Noch immer keine Spur von AC404"

Für ihn war die Überschrift keine Überraschung, denn er hatte es so geplant. Das, was hier in der „Straits Times" stand, war das Ergebnis seiner Planung und fußte auf seinen Ideen.

Wie es aussah, würde es das Geschäft seines Lebens werden. Sozusagen die Mutter aller Geschäfte. Ein Geschäft, welches ihn wieder in die Liga der richtig Reichen spülen würde, denn die ständigen Besuche in den Spielcasinos von Macao hatten einige Löcher in seiner Altersversorgung hinterlassen.

Angebahnt hatte sich dieses Geschäft vor knapp einem Jahr im Juli 2015. Ton Yu Man erinnerte sich noch wie heute daran. Das Telefon hatte geklingelt. Eine männliche Stimme hatte ein Codewort genannt, welches den Anrufer als vertrauenswürdig einstufte. Ton Yu Man hatte mit einem passenden Codewort geantwortet.

Dieses Codesystem war ein syndikatübergreifendes Alarmsystem, welches sich die Unterwelt von K.K. zugelegt hatte. Aber immerhin war es besser als gar nichts.

Nachdem diese Sicherheitsmaßnahmen erledigt worden waren, war der Anrufer gleich zur Sache gekommen. Er heiße Abdul Assiz und sei der Assistent von „Comandante Che", von dem er herzliche Grüße ausrichten solle.

Für wenige Sekunden hatten Ton Yu Man diese „herzlichen Grüße" die Sprache verschlagen, denn jeder hier in Südostasien wusste, wer „Comandante Che" war, nämlich der Anführer der berüchtigten Terrororganisation Abu Sayyaf. Wenn Che durch seinen Assistenten telefonisch herzliche Grüße übermitteln ließ, dann konnte man nur über eines sicher sein: Nicht viele Menschen auf der Welt erhielten einen derartigen Anruf.

Ton Yu Man hatte sich aber schnell wieder im Griff gehabt und darum gebeten, die herzlichen Grüße an den „Comandante Che" zu erwidern, und hatte nach dem Grund des Anrufs gefragt.

Abdul Assiz wollte sich, wie er es ausgedrückt hatte, mit dem großen Ton Yu Man treffen, um einiges zu besprechen. Das sei ein Wunsch von Comandante Che.

Ton Yu Man hatte sich dann mit seinem Anrufer zu einem Treffen am nächsten Tag auf der 8-Uhr-Fähre vom Seraca Ferry Terminal nach Manukan verabredet.

Nach Ende des Telefongespräches war Ton Yu Man erst richtig klar geworden, was da an diesem denkwürdigen 8. Juli letzten Jahres geschehen war. Er sollte sich mit dem Assistenten des berüchtigten „Comandante Che" treffen, der in Wirklichkeit Mohammed Jussef oder so ähnlich hieß, sich aber in Bewunderung von Che Guevara „Comandante Che" nennen ließ.

Ton Yu Man wusste nicht, ob er sich geehrt fühlen sollte, ob er kotzen sollte oder ob es vielleicht eine Falle war.

Er hatte immer diese Mörderbande von Abu Sayyaf verachtet. Diese Terroristen, die sich auf ihre Fahnen geschrieben hatten, die Inseln Mindanao und Jolo von Christen zu säubern, um dort einen islamischen Gottesstaat zu installieren. Am meisten ekelte ihn an, dass sich Abu Sayyaf aus Lösegeldforderungen finanzierte. Ihre feige Masche war, Ausländer zu entführen und horrende Lösegelder zu fordern. Wurden die nicht bezahlt, wurden die Entführten grausam gequält und danach enthauptet. Für ihn waren es eher Kriminelle, die sich unter dem Deckmantel des Islams schamlos bereicherten.

Andererseits war Ton Yu Man ehrlich genug, sich einzugestehen, dass er selber einer der mächtigsten Kriminellen auf der Malaiischen Halbinsel war und mit den kommunistischen Aufständischen immer die besten Geschäfte gemacht hatte. Aber er war stolz darauf, alle seine Verbrechen elegant abgewickelt zu haben. Man hatte nie eine Leiche gefunden, von denen es mit Sicherheit sehr viele gegeben hatte. So war er nie angeklagt worden. Zwar hatte er im hohen Alter noch von Kuala Lumpur nach K.K. umsiedeln müssen, weil es ihm in der Federation Malaysia zu heiß geworden war. Aber hier in K.K. brauchte er sich nicht zu verstecken. Er war ein angesehenes Mitglied der Gesellschaft, er spielte im Royal Golf Club Golf und konnte auf der Terrasse in Ruhe seine Gin Tonics trinken.

Für Ton Yu Man war das der beste Beweis, dass seine Art, Verbrechen zu begehen, kultivierter war als die der kaltblütigen Mörder von Abu Sayyaf. Er konnte in Freiheit leben, während dieser „Comandante Che" sich im malariaverseuchten Dschungel von Mindanao verstecken musste, um nicht von der Armee der Philippinen erschossen oder gar gelyncht zu werden. Das war der Preis dafür, wenn man seine Geiseln quälte und danach enthauptete.

So hatte Ton Yu Man dem Treffen mit diesem Abdul Assiz, dem Assistenten des großen „Comandante Che", auf einer Fähre mit eher gemischten Gefühlen entgegengesehen.

Damals am 9. Juli 2015 kurz vor 8 Uhr hatte sich Ton Yu Man mit drei Bodyguards zum Seraca Ferry Terminal auf den Weg gemacht, wo die Fähre nach Manukan ablegte. Weitere sieben von seinen Bodyguards waren auf Umwegen zum Ferry Terminal gekommen. Ton Yu Man hatte lieber auf Nummer sicher gehen wollen, obwohl er keine Falle vermutete. Das Treffen auf einer der Fähren stattfinden zu lassen war ein guter Schachzug der Gegenseite. Die Fähren waren immer gut besucht, sodass man die eigenen Bodyguards unauffällig unter den Passagieren verteilen konnte.

Als Ton Yu Man mit seinen Getreuen das Fährterminal erreicht hatte, hatte das Schiff kurz darauf pünktlich abgelegt. Ton Yu Man hatte sich vorne auf eine Bank auf dem Vordeck gesetzt. Dort war es leer gewesen und das Vordeck hatte gut von dem oberen Deck aus gesichert werden können.

Es hatte keine zehn Minuten gedauert, bis ein Mann neben ihm mit den Worten Platz genommen hatte, er sei Abdul Assiz. Ton Yu Man hatte kurz seinen Gesprächspartner taxiert. Ein Philippino, vielleicht Mitte 40, etwas dicklich mit einem stechenden Blick. Ton Yu Man hatte darauf verzichtet, sich vorzustellen, denn offensichtlich war er bekannt.

Abdul Assiz war sofort mit den höflichen Worten zur Sache gekommen, Comandante Che brauche einen Rat von dem Paten aller malaiischen Verbrecher: Ton Yu Man.

Das mit dem Paten war Ton Yu Man etwas zu dick aufgetragen gewesen und so hatte er kurz und bündig gefragt, worum es denn gehe.

Erstaunlich offen, fast im Plauderton hatte Abdul Assiz dann die Karten auf den Tisch gelegt. Man wolle ein Flugzeug entführen, welches sehr viel Bargeld transportiere. Das Problem sei, dass man nicht wisse, wo die Maschine landen könne, und man genügend Zeit habe, das Bargeld zu entladen, bevor die Polizei anrücke. Ob Ton Yu Man diesbezüglich eine Idee hätte?

Ton Yu Man hatte tief durchgeatmet, denn er hatte erst einmal realisieren müssen, was da sein Gesprächspartner von ihm wollte.

Um später keine Missverständnisse aufkommen zu lassen und um sicher zu sein, dass er alles richtig verstanden hatte, denn immerhin war er nicht mehr der Jüngste, wiederholte Ton Yu Man mit seinen Worten noch einmal die Bitte des Kommandanten Che.

„Die Terrororganisation Abu Sayyaf will also ein Flugzeug entführen, welches Bargeld transportiert, weiß aber nicht, wo die Maschine landen soll, ohne nicht sofort von der Polizei kassiert zu werden. Richtig?"

Abdul Assiz nickte nur. Fügte dann noch hinzu, dass 25 % des Nettogewinns für Ton Yu Man drin seien, und zwar nicht nur vom erbeuteten Bargeld, sondern auch von möglichen Lösegeldforderungen, die von seiner Organisation erhoben würden, um Maschine und Passagiere freizupressen. Also ein Viertel von allen Erträgen abzüglich der Kosten.

Ton Yu Man hatte schlucken müssen. Ein Viertel des Nettogewinns hörte sich gut an. Selbst wenn die Abrechnung später getürkt wäre, würde noch genug Bares herumkommen. Zwar hatte er im ersten Augenblick auch keine Idee gehabt, wie man ein entführtes Flugzeug auf irgendeinem Flugplatz dieser Welt entladen konnte, ohne dass die Polizei anrückte. Aber er hatte spontan entschieden, das Angebot offen zu halten. Er hatte sich die Sache überlegen wollen, um eventuell eine Lösung zu finden.

Zu seinem Gesprächspartner hatte er gesagt, dass er über dieses Geschäft schlafen müsse, denn Comandante Che müsse verstehen, dass er ad hoc auch keine Idee habe. Wie er Kontakt aufnehmen könne?

Abdul Assiz hatte darauf eine Telefonnummer auf einen Zettel gekritzelt.

„Noch eines", hatte Ton Yu Man wissen wollen. „Warum kommt Abu Sayyaf zu mir?"

Abdul Assiz schien die Frage erwartet zu haben. Wie aus der Pistole hatte er geantwortet, dass Abu Sayyaf dafür kämpfe, einen islamischen Gottesstaat auf Mindanao und Jolo zu errichten. Das sei das Geschäft, von dem sie etwas verstünden. Da sie nichts von weltlichen Geschäften verstünden, müssten sie sich an Spezialisten wenden, die sich eher mit dieser Art von Geschäften auskennen würden. Da sei Ton Yu Man genau der Richtige.

Ton Yu Man hatte gewusst, dass das gelogen war. Die Terrororganisation Abu Sayyaf war, gerade was die Finanzierung ihrer Aktionen betraf, ziemlich ausgeschlafen.

Die Wahrheit war wohl gewesen, dass sie in der Tat keinen Plan hatten, wie sie an das Geld in der entführten Maschine kamen.

Aber Ton Yu Man hatte sich entschieden, dieser Lügengeschichte erst einmal nicht zu widersprechen.

In das plötzlich entstandene Schweigen hatte Abdul Assiz plötzlich zugegeben, im Übrigen brauche man einen Partner, der die Vorfinanzierung übernimmt.

„Dann sind die vorhin erwähnten 25 % vom Nettoerlös eher dürftig", hatte Ton Yu Man erwidert, wobei er betonte, nicht unbescheiden erscheinen zu wollen.

„Wir können über alles sprechen. Alles ist verhandelbar", war Abdul Assiz' Antwort gewesen. „Ist der Plan gut, dann ist Abu Sayyaf auch bereit mehr zu zahlen. Und noch eines", hatte Abdul Assiz hinzugefügt, wobei er offensichtlich davon ausging, dass Ton Yu Man in das Geschäft einschlug, „wir sollten dem Kind einen Namen geben. Das erleichtert später die Kommunikation. Beide Seiten wissen, wovon sie sprechen. Was halten Sie von ‚Operation Enola Gay'? Immerhin gibt es zu unserem Plan eine gewisse Beziehung. Auch die Enola Gay war ein Flugzeug."

„Verhöhnen wir mit diesem Namen nicht die Toten von Hiroshima?", wandte Ton Yu Man ein, dem ein anderer Name der Operation lieber gewesen wäre.

Das schien Abdul Assiz anders zu sehen. In dem arroganten Ton, der diesen abgehobenen revolutionären

Führern eigen war, sagte er: „Beim Aufbau unseres islamischen Gottesstaates auf Mindanao und Jolo können wir uns um ein paar Tote mehr oder weniger nicht kümmern." Und fügte kurz angebunden hinzu: „Comandante Che erwartet Ihre Nachricht. Natürlich so schnell wie möglich." Etwas abmildernd schloss er: „Natürlich räumt Ihnen Comandante Che alle Zeit ein, denn bei diesem Geschäft will alles gut überlegt sein."

Mit diesen Worten hatte sich Abdul Assiz erhoben und sich in dem Gewusel auf dem Hauptdeck der Fähre aufgelöst.

Ton Yu Man hatte noch eine ganze Zeit nachdenklich auf dem Vorderdeck gesessen. Ihm hatte etwas einfallen müssen, um an das Geld aus diesem Geschäft zu kommen. Für ihn war es ein Geschäft. Aber ein interessantes. Ein verdammt interessantes sogar, denn es versprach seine finanzielle Lage grundlegend zu verbessern.

So hatte alles damals vor einem Dreivierteljahr begonnen. Dieses Gespräch mit Abdul Assiz war der Beginn eines wirklich großen Geschäftes gewesen, dessen Ausgang damals noch völlig ungewiss gewesen war. Und was war danach alles passiert? Heute wirbelten die Gedanken in Ton Yu Mans Kopf herum, wenn er nur an einen Bruchteil dessen dachte, was er in den letzten Monaten alles unternommen hatte, um das Geschäft anzukurbeln.

Ton Yu Man hatte sich noch einen weiteren Gin Tonic bestellt.

Um etwas zur Ruhe zu kommen, zwang er sich, seine Blicke über den Golfplatz schweifen zu lassen. Völlig teilnahmslos beobachtete er einen alten Chinesen, der sich auf dem Putting Green unmittelbar vor der Terrasse abmühte, einen Ball einzulochen, was ihm aber immer wieder misslang. Da musste Ton Yu Man lächeln. Wie oft war es ihm genauso ergangen? Nie hatte der Ball Erbarmen gezeigt und war dorthin gerollt, wohin er sollte. Aber vielleicht war das gerade die Faszination des Golfsports.

KAPITEL 11

„Das BKA ist über die seltsame Geschichte mit diesem Ferdinand Kurz benachrichtigt. Diesem Mann, der auf der Passagierliste steht, wahrscheinlich aber gar nicht an Bord von AC404 gewesen sein kann, weil er zum Zeitpunkt des Fluges schon einige Monate tot war. Jedenfalls haben wir ja diesen Verdacht. Die Kollegen haben die Nachricht an Singapur weitergeleitet", sagte Polizeirat Stahmer, als Lehn kurz vor 8 Uhr das Büro seines Chefs betrat.

„Und haben Sie auch die Unstimmigkeiten mit diesem Schacht erwähnt?"

Stahmer nickte. „Habe ich auch. Aber nur darum gebeten, noch einmal zu überprüfen, ob dieser Schacht an Bord des Fluges AC404 war, mit welcher Destination auch immer."

Lehn fragte, ob schon eine Antwort gekommen sei.

Stahmer bejahte das. „Die Antwort ist negativ. Ein Horst Schacht stehe nicht auf der Passagierliste, sagt Singapur."

„Das bedeutet für uns …?", fragte Lehn.

„Dass wir uns um diesen Horst Schacht kümmern müssen. Immerhin haben wir hier eine Auffälligkeit. Und das BKA hat uns nochmals angewiesen, jeder auch noch so kleinen Spur nachzugehen. Offensichtlich legen sie großen Wert auf eine gute Zusammenarbeit mit der Polizei in Singapur."

Lehn erhob sich.

„Wo wollen Sie hin?", fragte Stahmer.

„Der Anweisung des BKA folgen und einmal unseren Computer befragen, ob der etwas über Schacht weiß."

„Die Anweisungen gebe ich hier", knurrte Stahmer und forderte Lehn auf, sich wieder zu setzen.

Etwas erstaunt über den Befehlston des Chefs ließ sich Lehn wieder auf seinen Stuhl nieder. Da er sich keines Fehlverhaltens bewusst war, musste die schlechte Laune des Chefs andere Ursachen haben.

Nach einigen Minuten des Schweigens brach es aus Stahmer heraus. Was die sich beim BKA einbildeten. Er habe auch nur einen Hintern. Die Personaldecke der Kripo sei einfach zu dünn, um allen Spuren gleichzeitig nachgehen zu können. Man müsse jetzt Prioritäten setzen. Sie hätten jetzt zwei Verdachtsfälle, Kurz und Schacht.

„Wo fangen wir an?"

„Wie ich schon sagte: Zuerst bei Schacht." Dann wiederholte Lehn seine Absicht, den Computer zu befragen, und fügte hinzu, dass man bei Ferdinand Kurz mit den Überlegungen schon sehr viel weiter sei, während man von Schacht nur eines wisse, dass er mit großer Wahrscheinlichkeit auf dem Flug nach Frankfurt, aber nicht auf der Passagierliste erfasst war. Sonst wisse man nämlich gar nichts.

Dieses Mal ließ Stahmer seinen Untergebenen gehen.

„Warum nicht gleich so?", murmelte Lehn beim Hinausgehen, ohne dass sein Chef es hören konnte.

Als Erstes holte Lehn die Postkarte aus seinem Schreibtisch, die Schacht vor Jahren an Professor Koller geschickt hatte. Er bat Gabi Langner, die Sekretärin der Abteilung, den Computer nach diesem Horst Schacht zu durchforsten.

Das Ergebnis kam schneller als erwartet. Schon nach einer guten Stunde erschien Gabi Langner bei Lehn, einige DIN-A4-Seiten in der Hand schwenkend.

„Du bist fündig geworden?", fragte Lehn.

„Mehr als das", antwortete Gabi Langner, die offensichtlich vom Jagdeifer gepackt war. Fast hektisch zitierte sie aus ihren Notizen: „Horst Schacht, geboren Ende 1944 in Posen, Warthegau, tauchte Mitte 46 in der Bundesrepublik auf. Er ist kein unbeschriebenes Blatt. In den sozialen Netzwerken ist er zwar nicht existent. Das ist auch nicht verwunderlich, denn dafür ist der Mann eher im Geheimdienst-Milieu bekannt. Am ausführlichsten beim Bundesnachrichtendienst. Gemäß Bundesnachrichtendienst wird er des unerlaubten Waffenhandels verdächtigt. Er soll hauptsächlich in Afrika einige Untergrundbewegungen mit Waffen beliefert haben oder auch noch beliefern. In den letzten Jahren soll er aber den Schwerpunkt seiner Geschäfte nach Ostasien verlegt haben. In Deutschland ist er an der Adresse gemeldet, die auch auf der Postkarte angegeben ist: Talblick 15, Gemeinde Obersalzberg, Post Berchtesgaden, postlagernd. Bisher konnte ihm nichts nachgewiesen werden. Ein erstes Ermittlungsverfahren wurde 1997 eingestellt. Ein zweites Ermittlungsverfahren konzentrierte sich auf Schachts Teilnahme bei Kämpfen der Einheit ‚Steenbock' im Norden Nigerias und im Tschad. Da hat es 2010 reichlich Tote gegeben. Dieses Verfahren verlief im Sande. Aber überall, wo dieser Schacht auftauchte, gab es eine Menge Leichen. Nur konnte ihm nie ein Mord nachgewiesen werden."

Lehn dankte Gabi Langner für ihre Arbeit. Nachdem er sich einen Kaffee aus dem Automaten geholt hatte, ging er wieder zu Polizeirat Stahmer, um diese neuen Erkenntnisse über Schacht zu besprechen.

Zwischenzeitlich hatte Stahmer seine Wut über das BKA etwas mehr unter Kontrolle gebracht. Lehn gab fast wörtlich den Bericht der Sekretärin wieder. Ohne zu unterbrechen, hatte sich Stahmer alles angehört. Fast freundlich dankte er Lehn mit den Worten, dass er mit diesem Schacht wohl einen Fisch an Land gezogen habe, der aber ziemlich stinke. Die vom BKA säßen ihm derart im Nacken, dass er dringend eine Erfolgsmeldung brauche.

Dann war es, als ginge ein Ruck durch Stahmer. Er richtete sich hinter seinem Schreibtisch auf. „Fahren Sie sofort nach Berchtesgaden und versuchen Sie in dem Haus von Schacht etwas in Erfahrung zu bringen. Nehmen Sie Perner mit. Vier Augen sehen mehr als zwei!"

„Noch heute?", fragte Lehn überrascht.

„Sofort! Wenn ich sage ‚sofort', dann meine ich sofort. Begreifen Sie endlich, dass dieser Fall wichtig ist und wir nichts auf die lange Bank schieben können. Nehmen Sie die Mittagsmaschine nach München. Ich werde veranlassen, dass ein Wagen für Sie am Airport bereitsteht. Außerdem faxe ich den Durchsuchungsbeschluss für Schachts Haus an das Kommissariat am Münchener Flughafen. Sie können es sich dort abholen."

„Danke." Lehn stotterte ein wenig, denn die plötzliche Eile seines Chefs kam für ihn etwas überraschend. „Was veranlasst Sie mit einem Mal diesen Schacht so wichtig zu nehmen?"

Stahmer lehnte sich wieder auf seinem Schreibtischstuhl zurück. „Eher ein Bauchgefühl. Aber was unsere Frau Langner im Computer über Schacht gefunden hat, sagt mir, dass wir es bei diesem Schacht mit einem gefährlichen Mann zu tun haben. Also nehmen Sie sich in Acht, obwohl Schacht selber ja wohl kaum im Haus sein kann. Und nun gehen Sie und sehen Sie zu, dass Sie Land gewinnen. Die Maschine nach München wartet nicht."

Lehn verließ Stahmers Büro und baute sich im Großraumbüro neben dem Schreibtisch von Kriminalkommissar Perner auf.

„Was gibt es?", fragte Perner.

„Wir fahren nach München und dann weiter nach Berchtesgaden."

„Jetzt?"

„Ja, jetzt! Wann dachtest du?"

„Ich denke gar nichts mehr in diesem Dezernat. Ich wundere mich nur noch."

Der Flug verlief ohne Probleme. Abgesehen davon, dass Perner über das abgepackte Sandwich moserte, welches die Lufthansa servierte.

„Es könnte auch noch schlechter sein", versuchte Lehn ihn zu versöhnen.

„Mein belegtes Brötchen, das ich heute Morgen beim Bäcker gekauft hatte, war entschieden besser."

Warum er es nicht mitgenommen habe, fragte Lehn.

„In der Eile vergessen", antwortete Perner angesäuert.

Die Übergabe des Fahrzeuges am Münchener Flughafen ging auch reibungslos über die Bühne. Es war ein ziviler BMW der Münchener Kripo. Der bayrische Beamte hatte sogar den Durchsuchungsbefehl mitgebracht.

Lehn und Perner bedankten sich und fuhren los. Allerdings versagte das Navi bei der Eingabe der Adresse von Schacht.

Perner schlug vor, die Post in Berchtesgaden anzusteuern und sich den Weg beschreiben zu lassen.

Gesagt, getan. Der BMW hatte ordentlich PS unter der Haube, sodass sie kurz vor 16 Uhr das Gebäude der Hauptpost in Berchtesgaden erreichten.

Am Schalter zeigte Lehn seinen Ausweis und fragte, ob Post für Horst Schacht im Postfach sei. „Von Hamburg kommen Sie daher", sagte der Postbeamte fast bewundernd. „Ich war einmal in Hamburg mit meinem Schützenverein. Sie wissen schon, Reeperbahn und diese Nebenstraße! Sie wissen schon." Er zwinkerte Lehn zu. So, als hätten sie jetzt ein gemeinsames süßes Geheimnis.

Lehn versuchte, ohne den Mann zu kränken, möglichst schnell auf das Postfach von Schacht zurückzukommen. „Das nächste Mal", sagte er, „wenn Sie wieder mit Ihrem Verein nach Hamburg kommen, fragen Sie nach Kriminalhauptkommissar Lehn. Ich zeige Ihnen dann das richtige St. Pauli, so wie Sie es aus dem Fernsehen kennen."

Ein Lächeln überzog sein Gesicht. „Das machen wir", sagte er und bewegte sich in einen Nachbarraum.

Schließlich kam er mit wenigen Briefen und hauptsächlich Reklame wieder. Wann Horst Schacht zuletzt seine Post abgeholt habe, wollte Lehn wissen. „Keine Ahnung", antwortete der Postbeamte bedauernd. Man führe darüber keine Aufzeichnungen. „Aber ...", der Beamte sah die vor ihm liegende Post durch, „das älteste Schreiben ist von Mitte Februar dieses Jahres. Also wird Ihr Herr Schacht, Horst wohl Anfang Februar zuletzt hier gewesen sein."

„Können Sie uns den Weg zu dieser Adresse beschreiben?" Perner deutete auf die Anschrift auf einem der Briefe.

„Das weiß ich, wo das ist. Oben am Obersalzberg, aber noch ein ganzes Stück vor dem Kehlsteinhaus."

Er beschrieb das Haus von Schacht eher als bessere Jagdhütte, denn oben gebe es gar keine richtigen Häuser. Da dürfe man gar nicht bauen. Da sei überall Naturschutz! Um dorthin zu kommen, müsse man die Straße Richtung Kehlsteinhaus fahren und dann nach gut eineinhalb Kilometern nach links abbiegen. Ausgeschildert sei: „Zur Schafsalm". Nach gut einem Kilometer würde man an einer alten Flakstellung vorbeikommen. Das nächste Anwesen rechter Hand am Waldrand, ungefähr einhundert Meter von der Straße, sei das Anwesen von Schacht.

Sie dankten dem Postbeamten und verließen die Post. Lehn war sich sicher, in der Post von Berchtesgaden nunmehr einen Freund zurückgelassen zu haben.

„Die Straße zum Kehlsteinhaus ist gesperrt", rief der Postbeamte ihnen noch aus dem geöffneten Fenster nach. „Aber Sie sind ja von der Polizei. Da gilt das wohl nicht."

Es war schon fast 17 Uhr, als sie loskamen. Dann ging alles ganz zügig. Die gesperrte Straße zum Kehlsteinhaus war schnell gefunden. Sie fuhren einfach weiter. Da kein Verkehr zu erwarten war, gab Lehn ordentlich Gas. Einige Wanderer, die ihnen bergab entgegenkamen, schüttelten die Köpfe über so viel Rowdytum und sprangen zur Seite. Aber Lehn und Perner brannte die Zeit unter den Nägeln. Dann kam die Abzweigung zur Schafsalm. Der Waldweg zwang Lehn nunmehr Schrittgeschwindigkeit zu fahren. Sie passierten die mit Pflanzen überwucherten Reste der riesigen Flakstellung. Was Lehn die Frage stellen ließ, warum man hier oben in der Einsamkeit wohl eine derartige Stellung gebaut habe.

„Zum Schutz des Berghofs", antwortete Perner lapidar. „Der Führer hatte vor alliierten Bombern aus Norditalien Angst, in deren Reichweite der Obersalzberg lag."

Weiter kam Perner in seinen Geschichtsbetrachtungen nicht, denn auf zwei Uhr war jetzt ein Holzhaus zu sehen.

„Sie haben Ihr Ziel erreicht", äffte Perner das Navi nach.

Lehn bog in den Weg ein, folgte dem holperigen Weg für ungefähr zweihundert Meter und parkte dann den Wagen direkt vor dem Haus. Sie stiegen aus und blieben erst einmal wie gebannt stehen. Der Blick, der sich ihnen bot, war umwerfend. Auf der gegenüberliegenden Seite des Tals das gewaltige Watzmann-Massiv, dahinter etwas verdeckt die Reiter Alpe und unter ihnen im Tal eher zu erahnen der Königssee. In den Tälern bildeten sich bereits die ersten Abendnebel. Hier oben war es wie von einer anderen Welt.

Lehn und Perner trennten sich nur schwer von diesem Anblick, so faszinierend war der Rundblick von hier oben über die westlich gelegenen Bayrischen Alpen.

Das Jagdhaus von Schacht war dagegen eher schlicht, schmiegte sich aber ideal ins Landschaftsbild. Die Tür war abgeschlossen. Für Perner kein Problem. Mit einem Dietrich hatte er das Schloss sofort geöffnet. Beim Öffnen quietschte die Haustür leicht. Sie betraten das Haus. Es war niemand im Haus. Offensichtlich gab es keine Frau Schacht. Dafür gab es einen Wohnraum mit einer integrierten Küche und ein angrenzendes kleines Arbeitszimmer mit einem Schreibtisch. Überall standen und lagen Aktenordner. Lehn schauderte bei dem Gedanken, alle eventuell durcharbeiten zu müssen.

„Wie gehen wir vor?", wollte Perner wissen.

„Der Auftrag von unserem Chef lautet", wiederholte Lehn, „den Wohnsitz dieses Horst Schacht unter dem Gesichtspunkt zu durchsuchen, ob es Anhaltspunkte dafür gibt, dass dieser Schacht irgendetwas mit dem Absturz oder der Entführung des Fluges AC404 zu tun hat."

„Das hast du aber schön formuliert", lobte Perner.

„Man gibt sich Mühe", antwortete Lehn.

Und wo man mit der Durchsuchung des Anwesens beginnen sollte, war Perners nächste Frage.

„Leopold Perner", sagte Lehn in strengem Ton, „was haben wir in so vielen Kursen gelernt?"

Ohne eine Antwort abzuwarten, fuhr er fort: „Schwerpunkte einer Durchsuchung sind die Küche, das Arbeitszimmer und die Mülleimer! In der Küche offenbart der Hausbewohner sein Innerstes in Form von liegengebliebenen Nahrungsmitteln, aus denen man interessante Rückschlüsse ziehen kann. Im Arbeitszimmer lernt man etwas über die beruflichen Interessen, und im Mülleimer liegt alles, was dem Besitzer eines Hauses als nicht wichtig erscheint, was oft ein Trugschluss ist."

„Also ab in die Küche", schlug Perner vor. „Wir haben nicht mehr viel Zeit, bis die Dunkelheit einsetzt."

Leider war die Durchsuchung der Küche kein Erfolg. Im Kühlschrank war noch Joghurt mit einem Haltbarkeitsdatum von Mitte Februar 2016. Eine angebrochene Flasche Wodka verriet, dass hier kein Guttempler wohnte. Sonst war aber alles erstaunlich aufgeräumt.

„Unser Schacht ist offensichtlich ein ordentlicher Zeitgenosse", stellte Lehn fest.

„Oder er hat eine gute Putzfrau", ergänzte Perner.

Nachdem die Suche in der Küche nicht sonderlich ergiebig gewesen war, wandte sich Lehn dem Arbeitszimmer zu, welches eine gewisse Unordnung verriet.

Auf dem Schreibtisch türmte sich ein Haufen von losen Papieren. Lehn zauderte, sich darüber herzumachen, sah aber ein, dass er mit irgendetwas anfangen musste.

„Wenn du damit anfängst ist es bald dunkel", unkte Perner.

„Ich werfe nur einen Blick darauf, weil meine Erfahrung sagt, dass alle Menschen ihre aktuellen Probleme in Armlänge auf dem Schreibtisch liegen haben."

„Da magst du recht haben", gab Perner zu. „Also mach du dich über die Papiere her und ich sehe mich einmal im 1.Stock um. Dann kümmere ich mich um den Mülleimer."

Lehn begann die Papiere auf Schachts Schreibtisch zu studieren. Als oberstes lag ein Foto von einem Schiff. Obwohl Lehn nicht viel von Schiffen verstand, hielt er es für ein Küstenmotorschiff, ein sogenanntes Kümo, welches aber wohl groß genug war, auch auf großer Fahrt eingesetzt zu werden. Der Kahn machte einen ziemlich trostlosen Eindruck. Überall waren Rostflecke zu erkennen. Das Foto war vor einer tropischen Kulisse aufgenommen. Am linken und rechten Rand war ein Strand mit Palmen zu erkennen. Lehn versuchte den Namen des Schiffes zu entziffern, was aber unmöglich war, da das Foto von zu weit weg aufgenommen war. Lehn legte das Foto zur Seite. Darunter türmte sich ein Stapel von beträchtlicher Höhe. Hauptsächlich Bankauszüge und Reklame. Aber auch zwei Schreiben von Heckler & Koch. Lehn überflog die Schreiben oberflächlich. Es ging um eine Reklamation. Dann fischte er aus dem Stapel eine Auftragsbestätigung der russischen Waffenschmiede Kalaschnikow.

Damit war bewiesen, dass Horst Schacht ein Waffenhändler war. Ob dieser Waffenhandel seriös oder unseriös war, würden spätere Nachforschungen ergeben.

Mittlerweile kam Perner von seiner Inspektion zurück. Er habe im Obergeschoss nichts von Interesse gefunden. Das Bett im Schlafzimmer sei für eine Person bezogen. Nichts deute auf eine Frau Schacht oder eine andere Frau hin. Offensichtlich werde das Haus von Schacht allein bewohnt. Überall sei es staubig, sodass man davon ausgehen könne, dass das Haus seit einiger Zeit unbewohnt sei. „Vorsichtshalber habe ich einige Haare aus der Haarbürste im Bad sichergestellt, falls wir die DNA von Schacht brauchen. Für Fingerabdrücke habe ich die Haarbürste gleich ganz mitgehen lassen. Außerdem bin ich aber im Mülleimer fündig geworden, wo ich diese abgehefteten Papiere gefunden habe. Es ist wohl ein Vertrag."

Mit diesen Worten legte er einen dreißig bis vierzig Seiten umfassenden Stapel Papier auf den Schreibtisch, der zusammengeheftet war. Der gesamte Stapel war auf zwei Seiten stark angekohlt, so als hätte man versucht, den Stapel zu verbrennen. Was aber offensichtlich nicht gelungen war.

Das Deckblatt trug die englische Überschrift: „Chartervertrag". Darunter stand wohl die gleiche Überschrift auf Chinesisch. So nahm Lehn jedenfalls an, der des Chinesischen unkundig war.

Lehn blätterte die ersten Seiten durch. Es war ein Chartervertrag über ein Küstenmotorschiff mit dem Namen „Nossi-Be". Laut Vertrag saß der Eigner in Mayotte auf den Komoren. Hinter dem Chartervertrag war die Kopie eines „Letter of Intent", in dem eine Firma SMS Ltd. in Singapur bestätigte, die Nossi-Be ab 1. November 2015 für zwölf Monate chartern zu wollen. Der Brief war von Schacht unterschrieben.

„Schau einmal einer an", murmelte Lehn. „Da haben wir den Beweis, dass Schacht in Singapur geschäftlich tätig ist. Und damit vergrößert sich die Wahrscheinlichkeit, dass Frau Koller recht hat und er theoretisch auf dem Flug AC 404 gewesen sein könnte."

„Und dieses ganze Konvolut hast du aus dem Mülleimer gefischt?"

Perner nickte.

„Mit Sicherheit wollte er den Vertrag im Kamin verbrennen. Als das nicht gelang, hat er den Vertrag in die Tonne …"

Ohne den Satz vollendet zu haben, zuckte Lehn plötzlich zusammen, fuhr ruckartig von seinem Stuhl hoch und blickte durch die Türöffnung des Arbeitszimmers in Richtung Eingang. Er hatte ein Geräusch gehört.

Mit der Hand gab er Perner ein Zeichen, dass irgendetwas nicht stimme. Aber auch Perner hatte das Quietschen der Haustür vernommen.

Da es absolut windstill war, musste jemand die Haustür bewegt haben. Lehn zog seine Waffe und tauchte im toten Winkel hinter der Tür des Arbeitszimmers unter. Perner duckte sich hinter einem Sessel.

Ganz deutlich waren jetzt Schritte zu hören. Schwere Schritte. Irgendwie beruhigte das Lehn, denn Killer bewegten sich normalerweise erheblich leiser.

Durch den Türspalt sah Lehn jetzt einen grobschlächtigen Mann hereinkommen. Er machte Perner ein Zeichen, ihn zu decken. Mit gezogener Pistole sprang Lehn hinter der Tür hervor, darauf achtend, nicht in das Schussfeld von Perner zu kommen.

Lehn sah sofort, dass der Mann harmlos war, und steckte seine Waffe wieder ein.

„Wer seid ihr?", stotterte der Mann.

„Polizei! Und wer sind Sie?"

„Ich bin der Mooshammer Alois von der Schafsalm. Gleich hier drüben." Dabei zeigte er in Richtung Haustür.

Perner fragte, was er wolle.

„Ich habe euch mit dem Auto kommen sehen. Da der Horst nicht da ist, wollte ich wissen, was ihr hier macht. Ob ihr vielleicht Einbrecher seid."

Lehn ging nicht weiter darauf ein. „Wie ist Ihre Beziehung zu Horst Schacht?"

„Nachbarn sind wir. Und im Herbst gehen wir auf den kleinen Hahn."

Lehn verstand nicht recht. Perner übersetzte: „Herr Mooshammer will sagen, dass er mit dem Schacht auf Birkhahnjagd geht."

„Man kann nicht alles wissen", murmelte Lehn.

„Manchmal gehen wir auch auf die Gams", fügte Mooshammer hinzu.

„Das freut uns", meinte Lehn. Um jetzt nicht die ganze jagdbare Alpenfauna durchzugehen, fragte er schnell: „Aber außer der Jagd interessiert uns eigentlich noch mehr, was Sie sonst noch über Herrn Schacht wissen."

„Nix."

„Nicht viel, wo er doch Ihr Nachbar ist", meinte Perner.

„Ja", sagte Mooshammer ratlos. „Was soll ich sagen? Was wollen Sie wissen?"

„Sie können uns helfen", wechselte Lehn das Thema, da er einsah, dass Mooshammer offensichtlich nicht viel wusste und wohl auch ein wenig limitiert war. „Hier an den Wänden hängen einige Fotos. Zeigen Sie uns das neueste Foto von Horst Schacht."

„Sie kennen den Horst gar nicht?", fragte er misstrauisch werdend.

Lehn beruhigte ihn mit der Erklärung, die Polizei kenne nur seine Akte. Aber man habe eben kein aktuelles Foto.

Zielstrebig steuerte Mooshammer auf ein Foto zu, das links von dem Durchgang zum Arbeitszimmer hing. Es war einfach, aber ordentlich gerahmt.

Es zeigte Mooshammer und einen anderen Mann, die stolz über einem erlegten Tier posierten.

„Das ist der kleine Hahn", sagte Perner zu Lehn.

„Und das ist der Horst", sagte Mooshammer und deutete auf den zweiten Mann.

Und fügte hinzu: „Der Horst, wie er leibt und lebt. Er ist ein guter Schütze."

Lehn dankte Mooshammer für seine Hilfe und bat ihn sich zu erinnern, wann Schacht zuletzt hier gewesen sei.

„Ende Januar, Anfang Februar", sagte Mooshammer. „Da waren wir auf Jagd."

„Hat der Schacht irgendetwas erzählt? Beispielsweise von seinen Geschäften oder seinen Reisen?"

Man merkte es Mooshammer an, wie er sich bemühte nachzudenken.

„Viel hat er nicht gesagt. Ich habe nur bei seinem letzten Aufenthalt gemerkt, wie sehr er mit diesem Schiff beschäftigt war. Einmal, Anfang Februar, waren wir noch einmal auf der Gams, oben im Steinernden Meer ..."

Lehn unterbrach. „Wo waren Sie auf der Gams?"

Perner sprang Mooshammer zu Hilfe. „Herr Mooshammer meint das Steinernde Meer. Das ist eine wilde Hochebene hinter dem Watzmann, wo es nach Österreich rübergeht."

„Ja", sagte Mooshammer. „Dort oben haben wir auf die Gams angesessen. Horst war so müde, dass er eingeschlafen ist. Er hat so laut im Schlaf geredet, dass ich ihn wecken musste wegen eines Rudels Gämsen. Die hätte er mit seinem Gefasel fast verschreckt, denn die haben ein saugutes Gehör."

Mooshammer fuhr fort, dass er diesen Vorfall nur erwähne, weil selbst im Schlaf Schacht von dem Schiff und seinem Tiefgang gesprochen habe.

Perner fragte, ob er dem Schacht erzählt habe, dass er im Schlaf über das Schiff gesprochen habe.

„Habe ich", antwortete Mooshammer. „Erst war der Horst etwas sauer. Dann hat er aber gesagt: ‚Weißt du, Alois! Wenn ich das mit dieser Nessi durchgezogen habe,

habe ich für mein Leben ausgesorgt. Dann kann ich immer mit dir auf die Gams gehen.' Ja. So hat er gesagt! Und dann noch hinzugefügt: ,Die ganze Welt wird von dem Ding sprechen, das wir planen.'"

„Kann das Schiff auch Nossi-Be geheißen haben?", fragte Lehn.

Mooshammer gab zu, dass das sein könnte, er habe nicht so genau hingehört, weil sie ja auf die Gams angesessen hätten.

„Noch eines", wollte Lehn wissen. „Hat Schacht, als er zuletzt hier war, irgendetwas angedeutet, wann er das nächste Mal zum Obersalzberg kommt?"

„Nicht direkt", antwortete Mooshammer. Schacht habe lediglich vage angedeutet, im Sommer zu kommen. Das wäre dann im Juli, August. Je nachdem, was er unter Sommer versteht. Die Sommer seien ja auch nicht mehr das, was sie früher waren.

Lehn und Perner blickten einander an. Sie waren sich einig, dass der Zeuge Mooshammer zu dem aktuellen Fall nichts mehr beitragen konnte.

„Sie können gehen", sagte Lehn. „Wir danken Ihnen für Ihre Hilfe. Bitte geben Sie uns Ihre Adresse und Telefonnummer, falls wir Rückfragen haben."

Mooshammer kritzelte seine Adresse auf ein Stück Papier, welches Perner ihm gegeben hatte, und wandte sich dem Ausgang zu.

Er war noch nicht ganz draußen, als Lehn ihn mit den Worten aufhielt: „Noch eine Frage, Herr Mooshammer. Wann werden hier die Mülltonnen geleert?"

Mooshammer drehte sich um. Er machte jetzt einen völlig überforderten Eindruck. Offensichtlich begriff er die Frage nicht. „Was meint ihr?"

Lehn wiederholte die Frage und ergänzte, es wundere ihn, dass die Mülltonne seit Februar nicht geleert sei.

„Ach so", sagte Mooshammer. „Wenn der Schacht nicht da ist, habe ich immer die Mülltonne alle zwei Wochen bis oben an den Weg gerollt. Ende Februar hatte ich die Grippe. Und danach habe ich es vergessen. Soll ich die Tonne jetzt nach oben rollen?"

„Nein", sagte Lehn. „Es ist schon in Ordnung. Kommen Sie gut heim."

„Ade", sagte Mooshammer und ging den Weg zur Straße hoch.

Als Mooshammer losgegangen war, packten Lehn und Perner alle Unterlagen, die auf dem Schreibtisch gelegen hatten, sowie das Foto, das Mooshammer und Schacht auf der Jagd zeigte, in eine Tüte. Dann versiegelten sie, so gut es ging, die Haustür und fuhren los.

Inzwischen war die Abenddämmerung schon fortgeschritten. Der Blick war traumhaft. „Les bois sont déjà noirs, le ciel est encore bleu", zitierte Perner irgendeinen berühmten Franzosen.

„Dieser Ausflug heute mit dir eröffnet mir ganz neue Einblicke in meinen Partner", meinte darauf Lehn halb ehrfürchtig, halb grinsend. „Zuerst überraschst du mich mit deinem Wissen über die Reichweite der alliierten Bomber, dann mit deinem jagdlichen Wissen vom kleinen Hahn und jetzt noch mit deinen Kenntnissen der französischen Sprache. Geht das so weiter, werde ich Minderwertigkeitskomplexe haben, wenn wir schließlich wieder in Hamburg zurück sind."

„Du brauchst keine Komplexe zu haben", antwortete

Perner gönnerhaft. „Denk einfach daran: ‚Kein Weg ist kürzer als der in guter Gesellschaft.' In diesem Fall bin ich der Gesellschafter, der die Fahrt ein wenig mit Details garniert und dir zeigen will, dass die Welt nicht nur aus Verbrechen besteht, sondern auch ihre schönen Seiten hat.“

KAPITEL 12

Die Maschine aus München landete kurz vor 10 Uhr. Eine Stunde später meldeten sich Lehn und Perner bei ihrem Chef zum Dienst zurück.

Lehn fasste das Ergebnis der Reise zusammen. Da es eine von seinen Stärken war, Dinge kurz und klar zu schildern, brauchte er nur knappe fünfzehn Minuten für den Bericht.

Das Wichtigste seien die Unterlagen, die man in dem Jagdhaus auf dem Obersalzberg gefunden habe. Danach sei dieser Horst Schacht mit der Person identisch, von der Frau Koller gesprochen habe. Jener Person, die möglicherweise an Bord des Fluges AC404 war. Weitere Hinweise hätten bewiesen, dass Schacht in Singapur geschäftlich tätig sei. So habe er dort möglicherweise eine Firma mit dem Namen SMS Ltd.

Weiterhin sei die Erkenntnis wichtig, dass es sich bei Horst Schacht um einen Waffenhändler handelt. Ob seriös oder nicht seriös, müssten spätere Ermittlungen ergeben. So hätten sie mehrere Schreiben von Heckler & Koch gefunden sowie eine Auftragsbestätigung der russischen Firma Kalaschnikow.

Perner und er hätten alle Unterlagen von Schachts Arbeitszimmer mitgebracht, um sie in Hamburg zu sichten und eventuell weitere Schlüsse aus ihnen zu ziehen.

Für besonders interessant halte er die Unterlagen über ein Küstenmotorschiff, welches Schacht offensichtlich im November letzten Jahres gechartert habe.

Warum das so interessant sei, hatte Stahmer wissen wollen.

„Oben auf dem Stapel von Post, der auf Schachts Schreibtisch lag, befand sich ein großes Foto von diesem Schiff."

Lehn holte das Foto aus seinem Aktenkoffer und reichte es Stahmer.

Der warf einen Blick darauf, konnte aber wohl nicht viel damit anfangen. Er legte das Foto zur Seite.

„Und warum interessiert Sie dieses Schiff so besonders?", wollte Stahmer wissen.

„Aus drei Gründen", antwortete Lehn. „Erstens sagt mir meine Erfahrung, dass fast alle Menschen die Unterlagen über Probleme, die sie gerade bearbeiten, auf ihrem Schreibtisch stapeln. Das, was ihnen wichtig ist, erscheint ganz oben, die weniger wichtigen Dinge eher am Boden des Stapels. Das Foto dieses Schiffes lag ganz oben. Ich schließe daraus, dass Schacht sich mit diesem Schiff sehr beschäftigt hat."

„Da kann ich Ihnen folgen. Aber als Beweis ist das etwas dünn."

„Punkt zwei", fuhr Lehn fort. „Wir haben im Mülleimer Kopien des Chartervertrages gefunden, welcher dieses Schiff betrifft. Diese Papiere waren umfangreich, mindestens dreißig bis vierzig DIN-A4-Seiten dick. Offensichtlich hat Schacht versucht, dieses Konvolut in seinem

Kamin zu verbrennen, denn der Stapel war angekohlt. Diese Absicht von Schacht war nicht von Erfolg gekrönt. Sei es, dass der Stapel Papier zu dick war, sei es, dass der Kamin nicht zog, sei es, dass Schacht in Eile war und wegmusste. Ich weiß es nicht. Was ich aber weiß, ist, dass Schacht etwas vernichten wollte, was wohl für ihn wichtig war und was nicht für fremde Augen bestimmt war. Das ist ihm misslungen. Er hat das angekohlte Konvolut dann in den Ascheimer getan in der Hoffnung, dass die Müllabfuhr den Inhalt entsorgt. Aber auch das blieb ein frommer Wunsch."

„Haben Sie eine Idee, warum die Müllabfuhr nicht gekommen ist?", wollte Stahmer wissen.

„Wie der Zufall so will, habe ich genau diese Frage dem Mooshammer gestellt. Tatsächlich gibt es dafür eine einfache und plausible Erklärung. Die Müllabfuhr kommt dort oben nur alle zwei Wochen. Man muss den Ascheimer selber bis zu dem Waldweg rollen, wo die Tonne dann entleert wird. Das ist ein mühsames Unterfangen, denn der Weg ist uneben, nicht gepflastert und hat eine gewisse Steigung. Es war zwischen Schacht und seinem Nachbarn Mooshammer abgesprochen, dass Mooshammer die Tonne zum Weg rollt, wenn Schacht auf Reisen ist. An dem nächsten Termin der Müllabfuhr Ende Februar war Mooshammer krank und die Tonne blieb unten. Die nächsten Termine hat Mooshammer verschwitzt, sodass Perner und ich den noch vollen Mülleimer vorfanden. So hat alles seine Erklärung. Und wir hatten eben Glück."

„Schon besser", lobte Stahmer.

„Aber da ist noch etwas. Etwas Entscheidendes!", fuhr Lehn fort: „Schacht hat dem Mooshammer auf der

Gamsjagd ungefähr Folgendes erzählt: Wenn er dieses ‚Ding‘ mit dem Schiff durchgezogen hätte, hätte er für den Rest seines Lebens ausgesorgt. Und die ganze Welt würde von dem ‚Ding‘ sprechen.“

Stahmer hatte interessiert zugehört. „Ich folge Ihnen ja“, meinte er. „Aber geben Sie mir noch die entscheidende Verbindung zwischen dem Schicksal des Fluges AC404 und diesem Schiff.“

„Natürlich sind das alles nur Vermutungen. Aber wenn jemand behauptet, dass die ganze Welt von dem ‚Ding‘ spricht, das sie durchziehen wollen, und gleichzeitig behauptet, dass das ‚Ding‘ mit dem Schiff zu tun hat und man im Erfolgsfall ausgesorgt hätte, dann ist für mich die Verbindung klar. Dieser Horst Schacht hat irgendetwas mit dem Schicksal des Fluges AC404 zu tun und aus welchen Gründen auch immer braucht er dazu dieses Kümo mit dem seltsamen Namen: Nossi-Be.“

Diese Schlussfolgerung hatte Stahmer überzeugt. „Sie haben recht“, sagte er. „Wir sollten Erkundigungen über dieses Schiff einziehen. Denn wenn eine Type wie Schacht dieses Schiff wichtig findet, ist es sicherlich kein Vergnügungsdampfer.“

Stahmer setzte sich wieder. „Haben Sie noch mehr von solchen Eiern?“

„Außerdem haben wir“, fuhr Lehn fort, „ein aktuelles Foto von Schacht sichergestellt.“

Stahmer wollte es sehen. Lehn gab es ihm und zeigte auf Schacht.

„Und wer ist der andere?“, wollte Stahmer wissen.

Lehn erklärte, dass dieser der besagte Nachbar Mooshammer, Alois sei. Außerdem ein Jagdkumpel von Schacht. Aber im Gegensatz zu Schacht völlig harmlos.

Dann berichtete Lehn weiter, dass man Kopfhaare von Schacht sichergestellt habe, um, falls nötig, seine DNA zu bestimmen, sowie eine Haarbürste mit poliertem Rücken, auf dem Fingerabdrücke zu sehen seien.

„Dann war die Reise ja ein voller Erfolg", stellte Stahmer befriedigt fest. „Gute Arbeit von Ihnen und Perner!"

Lehn verzichtete auf den jetzt fälligen stereotypen Satz, sie hätten nur ihre Pflicht getan. Stattdessen wiederholte er noch einmal, dass dieser Schacht haarscharf in das Profil passe, nach dem die Sicherheitsbehörden in Singapur Ausschau hielten. Nämlich einer Person, die als Waffenhändler möglicherweise in gewissen Kreisen auf der Abschussliste stand und so zu einem Risikopassagier auf einem Flug werden konnte. „Wir haben hier einen Waffenhändler, vielleicht einen Waffenschieber, der, wie wir annehmen, unter falschem Namen auf dem Flug AC404 geflogen ist! Es wäre nicht der erste Waffenschieber, den man umbringt."

Stahmer hob seine Hand, um Lehn bei weiteren Kombinationen zu stoppen. „Sie mögen vollkommen richtigliegen", sagte er nachdenklich. „Aber leider fehlt uns noch der endgültige Beweis, dass Schacht überhaupt auf dem Flug war ..."

Lehn unterbrach seinen Chef mit den Worten: „Wir schicken das Foto von Schacht, welches wir jetzt haben, nach Singapur. Vielleicht erkennt ihn jemand vom Bodenpersonal der Fluglinie."

Es entstand eine Pause, weil sich Stahmer eine Zigarette angezündet hatte. Er hatte sich in seinem

Schreibtischstuhl zurückgelehnt. „Gesetzt den Fall, dass wir mit unserer Vermutung recht haben und Schacht auf diesem Flug war, dann wäre es tatsächlich wichtig, unseren Verdacht hieb- und stichfest zu beweisen. Wir müssten herausfinden, auf welchen Namen Schacht gebucht hatte. Die Wahrscheinlichkeit ist groß, dass er unter dem Namen von Ferdinand Kurz geflogen ist, nur wir wissen es nicht, besser gesagt: Wir nehmen es bisher nur an. So müssten wir zuerst Einzelheiten über diesen Unfall von Kurz herausbekommen und dann feststellen, ob es Verbindungen zwischen Schacht und Kurz gibt."

„Dass Schacht unter dem Namen von Kurz geflogen ist, liegt für mich so klar auf der Hand wie ein Furz in der Sonne."

„Ihre Vergleiche sind nicht immer salonfähig", bemerkte Stahmer etwas tadelnd. „Aber ich verstehe Sie schon. Dann sollten wir uns wohl zuerst um den Unfall von Kurz kümmern. Die Frage ist, ob er bei dem Unfall auf der Autobahn wirklich zu Tode gekommen ist und somit definitiv nicht an Bord der Maschine gewesen sein kann oder ob der Unfall, aus welchen Gründen auch immer, getürkt war und sich Kurz zwischenzeitlich nach Ostasien verkrümelt hatte."

„Sie denken an Versicherungsbetrug?", fragte Lehn.

„Im Augenblick denke ich gar nicht, ziehe aber alle Möglichkeiten in Erwägung."

Stahmer griff nach der hausinternen Rufanlage und bat Gabriele Langner um die Unterlagen über den Unfall von Ferdinand Kurz.

Sie betrat schon nach wenigen Minuten mit der Akte Kurz den Raum.

Stahmer überflog den Bericht und fasste dann zusammen: „Danach ist Ferdinand Kurz am 2. Februar dieses Jahres auf der A 7 hinter dem Hattenbacher Dreieck mit einer Panne liegengeblieben. Er war ausgestiegen. Ein hinter ihm kommendes Fahrzeug hat ihn erfasst und getötet. Es gab keinerlei Zeugen. Der Name des Autofahrers, der den Unfall gemeldet hat, war Gruber."

Lehn sagte der Name Gruber nichts.

Gabriele Langner erhob sich in der Annahme, sie werde nicht mehr gebraucht.

„Wohin des Weges?", hielt Lehn sie zurück. „Leider haben wir noch mehr Arbeit für dich."

Umständlich suchte Lehn die Papiere über das Schiff zusammen und übergab ihr das Foto und den angekohlten Chartervertrag. „Wir haben hier die Unterlagen über ein Schiff, genauer gesagt: ein Küstenmotorschiff. Unter anderem die Kopie eines Chartervertrages und ein Foto des Schiffes. Laut Chartervertrag ist der Name des Kümos: Nossi-Be. Der Heimathafen: Port Saint Marie. Wo immer das auch sein mag."

Wie sie helfen könne, wollte Gabriele Langner wissen.

„Versuche so viel wie möglich über diesen Kahn herauszufinden. Beispielsweise wie die Besitzverhältnisse sind, wo das Schiff zuletzt in Charter fuhr. Was transportiert wurde. Wo das Schiff jetzt ist. In welchem Staat dieser Heimathafen Port Saint Marie liegt. Vielleicht bekommt man auch heraus, wo das Foto aufgenommen wurde."

Gabriele Langner betrachtete das Foto, drehte es um und bemerkte trocken: Wo diese Küste und dieser im Hintergrund liegende Ort sei, das wisse sie zwar nicht, aber das Foto sei von einem Deutschen gemacht, denn auf der Rückseite sei ein Stempel von einem Fotoladen in Berchtesgaden.

„Wenn wir Sie nicht hätten", mischte sich Stahmer anerkennend ein, „dann könnten wir den Laden hier dichtmachen."

Schweigend überging Lehn die Peinlichkeit, denn den Stempel hatte er bisher übersehen. „Dank unserer Mitarbeiterin", stellte Lehn dann etwas kleinlaut fest, „wissen wir jetzt, dass Schacht dieses Kümo irgendwo vor einer tropischen Uferkulisse fotografiert hat. Wo das war, bleibt noch festzustellen. Aber so gut wie sicher ist, dass unser Schacht auch dort war, denn er hat das Foto geschossen und dann irgendwann in Berchtesgaden entwickelt und vergrößert. Wahrscheinlich ist das bei seinem letzten Besuch in Bayern geschehen."

Stahmer war offensichtlich von der Wichtigkeit dieses Schiffes für die weiteren Ermittlungen doch noch nicht hundertprozentig überzeugt. Denn er wollte von Lehn wissen, ob diese weiteren und detaillierten Nachforschungen sinnvoll seien.

Davon sei er felsenfest überzeugt, antwortete Lehn. Bei dem jetzigen Stand der Ermittlungen gehe es doch darum, so wie er es verstehe, alle Passagiere des Fluges AC404 zu durchleuchten. Bei diesem Schacht handele es sich nun einmal um einen Risikopassagier, denn er stehe nicht auf der Passagierliste. Deshalb gelte es umso mehr, diesen blinden Passagier bis aufs Hemd zu durchleuchten, um herauszubekommen, ob er zu dem Schicksal der vermissten Maschine beigetragen haben könnte. Möglicherweise direkt oder auch indirekt.

„Ich verstehe Sie ja", gab Stahmer zu. „Also deshalb schießen Sie sich auf dieses Schiff ein?"

„Nicht auf dieses Schiff alleine, eher auf die Lebensumstände von Schacht!"

Als Gabriele Langner den Raum verlassen hatte, bat Stahmer die zurückgebliebenen Lehn und Perner um Vorschläge für die nächsten Schritte.

„Was schlagen Sie vor, Kollege Lehn?"

„Wenn wir uns nicht beim BKA blamieren wollen, müssen wir mit fast hundertprozentiger Sicherheit beweisen, dass die Risikoperson Schacht an Bord des Fluges war, wobei wir annehmen, dass dies unter dem Namen von Ferdinand Kurz war. Folglich müssen wir beweisen, dass Ferdinand Kurz, obwohl er auf der Passagierliste steht, nicht mitgeflogen sein kann, weil er tot war. Die wichtigsten Fragen sind jetzt: Ist Ferdinand Kurz bei diesem Unfall wirklich ums Leben gekommen, und gab es eine Beziehung zwischen Kurz und Schacht? Um diese Fragen zu beantworten, müssen wir erst einmal Einzelheiten über diesen Autounfall wissen."

„Da haben Sie völlig recht", stimmte ihm Stahmer zu. „Und wenn dem so ist, dann greift unser Verdacht, dass wir in dem Waffenhändler oder Waffenschieber Schacht eine Person gefunden haben, wegen der das Flugzeug vielleicht in Schwierigkeiten geraten ist. Was auch immer auf dem Flug geschehen sein mag."

Lehn gab zu bedenken, dass die Akte über den Unfall von Ferdinand Kurz ziemlich mager sei und man deswegen wohl nicht umhinkäme, die Polizeistation in der Nähe der A7 zu besuchen, die den Unfall aufgenommen habe.

Nach einigem Nachdenken stimmte Stahmer zu.

„Wenn ich Sie auch nur ungern wieder wegschicke, so ist die Klärung dieser Frage doch zu wichtig. Fahren Sie morgen dorthin und versuchen Sie nähere Einzelheiten über diesen Unfall herauszubekommen. Wir müssen das Schicksal dieses Ferdinand Kurz einfach abklären, um belastbare Aussagen über Schacht zu haben."

KAPITEL 13

In den Weiten des Pazifiks gibt es unendlich viele Inseln. Kleine und große, aber besonders viele winzige Inseln mit nur wenigen Quadratkilometern Fläche.

Täglich kommen Inseln durch vulkanische Aktivitäten hinzu, täglich versinken einige in den Tiefen des Ozeans. Niemand bemerkt es. Niemand weint ihnen nach.

Viele der Inseln, die bestehen bleiben, haben Namen. Aber die meisten sind namenlos. Wen interessiert auch schon der Name einer unbewohnten Insel?

Niemanden. Neunundneunzig Prozent der kleinen pazifischen Inseln sind heute namenlos und von keinem Interesse.

Aber es gibt Ausnahmen. Zwischen Bismarck-Archipel und den Karolinen gibt es beispielsweise eine winzige unbewohnte Insel, die für die kommenden Geschehnisse, von denen noch zu berichten sein wird, von Interesse ist.

Immerhin hatte das winzige Eiland einen Namen abbekommen. Keinen wohlklingenden, romantischen Namen wie Bikini-Island oder Bougainville-Island.

Die japanische Admiralität hatte die Insel schlicht Kuo-shima genannt. Der Generalstab der Amerikaner unter Mc. Arthur hatte sich auf I-5117 beschränkt.

Das war 1942 gewesen. Der Krieg im Pazifik hatte Kuo-shima oder I-5117 aus ihrem Dornröschenschlaf gerissen und in das mörderische Kriegsgeschehen zwischen den Vereinigten Staaten und dem Kaiserreich Japan katapultiert. Erst nach dem 6. August 1945 hatte die Insel sich dann wieder eingereiht in die unendliche Zahl von Inseln, die angeblich niemanden interessierten.

Kuo-shima oder I-5117 war keine Insel wie aus Träumen geboren. Es gab keinen weißen Badestrand und nur wenige schattenspendende Palmen, die malerisch den Strand säumten. Kuo-shima war ein Aschenputtel. Ein ziemlich hässliches Eiland, welches sich durch eine schroffe Felsküste empfahl.

Da die Insel vulkanischen Ursprungs war, gab es einige Fumarolen, die noch heute so viel Dampf abließen, dass die Insel sehr oft mit einem Schleier aus Dunst verhüllt war.

Nur im Süden gab es eine Bucht, die einem natürlichen Hafen ähnelte. Ein vorgelagertes Korallenriff schützte die Bucht vor den Stürmen und der Brandung des Pazifischen Ozeans.

Diese natürlichen Gegebenheiten waren auch der Grund, dass die winzige Insel einen Namen erhalten hatte und auf den Seekarten der Streitkräfte von Japan und den USA aufgetaucht war.

Aber es war nicht nur diese kleine Bucht, dieser natürliche Hafen, der die Insel speziell für die kaiserlich-japanische Armee interessant machte. Obwohl die Insel mit ihren 50 Quadratkilometern nur einem Stecknadelknopf im Pazifik gleichkam, gab es im Innern der Insel eine natürliche Hochebene, die wie geschaffen für eine Start-und Landebahn für Flugzeuge war.

Diese Kombination von natürlichem Hafen und Landepiste war die ideale Voraussetzung für die Japaner gewesen, einen Landungssteg aus Holz in die Bucht zu bauen, damit kleinere Versorgungsschiffe anlegen konnten. So war es auch möglich, kleinere Tankschiffe abzufertigen, um Flugzeugbenzin heranzuschaffen. Diese strategische Lage von Kuo-shima hatten die Japaner erkannt und in kürzester Zeit eine Start- und Landebahn aus dem Boden gestampft, was für die Kriegsführung Anfang 1942 von unschätzbarem Wert gewesen war.

Denn Anfang 1942 war das Kriegsglück noch auf der Seite des Tennos und seines Präsidenten und Oberbefehlshabers Tojo Hideki gewesen. Der Krieg ging nun schon ins fünfte Jahr. Die japanische Armee war kampferprobt. Die östlichen Küstenprovinzen Chinas waren schon 1937 in die Hände der Japaner gefallen. Vor allem Nanking, die Hauptstadt der Kuomintang. Doch die Japaner feierten in den folgenden Jahren nicht nur bei den Kämpfen um Guangxi, Shangao und Shanxi militärische Erfolge, sie tummelten sich auch mit Erfolg auf dem diplomatischen Parkett. So erreichten sie beispielsweise, dass das Vereinigte Königreich komplett die Burma Road schloss, sodass die chinesischen Truppen im Süden Chinas von jedem Nachschub aus Indien abgeschnitten waren. Vichy-Frankreich erlaubte es den Japanern sogar, Truppen in Indochina zu stationieren.

In den Jahren von 37 bis 41 war der japanische Feldzug in Ostasien eine einzige Erfolgsgeschichte.

Dann, am denkwürdigen 7. Dezember 41, schafften die Japaner das Unvorstellbare. Japanische Flugzeuge, die von Trägern gestartet waren, bombardierten Pearl Harbour und versenkten einen Großteil der US-Pazifik-Flotte. Amerika erklärte daraufhin Japan den Krieg.

Zugleich begann die japanische Eroberung der Malaiischen Halbinsel und von Nord-Borneo. Dann ging es Schlag auf Schlag. Die Schlacht um die Philippinen begann. Anfang 1942 fiel Manila. Es folgten Singapur, Pago Pago, und Java. Mandalay, die Hauptstadt von Burma, wurde fast völlig zerstört. Am 6. Mai 42 fällt Corregidur. Damit sind die Philippinen japanisch.

Jetzt steuerte alles auf die Eroberung von Guadalcanal zu. Fiel Guadalcanal, war der Weg nach Australien fast frei, jenem Kontinent mit immensen Rohstoffquellen, nach denen Japan so dringend lechzte. Es galt nur noch Neuguinea zu überwinden sowie die davor gelagerten Inseln des Bismarck- Archipels und der Solomonen, die unter australischer Verwaltung standen.

Am 22. Januar 1942 war schon Rabaul auf New Britain im Bismarck-Archipel von den Japanern eingenommen worden.

Im Rahmen dieser Kriegshandlungen besetzten die Japaner auch die winzige Insel Kuo-shima, welche nordwestlich von Rabaul zwischen dem Bismarck-Archipel und den Karolinen lag.

Kuo-shima war von nun an ein nicht zu unterschätzender japanischer Stützpunkt im Südpazifik. Das sollte bis Anfang 1945 dauern, als das Eiland von den US-Marines erobert wurde.

Danach war Kuo-shima vorerst in den Tiefschlaf

zurückgefallen, in dem die Insel hunderte oder tausende Jahre verbracht hatte.

Aber eben nur vorerst war die Insel in Tiefschlaf zurückgefallen, denn die ganze Wahrheit sah anders aus. Nach Ende des Krieges war Kuo-shima nicht völlig vergessen. Und so geisterte diese Insel noch lange in den Köpfen einiger weniger Menschen herum.

Einer dieser Menschen war Ton Yu Man, der ein gutes halbes Jahr vor den Ereignissen mit Flug AC404 im November 2015 wie so oft auf der Terrasse des Kota Kinabalu Royal Golf Clubs gesessen und einen Gin Tonic nach dem anderen konsumiert hatte. In dessen Gedächtnis Kuo-shima mit den Jahren zwar in den Hintergrund gerückt war, der sich aber, wenn es darauf ankam, sehr gut an das Eiland erinnerte. Zuletzt war das im Juli letzten Jahres bei dem Gespräch mit Abdul Assiz gewesen, dem persönlichen Vertreter von Comandante Che, dem Führer der Terrororganisation Abu Sayyaf.

Bei dem Gespräch auf der Seraca-Fähre von KK nach Manukan war es um die Frage gegangen, wo man ein entführtes Flugzeug unbemerkt landen lassen konnte, um sich der Fracht, unbehelligt von der Polizei, zu bemächtigen?

Wie ein Blitz war ihm damals nach dem Gespräch Kuo-shima durch den Kopf geschossen, jene winzige Insel im Pazifik, die über eine Landebahn verfügte. Möglicherweise zu kurz für die heutigen Flugzeuge. Aber Piste war Piste. Irgendwie müsste man so einen Vogel schon herunterbekommen.

Dabei war diese Landebahn für Ton Yu Man bisher ohne Interesse gewesen. Kuo-shima war aus ganz anderen Gründen für ihn in den 50er und 60er Jahren von unschätzbarem Wert gewesen.

Dachte er an diese Geschäfte zurück, umspielte ein fast glückseliges Lächeln sein vom Alter zerfurchtes Gesicht. Es waren Geschäfte gewesen, die auf einer außergewöhnlichen Geschichte aufgebaut waren, einer Geschichte, wie sie nur der Krieg hatte schreiben können.

Shun Mitsuharu, Soldat der kaiserlichen japanischen Armee, war am 31. Dezember 1942 auf Guadalcanal in amerikanische Gefangenschaft geraten und drei Jahre später in das US-Internierungslager auf Okinawa überstellt worden.

Während seiner Kriegsgefangenschaft hatte er sich über sein zukünftiges Leben Gedanken gemacht, im Speziellen über die Frage, wie man in Nachkriegsjapan zu Geld kommen konnte, um eine Familie zu ernähren. Schließlich war er der älteste Sohn und fühlte sich dementsprechend verantwortlich seiner Familie gegenüber.

Bei diesen Überlegungen hatte sich der POW Mitsuharu an die Insel erinnert, auf der er 1942 stationiert gewesen war. Er erinnerte sich an riesige Waffendepots, die dort von Tojo Hideki angelegt worden waren, um bei der Eroberung von Australien schneller an Nachschub zu kommen. Diese Waffendepots waren bei der Einnahme der Insel durch die Amerikaner 1945 teilweise unentdeckt geblieben.

Die Insel nannte sich Kuo-shima und lag im weitesten Sinn nördlich des Bismarck-Archipels und südlich der Karolinen. Ein Eiland hunderte von Kilometern von der nächsten Insel entfernt. Ein Stecknadelknopf in den Weiten des Pazifischen Ozeans.

In Shun Mitsuharus Hinterkopf geisterte immer die Idee, dass auf Kuo-shima ungeheure Mengen von Waffen versteckt waren, die man nur holen musste, um sie dann auf dem schwarzen Markt zu verscherbeln. Shun Mitsuharu empfand das auch nicht als Verrat an seinem Kaiser. Für ihn war der Krieg mit der Unterzeichnung der Kapitulation auf der USS MISSOURI abgeschlossen. Die Waffen gehörten ja gar nicht mehr der kaiserlichen japanischen Armee, sondern den verhassten Yankees. Wenn er sich dieser Waffendepots bemächtigte, dann war es von den Yankees geklautes japanisches Eigentum. Natürlich war es leichter gesagt als getan, sich dieser Waffen zu bemächtigen.

Positiv war, dass seine Kompanie die Waffen versteckt hatte, die seines Wissens nie zum Einsatz gekommen waren. Und somit waren die Angehörigen seiner Kompanie wahrscheinlich die Einzigen, die die Verstecke kannten. Dadurch, dass Kuo-shima vulkanischen Ursprungs war, gab es unzählige Höhlen und Cavernen, sodass es schon damals auf der Insel nicht leicht gewesen war, überhaupt die Verstecke wiederzufinden.

Als dann Kuo-shima wegen der verzweifelten Lage der 7. Kaiserlichen Armee aufgegeben wurde, war seine Kompanie nach Guadalcanal verlegt worden. Bei den überaus verlustreichen Kämpfen im Dezember 44 war seine Kompanie ziemlich aufgerieben worden. Er selber und nur wenige seiner Kameraden hatten das Glück gehabt, in amerikanische Kriegsgefangenschaft zu kommen.

Er war sich deshalb sicher, dass er der Einzige war, der

auf die Idee gekommen war, die Schätze von Kuo-shima zu heben.

Sicherlich war das leichter gesagt als getan. Zuerst brauchte er Geld, um das Geschäft vorzufinanzieren, und später brauchte er Abnehmer, die keine Fragen stellten, wo die Waffen herkamen.

So hatte er Anfang 1947 Kontakt zu einem Kriegskameraden aufgenommen, von dem er wusste, dass er Verbindungen zu einem Clan der Triaden, dem Yamaguchi Clan, hatte. Das war ein Volltreffer gewesen. Die Triaden hatten das Geschäft vorfinanziert und gleich einen Abnehmer der Waffen mit ins Boot geholt: Ton Yu Man, einen jungen, hungrigen malaiischen Gangster, der die besten Beziehungen zu den sich langsam bildenden kommunistischen Organisationen in Südostasien hatte.

Schon Ende 1950 hatte Ton Yu Man das erste Schiff nach Kuo-shima geschickt, um es mit Waffen zu beladen, die dann an die muslimische Untergrundbewegung Jemaah Islamia auf Mindanao verkauft wurden. Jene Bewegung, die in gewisser Weise die Vorgängerin von Abu Sayyaf war.

Ton Yu Man musste immer wieder lächeln, wenn er an diese Zeit dachte, als die Gewinne nur so sprudelten.

Heute waren diese glorreichen Geschäfte Geschichte, denn sie waren in den Sechzigerjahren abgewickelt worden. Aber sie waren der Grundstein für den Reichtum von Ton Yu Man, von dem er noch heute zehrte.

Mit der Plünderung der Waffendepots war Kuo-shima dann erst einmal wieder in ihren Dornröschenschlaf verfallen.

Dann aber nach dem Gespräch mit Abdul Assiz, es war ihm wie ein Wunder erschienen, hatte Kuo-shima plötzlich wieder an Aktualität gewonnen. Denn diese Pazifikinsel verfügte über eine Landebahn für Flugzeuge, die die Japaner im Krieg angelegt hatten, um eine Möglichkeit zum Auftanken ihrer Bomber für die Angriffe auf Rabaul, die Solomonen und schließlich auf Neuguinea zu haben, um den Weg nach Australien frei zu machen.

Diese Landebahn in Verbindung mit dem Umstand, dass die Insel in den letzten Jahren vollkommen in Vergessenheit geraten war, machte die Insel jetzt wieder hochgradig aktuell.

Dieses „In-Vergessenheit-Geraten" war übrigens auch einem Schachzug von Ton Yu Man zu danken gewesen. Damals, Anfang der Siebzigerjahre, als die Waffengeschäfte abgewickelt waren, weil auch das letzte Depot geplündert war, hatte Ton Yu Man seinen Geschäftsfreunden in Tokyo den Rat gegeben, den japanischen Soldaten Shun Mitsuharu vorsichtshalber zu liquidieren, um allen eventuellen unliebsamen Nachforschungen von vornerein einen Riegel vorzuschieben. Außerdem hatte Ton Yu Man dem Triaden-Clan angeraten, alle Schriftstücke des japanischen Soldaten, die noch aus dem Krieg stammten, aus seinem Haus in Yokohama zu entwenden, um wirklich alle Spuren von Kuo-shima zu verwischen.

Auf diese Weise war Ton Yu Mans Plan aufgegangen. Praktisch erinnerte sich außer ihm niemand mehr an Kuo-shima.

Die wenigen Schriftstücke, die die Mörder im Haus von Mitsuharu entwendet hatten, waren Ton Yu Man einige Monate später übergeben worden. Es war alles ohne wirkliches Interesse gewesen, sodass Ton Yu Man fast alle Unterlagen vernichtet hatte.

Alles, bis auf einen Brief. Shun Mitsuharu hatte diesen Brief 1942 mit der japanischen Feldpost an seine Frau in Yokohama geschrieben. Dieser Brief enthielt zwar keine Koordinaten der Insel, aber immerhin eine ziemlich genaue Beschreibung. Mitsuharu hatte für seine Frau auch eine Zeichnung der Küstenlinie mit der Bucht angefertigt sowie die Landebahn eingezeichnet, an deren Bau er, wie er stolz schrieb, viel Schweiß gelassen hatte.

Schon damals, 1973, hatte sich Ton Yu Man Gedanken gemacht, ob er diesen Brief behalten oder besser entsorgen sollte. Er hatte ihn zum Andenken behalten.

Nach dem Treffen im Juli letzten Jahres mit Abdul Asssiz, dem Abgesandten von Comandante Che auf der Seraca-Fähre, waren alle diese Erinnerungen, die Kuo-shima betrafen, in ihm hochgekommen.

Aber bis die Operation „Enola Gay" umgesetzt werden konnte, waren auch jetzt, vier Monate später im November 2015, noch viele Fragen offen gewesen.

Beispielsweise, vorausgesetzt, man brachte die Maschine heil herunter, dann musste das Geld irgendwie von der Insel abtransportiert werden. Ein Flugzeug schied aus, weil die Landebahn wahrscheinlich durch die entführte Maschine blockiert war. Außerdem wurden mit Sicherheit alle in Frage kommenden Flughäfen im Umkreis von tausenden Kilometern überwacht. Da blieb als Transportmittel nur ein Schiff. Das aber musste tauglich sein, um Kuo-shima anzulaufen. Ein derartiges

Schiff musste erst einmal gefunden werden, was nicht so einfach war. Denn jeder Schiffseigner, der sein Schiff verkaufte oder vercharterte, stellte Fragen. Es sei denn, man fand einen Schiffseigner in einem der Schwellenländer, wo das Stellen von Fragen nicht so geläufig war.

Außerdem musste die Insel inspiziert werden, um zu sehen, in welchem Zustand der Pier war, und natürlich musste der Zustand der Landebahn überprüft werden.

Ton Yu Man hatte wirklich intensiv daran gearbeitet und er war nach einigen Wochen stolz darauf, sagen zu können, dass viele Probleme in trockenen Tüchern waren. Die meisten Sorgen machte ihm dabei noch die unauffällige Beschaffung eines Schiffs.

Das war der Stand der Dinge im November 2015 gewesen. Solange die Sache mit dem Schiff nicht geregelt war; solange die Insel nicht inspiziert war, hatte er Abu Assiz kein grünes Licht für die Operation „Enola Gay" geben können.

Aber Ton Yu Man wäre nie zum Paten von Malaya aufgestiegen, wenn er nicht auch in dieser Frage Rat gewusst hätte. Er hatte sich eines Mannes erinnert, dessen Wege er schon zweimal gekreuzt hatte. Mit diesem Mann hatte er schon Kontakt aufgenommen, der bereit war, ein Schiff zu beschaffen, und alles regeln konnte, was damit zusammenhing. Beispielsweise eine Crew anzuheuern. Eine Crew, die möglichst aus Analphabeten bestand, die keine Fragen stellte und unter dem Befehl eines Kapitäns stand, der schweigen konnte.

Wenn Ton Yu Man damals, Ende des Jahres 2015, ehrlich mit sich selbst gewesen wäre, hätte er sich eingestehen müssen, dass noch einige Monate ins Land gehen würden, bis die Operation „Enola Gay" starten konnte. Wobei der endgültige Start dann sowieso davon abhing, wann die Zentralbank in Singapur wieder Euros zur EZB transportieren ließ.

Nach seinem vierten Gin Tonic auf der Terrasse des altehrwürdigen Royal Golf Clubs war ihm ein altes chinesisches Sprichwort durch den Kopf gegangen: „Alles braucht seine Zeit, um zu reifen! Nur die reife Frucht entschädigt den, der warten kann!"

Er konnte warten. Aber auch nicht zu lange, denn es war bekannt, dass Comandante Che leider zu den eher ungeduldigen Zeitgenossen gehörte.

So setzte er sich insgeheim als Datum den Mai 2016, in dem die „Operation Enola Gay" abgewickelt werden sollte.

KAPITEL 14

Kriminalhauptkommissar Lehn kämpfte am nächsten Morgen mit der Müdigkeit. Da er sich um 10 Uhr in Hasselbach mit dem Dorfpolizisten Josef Plattner verabredet hatte, war er gegen 6 Uhr mit dem Wagen in Hamburg losgefahren. Obwohl es ein herrlicher Morgen war, zog sich die Autobahn wie Kaugummi dahin. Zuerst versuchte er sich wach zu halten, indem er die überholten Lastwagen zählte. Als ihm das zu langweilig wurde, hörte er Radio. Aber auch die sich ständig wiederholenden Nachrichten hatten einen eher einschläfernden Effekt, zumal in der Welt offensichtlich nichts passiert war. Schließlich suchte er sein Heil an einer Tankstelle und holte sich einen Espresso aus einem Dallmeyer-Automaten. Das half.

An der Ausfahrt Homberg verließ er die A 7. Ihn erwarteten jetzt einige Kilometer Landstraße, unzählige Kurven und eine zauberhafte Landschaft. Die Enge der Landstraße erforderte seine ganze Konzentration, sodass seine Müdigkeit wie weggefegt war. Er erschrak fast beim Anblick dieser ursprünglichen Landschaft. Da fuhr man Stunden hochkonzentriert in der Blechlawine auf der Autobahn und nur wenige Meter neben der Autobahn tauchte man ein in eine Landschaft, die auch vor hundert oder zweihundert Jahren so ausgesehen haben mochte.

„Verrückte Welt", murmelte er.

So passierte er fast traurig das Ortsschild von Hasselbach, einem Marktflecken im nördlichen Vogelsbergkreis. Es war vorbei mit der schönen Landschaft. Er hatte sein Ziel erreicht.

Lehn drosselte sein Tempo auf 30 km/h. Alles sah so aus wie in einem Kinderbuch, welches er aus der Volksschule erinnerte. Einige Bauernhöfe, dann der Markplatz. Ein Gasthaus „Zum Löwen", ein Edeka-Laden. Eine Eisdiele. Etwas verdeckt die Polizeistation.

Lehn parkte davor, stieg aus und betrat die Station. Hinter einem Schreibtisch erhob sich ein älterer Polizist, der ihn mit den Worten begrüßte: „Herr Lehn aus Hamburg, wie ich annehme."

Lehn bejahte das und drückte Plattner die Hand. Irgendwie waren sie einander auf Anhieb sympathisch.

Nach einigen Sätzen der erweiterten Begrüßung kam Lehn auf den Grund seines Besuches zu sprechen. Wie er telefonisch schon angedeutet habe, sei er wegen des tödlichen Unfalls von Ferdinand Kurz gekommen.

Ob es denn an dem Unfall Zweifel gebe, fragte Plattner.

Lehn zögerte noch, Plattner in den Fall einzuweihen, sah aber ein, dass er irgendetwas sagen musste.

„Die Hamburger Kripo muss sich überzeugen, dass dieser Kurz wirklich tödlich verunglückt ist, weil ein anderer Zeitgenosse herumläuft und möglicherweise widerrechtlich den Namen von Kurz benutzt."

„Tot war der Mann", sagte Plattner nachdenklich. Unterstrich dann noch einmal energisch: „Der war richtig tot! Aber ..." Plattner machte eine Pause, als denke er über etwas nach, das er aber nicht aussprechen wollte.

„Woran denken Sie?", hakte Lehn ein.

„Der Verunglückte war tot, daran gibt es überhaupt keinen Zweifel. Aber wenn Sie jetzt sagen, dass an seiner Identität Zweifel bestehen, dann muss ich gestehen, dass wir die Identität des Toten nicht überprüft haben. Sein Führerschein und die Fahrzeugpapiere lauteten auf Ferdinand Kurz. Unter diesem Namen ist er dann dem Bestattungsunternehmen übergeben worden."

Nach einer kurzen Pause fügte er sich rechtfertigend hinzu, dass auch kein Anlass bestanden habe, an der Identität zu zweifeln.

„Was war mit seinem Personalausweis?", wollte Lehn wissen.

Sie hätten keinen Personalausweis bei dem Verunglückten gefunden, antwortete Plattner.

„Hatten Sie selber Dienst an jenem Nachmittag?"

Josef Plattner nickte.

Lehn bat ihn noch einmal zu schildern, was an jenem späten Nachmittag geschehen war.

Es sei Anfang Februar gewesen. Gegen 18 Uhr habe ein Mann von einer Notrufsäule an der A7 angerufen. Er und sein Kollege Hofmann seien sofort zum Unfallort gefahren. Es sei um die Zeit dunkel und die Sicht wegen Dauerregens außerordentlich schlecht gewesen.

„Und welches Bild bot sich Ihnen am Unfallort?", fragte Lehn.

Plattner konnte sich noch gut erinnern. Ein Audi habe auf dem Standstreifen gestanden, mit einem Plattfuß hinten links. Offensichtlich habe der Fahrer den Reifen wechseln wollen, denn er habe schon das Reserverad aus dem Kofferraum geholt. Beim Ansetzen des Wagenhebers sei er wohl von einem vorbeifahrenden Fahrzeug oder vielleicht auch nur von dem Luftzug eines Lastwagens erfasst worden. Das Unfallopfer sei mit dem Kopf auf den Asphalt geknallt und wahrscheinlich sofort tot gewesen.

„Und wer hatte den Unfall gemeldet?"

Plattner blickte in die vor ihm liegende Akte. „Ein gewisser Gruber", antwortete er. Dieser Gruber habe dann auch an der Unfallstelle auf die Polizei gewartet.

„Hatte der Zeuge den Unfall gesehen?"

„Den Unfall selbst wohl nicht", antwortete Plattner. „Er gab an, den Toten auf dem Standstreifen liegen gesehen zu haben. Er habe dann angehalten und uns von der Notrufsäule aus benachrichtigt."

„Erstaunlich", meinte Lehn.

„Was meinen Sie mit ‚erstaunlich'?"

Lehn erwähnte nur kurz, dass er es erstaunlich finde, wenn ein Fahrer bei schlechten Sichtverhältnissen und hoher Geschwindigkeit einen auf dem Standstreifen liegenden menschlichen Körper wahrnehmen könnte.

„Aber der Audi stand doch dort mit eingeschalteter Warnanlage. Da blickt man schon einmal hin, was dort passiert ist."

„Sie haben ja recht", lenkte Lehn ein. „Und wie ging es weiter?"

Plattner berichtete weiter, man habe den Rettungswagen gerufen. Aber auch die Sanitäter hätten nur noch den Tod des Unfallopfers feststellen können. Er habe dann noch die Personalien dieses Gruber aufgenommen.

„Wurde überprüft, ob der Wagen von Gruber irgendwie an dem Unfall beteiligt gewesen war?", wollte Lehn wissen.

Josef Platter schüttelte den Kopf. „Dazu bestand kein Grund! Wegen des Regens hatte Kollege Hofmann sich in Grubers Wagen gesetzt, um den Unfall aufzunehmen. Dabei ist ihm auch nichts an dem Fahrzeug von Gruber aufgefallen. Jedenfalls hat er nichts protokolliert."

In die entstandene Pause fragte Lehn, ob die Polizeistation Hasselbach der glückliche Besitzer einer Kaffeemaschine sei.

Plattner entschuldigte sich, dass er nichts angeboten habe, griff nach dem Telefon, wählte eine Nummer und bestellte zwei Espressos.

Lehn sagte, dass das nicht nötig gewesen wäre.

„Ach, wissen Sie", antwortete Plattner grinsend. „Die Eisdiele nebenan macht viel besseren Kaffee als wir mit unserer Maschine. Außerdem ist unsere Maschine schon ewig nicht mehr gewartet worden. Was da unten rauskommt, verdient die Bezeichnung Kaffee schon seit Jahren nicht mehr."

Um die etwas festgefahrene Unterhaltung wieder in Gang zu bekommen, bat Lehn, einen Blick in das Protokoll werfen zu dürfen.

Plattner reichte es ihm.

Lehn überflog die Angaben. Plötzlich stutzte er. Der Wagen des Zeugen Gruber hatte eine Nummer aus Berchtesgaden. Das konnte Zufall sein. Oder auch nicht?

Hastig fischte Lehn das aktuelle Foto von Schacht und Mooshammer aus seiner Akte. Es hatte eigentlich keinen Anlass gegeben, das Foto nach Hasselbach mitzunehmen. Es war aus reiner Intuition geschehen. Kommentarlos zeigte er Plattner das Foto.

Plattner betrachtete das Foto ausgiebig und reichte es mit den Worten zurück, die Person links auf dem Bild kenne er nicht. Die Person rechts sei mit großer Gewissheit dieser Gruber. Dabei deutete er auf Schacht.

„Scheiße", entfuhr es Lehn.

„Was lässt Sie derart liederlich fluchen?", fragte Plattner erstaunt.

„Wir kennen diesen Gruber unter einem anderen Namen. Soweit wir wissen, heißt er Horst Schacht."

„Das ist ja gar nicht schön", meinte Plattner trocken.

Lehn atmete einmal tief durch und meinte dann, dass es ihn nicht wundern würde, wenn der Unfall getürkt gewesen wäre.

„Wie meinen Sie das denn nun schon wieder?", fragte Plattner. „Erst äußern Sie Zweifel daran, dass das Opfer dieser Herr Kurz war, und nun soll der ganze Unfall getürkt gewesen sein?"

Lehn fixierte Plattner, als er langsam antwortete, wobei er jedes Wort zu überlegen schien, bevor er es aussprach:

„Mein Bauchgefühl sagt mir: Der Vorfall hier an jenem Februartag auf der A7 war kein Unfall! Es war Mord!"

„Und wie bitte schön soll das abgelaufen sein?", fragte Plattner verdattert.

Er wisse das auch nicht, antwortete Lehn. Möglich, dass Schacht auf den Hinterreifen von Kurz geschossen habe. Als dieser dann auf dem Standstreifen anhielt, habe er hinter Kurz geparkt und seine Hilfe angeboten. Dann habe er ihn in einem günstigen Moment von hinten erschlagen.

„Wenn ich mich jetzt recht erinnere", meinte Plattner nachdenklich. „Dann kam mir irgendetwas an diesem Unfall auch komisch vor. Etwas störte mich. Aber ich habe nicht geschaltet. Die ganzen Umstände, der Regen, die Sanitäter und die ständig vorbeidonnernden Lastwagen mit der damit verbundenen Gischt haben mich zu sehr abgelenkt. Aber jetzt wird es mir klar!"

„Und was kam Ihnen komisch vor?"

„Dieser Gruber, Sie nennen ihn Schacht, hatte behauptet, einen leblosen Körper auf dem Standstreifen bemerkt zu haben. Das kann aber nicht stimmen, denn sein Wagen parkte hinter dem verunfallten Audi."

„Sehen Sie", sagte Lehn. „Die Sache stinkt."

„Wenn Sie das so sagen, rieche ich das jetzt auch", stellte Plattner trocken fest und fügte hinzu, er mache sich jetzt Vorwürfe, den Unfall nicht weiter untersucht zu haben. Aber es sei damals alles logisch erschienen und so habe er dem Bestattungsunternehmen erlaubt die Leiche des Unfallopfers nach Hamburg zu überführen. Besonders mache es ihm zu schaffen, dass er nicht vorher die Identität des Unfallopfers überprüft habe, sondern sich mit dem Führerschein zufriedengegeben habe. „Aus heutiger Sicht muss ich leider sagen, dass das unverzeihlich war!" Beim Abtransport des Toten habe er zwar sein Gesicht gesehen, aber da es blutüberströmt war, habe er versäumt, es mit dem Bild in dem Führerschein abzugleichen. Deshalb könne er heute nicht schwören, dass es dieser Ferdinand Kurz war.

„Und da war noch etwas faul", gestand Plattner. „Rein routinemäßig wurde die Autonummer dieses ‚Gruber' überprüft. Diese Nummer aus Berchtesgaden-Land. Dabei kam heraus, dass es die Nummer gar nicht gab."

„Und welche Konsequenzen haben Sie daraus gezogen?", fragte Lehn.

Plattner gestand, dass man gar keine Konsequenzen aus dieser Information gezogen habe. Da Gruber in ihren Augen an dem Geschehen unbeteiligt gewesen war, habe man diese Diskrepanz schlichtweg abgelegt.

Lehn war unterdessen unschwer zu der Erkenntnis gelangt, dass die gesamte Aufnahme des Unfalls völlig dilettantisch erfolgt war. Sein Gesprächspartner Plattner war schlichtweg überfordert gewesen. Aber was nutzte es heute, sich darüber Gedanken zu machen. Geschehen war geschehen. Es gab keine Zeugen außer Gruber alias Schacht. Das Unfallopfer war längst beerdigt oder verbrannt. Was vielleicht blieb, war das Unfallfahrzeug.

„Und was wurde aus dem Unfallwagen?", fragte Lehn.

„Den hat der ADAC-Abschleppdienst nach Hamburg überführt."

„Vielleicht gelingt es uns, den Wagen zu finden", meinte Lehn, während er das Foto von Schacht und Mooshammer in die Akte zurücklegte.

In das entstandene Schweigen fragte Plattner plötzlich, wo denn dieser Schacht jetzt sei. „Immerhin bezichtigen Sie ihn des Mordes an diesem Ferdinand Kurz, oder wer immer das Opfer war. Ein immerhin schwerwiegender Vorwurf."

Lehn antwortete nicht sofort. Es schien, als müsse er erst diese neue Entwicklung in seinem Geist sortieren.

Dann antwortete er betont langsam: „Wenn wir das wüssten, wo dieser Schacht sich jetzt aufhält, wäre ich jetzt nicht hier. Wir von der Hamburger Kriminalpolizei vermuten, dass sich Schacht in einem Flugzeug der Air Cathay befindet, welches am 1. Mai von Singapur nach Europa geflogen ist. Ob er aber wirklich an Bord der Maschine war, darüber sind wir uns nicht hundertprozentig sicher."

„Und wo ist das Flugzeug gelandet?", fragte Plattner.

Lehn war aufgestanden und ans Fenster gegangen. Fast abwesend ließ er seine Blicke über den Marktplatz von Hasselbach schweifen. So als suche er etwas, wisse aber eigentlich nicht, was er suche.

„Und wo ist das Flugzeug hingeflogen?", wiederholte Plattner seine Frage, wohl in der Annahme, Lehn habe seine Frage nicht gehört.

Lehn löste seine Blicke von dem Marktplatz und schaute Plattner mit einem seltsamen Blick an. Dann sagte er ernst: „Wir wissen es nicht. Der Flug Air Cathay 404 antwortet seit Tagen nicht mehr."

Darauf folgte ein längeres betretenes Schweigen. Lehn hatte seinen Beobachtungsposten am Fenster wieder eingenommen. Plattner hatte sich ein Zigarillo angesteckt und verteilte gekonnt Rauchringe in der kleinen Wachstube.

Schließlich rang sich Plattner zu der Feststellung durch, er sei sich im Klaren darüber, dass er das mit der Aufklärung des Unfalls vermasselt habe. Es tue ihm leid. Er hoffe, dass der Kripo Hamburg dadurch keine Schwierigkeiten entständen.

Lehn trat vom Fenster zurück. „Vergessen Sie es", meinte er wohlwollend. „Wir machen alle einmal einen Fehler. Und Sie konnten wirklich nicht annehmen, dass Schacht diesen Kurz umgebracht hat, zumal der Mord auch nur eine Vermutung von mir ist. Ich vermute ja nur, dass der Unfall getürkt und es in Wirklichkeit Mord war."

Wie es denn jetzt in Hamburg weiterginge, wollte Plattner wissen.

„Wissen Sie", sagte Lehn. „Mein Besuch hier war immerhin kein Misserfolg, sondern positiv gesehen ein fünfzigprozentiger Erfolg. Wir wissen zwar noch immer nicht mit hundertprozentiger Sicherheit, ob der Tote wirklich Ferdinand Kurz war. Ich gehe aber davon aus. Allein schon wegen des Führerscheins und der Wagenpapiere. Was wir aber jetzt mit Sicherheit sagen können, ist, dass sich Kurz und Schacht alias Gruber kannten. Und wenn es auch nur im Augenblick des Mordes war."

„Das freut mich, dass Sie Ihren Besuch positiv sehen", meinte Plattner erleichtert.

Lehn drückte Plattner die Hand und verabschiedete sich.

KAPITEL 15

Zurück in Hamburg, fasste Lehn am nächsten Morgen seinen Bericht über den Besuch in Hasselbach zusammen:

Obwohl er es nicht hundertprozentig beweisen könne, sei Folgendes für ihn klar: Ferdinand Kurz wurde auf der A 7 ermordet, und Schacht alias Gruber sei der Mörder. Für diese Annahme würden viele Punkte sprechen. Allerdings sei nicht zweifelsfrei geklärt, ob das Unfall- oder Mordopfer wirklich Ferdinand Kurz gewesen sei, da niemand von der Polizei in Hasselbach es für nötig gefunden hatte, die Identität des Unfallopfers zu überprüfen. Man habe sich nur mit den Papieren des Toten zufriedengegeben, die eben auf den Namen Ferdinand Kurz gelautet hätten. Dennoch sei die Wahrscheinlichkeit groß, dass Kurz der Tote war. Im Übrigen habe Schacht alias Gruber eine gute halbe Stunde allein an der Unfallstelle auf die Polizei gewartet, sodass genug Zeit bestanden habe, den Personalausweis des Toten zu entwenden. Das wäre eine Erklärung, wie Schacht in den Besitz des Personalausweises gekommen sein könnte, mit dem er später den Flug gebucht hatte.

„Und warum hat Schacht alias Gruber die Polizei abgewartet – das war doch ein unkalkulierbares Risiko?", fragte Stahmer.

Lehn zuckte mit den Schultern. Er wisse es auch nicht. Vielleicht habe sich Schacht besonders sicher gefühlt. Vielleicht aber habe er Sorge gehabt, dass sich vorbeifahrende Fahrzeuge sein Kennzeichen gemerkt haben könnten und sein Wegfahren später als Fahrerflucht ausgelegt werden könnte. „Wer weiß das schon, was in den Gedanken so eines Mannes vorgeht?"

„Niemand", bestätigte Stahmer. „Da haben Sie Recht."

Lehn wiederholte, es spreche gegen jede Erfahrung, dass dieses abendliche Zusammentreffen auf der A 7 ein Zufall gewesen sei. „Schacht und Kurz müssen einander gekannt haben und Schacht muss diesen ‚Unfall' bewusst inszeniert haben. Allein dass Schacht den falschen Namen ‚Gruber' benutzte, ist der Beweis, dass Schacht etwas verbergen wollte. Möglich, dass Kurz etwas über Schacht wusste, was diesem hätte gefährlich werden können."

Sicher sei für ihn, fuhr Lehn fort, dass Schacht den Personalausweis von Kurz geklaut habe.

Stahmer stimmte ihm zu, wandte aber ein, dass die bisher vorliegenden Beweise keinem Gericht standhalten würden.

„Und wenn wir die Leiche von Kurz exhumieren?", stellte Lehn in den Raum und fuhr fort: „Liegt der Tote im Sarg, war er das Unfallopfer. Liegt Ferdinand Kurz nicht im Sarg, können wir erst einmal alle unsere Theorien in die Tonne klopfen."

„Sie wissen, was eine Exhumierung bedeutet?", stellte Stahmer nüchtern fest.

Lehn war das von früheren Fällen bekannt. Eine Unmenge von Anträgen würde auf sie warten, denn die Richter gaben wegen „Störung der Totenruhe" nur ungern ihre Zustimmung zu einer Exhumierung.

„Ja", meinte Lehn nachdenklich. „Es ist so eine Frage, ob sich der Aufwand in diesem Fall lohnt."

Stahmer ging jetzt wie ein gehetztes Tier in seinem Büro auf und ab. Dabei machte er auf Lehn einen hochkonzentrierten Eindruck. Schließlich sagte er, er habe gestern ein langes Gespräch mit dem Bundeskriminalamt gehabt. Die würden furchtbaren Druck machen, weil sie in Hamburg wohl die Einzigen seien, die eine halbwegs belastbare Spur in dem Fall AC 404 hätten. Da international zurzeit nur von diesem Flug gesprochen werde, wartete praktisch die ganze Welt auf Ergebnisse ihres Dezernats. Und das BKA würde gerne gegenüber Interpol mit einem Erfolg punkten, zumal die deutschen Kampagnen gegen die NSA international nicht so gut angekommen seien.

„Um unserer Rolle in dieser Tragödie gerecht zu werden, müssen wir alles versuchen, das Leben von diesem Horst Schacht zu durchleuchten. Denn Horst Schacht ist unsere Verdachtsperson Nummer eins. So müssen wir beweisen, dass Schacht unter dem Namen Ferdinand Kurz auf dem Flug war, und in diesem Zusammenhang müssen wir als Erstes beweisen, dass Ferdinand Kurz auf der A7 umgekommen ist beziehungsweise ermordet wurde. Deshalb müssen wir seine Leiche exhumieren, um zu beweisen, dass er der Tote von der A 7 war. Des Weiteren müssen wir versuchen, in das Leben von Horst Schacht einzudringen: Was war sein Beruf, womit hat er sich beschäftigt? Fragen über Fragen."

„Da können wir uns über den Stapel Post hermachen, den Perner und ich in seinem Haus gefunden haben", meinte Lehn.

„Richtig! Zu dem Schluss bin ich gestern auch gekommen. Dabei erscheint mir als die wichtigste Spur dieses Schiff."

Lehn meinte, dass er das genauso sehe. Immerhin habe Schacht offensichtlich versucht diesen Chartervertrag zu verbrennen. Als das nicht gelungen sei, habe er den Vertrag im Papierkorb entsorgt, wahrscheinlich in der

Annahme, dass die Putzfrau diese Arbeit übernimmt. Was aber nicht geschah.

„Zu dem gleichen Schluss bin ich auch gekommen", meinte Stahmer. „Dieses Schiff war für Schacht wichtig, aber es sollte geheim bleiben. Folglich habe ich gestern unsere Langner gebeten, noch einmal im Internet und sonstigen Quellen nach diesem Schiff zu forschen."

„Und hat sie etwas gefunden?"

„Warten Sie". Über die Telefonanlage bat Stahmer seine Sekretärin, mit der Akte Nossi-Be in sein Büro zu kommen. Sie solle auch Perner mitbringen, damit sie nicht alles doppelt erklären müsse.

Wieder erschien die Langner schneller, als von Lehn erwartet. Perner erst kurz danach.

Stahmer bat die Kollegin vorzutragen, was sie herausgefunden habe.

Gabriele Langner holte einmal tief Luft, bevor sie loslegte. Sie habe alle Hebel in Bewegung gesetzt, um Informationen über dieses Schiff zu bekommen, auf dessen Namen Lehn und Perner in Berchtesgaden gestoßen seien. Das sei schwieriger gewesen als gedacht, da das Schiff öfters einen anderen Namen erhalten habe. Schließlich sei sie aber in London bei Lloyds fündig geworden. Zuletzt sei das Schiff von einer Firma Mayotte Shipping in Port St. Marie bereedert worden.

„Wo liegt denn das?", unterbrach sie Stahmer.

„Auf den Komoren", antwortete sie schnell, um fortzufahren und nicht den Faden zu verlieren. Aber daraus wurde nichts, denn Stahmer insistierte zu wissen, wo die Komoren liegen. Er kenne keine Komoren. Im Übrigen klinge das alles reichlich exotisch.

Eine Spur genervt erklärte sie ihrem Chef, dass die Komoren eine Inselgruppe im Indischen Ozean seien, nördlich von Madagaskar gelegen. Dort finde man übrigens auch die Insel Nossi-Be, die wohl dem Schiff den Namen gegeben habe.

„Und was wohnen da für Menschen?", wollte Stahmer wissen.

„Laut Wikipedia lebt dort eine Mischbevölkerung aus Arabern, Packs, Afrikanern und Libanesen."

„Das ist ja eine astreine Multikulti-Gesellschaft, die gemäß unseren Linken und Grünen auch gut nach Deutschland passen würde", meinte Perner.

Stahmer tat so, als überhöre er die Bemerkung von Perner, und fuhr fort:

„Und einem von diesen Herren gehört unser Pott mit dem Namen Nossi-Be?", fragte Stahmer.

„Die Mayotte Shipping ist in Port St. Marie registriert, der eigentliche Eigner sitzt wohl auf Mayotte."

„Und die verchartern das Schiff?", fragte Lehn.

„Teilweise auch mehrmals an die gleiche Gesellschaft", fiel Gabi Langner ihm ins Wort und fügte hinzu, die Nossi-Be sei praktisch das ganze Jahr 2015 an eine Firma Kalimantan Shipping Ltd. in Kota Kinabalu verchartert gewesen, die einem gewissen J. Chew gehöre. Ab November 2015 sei dann die SMS Ltd. in Singapur als Charterer eingetragen.

„Wissen Sie, was sich hinter den Buchstaben SMS Ltd. verbirgt?"

„Shaft Mining & Services Ltd.", antwortete sie und fügte hinzu, die Firma domiziliere in Singapur.

„Adresse bekannt", unterbrach Lehn, der die Adresse auf dem „Letter of Intent" in dem Stapel auf Schachts Schreibtisch gesehen und sich aufgeschrieben hatte.

„Das ist alles ziemlich weit weg von den Komoren", unterbrach Perner fest.

„Aber in der Schifffahrt nicht ungewöhnlich", klärte Lehn ihn auf.

„Ungewöhnlich aber ist", griff Gabriele Langner trocken Lehns belehrende Worte auf, „dass die Nossi-Be Anfang Februar dieses Jahres in der Sulusee westlich von Zamboanga mit Mann und Maus gesunken ist. Es habe keine Überlebenden gegeben."

„Was? Was sagen Sie da?", fragte Lehn völlig überrumpelt.

„Es ist eine Genugtuung für mich", entgegnete Gabi Langner triumphierend, „dass ich dir auch einmal eine Nachricht überbringe, die dich vom Sessel haut."

Das sei ihr in der Tat gelungen, konterte Lehn. Stahmer grinste derweil.

„Halten wir noch einmal fest", fasste Stahmer zusammen. „Die Kollegen Lehn und Perner stoßen in der Hütte dieses Schacht auf den Chartervertrag für dieses Kümo Nossi-Be."

„Und einen Letter of Intent, in dem die Firma SMS Ltd. sich bereit erklärt, dieses Kümo zu chartern", sagte Lehn und fügte hinzu: „Dieser ,Letter of Intent' ist von Schacht unterschrieben, sodass wir annehmen können, dass hinter der Firma SMS Ltd. Schacht steckt."

In das entstandene Schweigen bereicherte Stahmer die Diskussion mit der Bemerkung: „Die Nachricht vom Untergang der Nossi-Be wird Schacht nicht gerade erfreut haben, kurz nachdem er das Schiff gechartert hatte."

„Das kann ein schlechtes, aber auch ein gutes Geschäft

gewesen sein", wandte Perner halb scherzend ein. Es komme allein darauf an, wie die Ladung versichert war.

„Spaß beiseite", riss Stahmer wieder die etwas auszuufern drohende Diskussion an sich „Gibt es denn keinerlei Nachrichten von dem Untergang der Nossi-Be?"

„Nichts!", antwortete Gabriele Langner. „Keinen Funkspruch, absolut nichts."

„Und zahlt der Versicherer?", fragte Perner.

Darüber wisse sie zurzeit noch nichts, antwortete die Langner.

„Es ist erstaunlich", sagte Lehn, „dass in der heutigen Zeit ein Schiff spurlos verschwindet. Ohne Notruf, ohne alles."

Er kenne dieses Phänomen nur im Bermudadreieck, aber das sei noch einmal doppelt so weit entfernt, meinte Perner.

„Wissen Sie, woran mich das alles erinnert?", dachte Stahmer laut nach. Ohne eine Antwort seiner Untergebenen abzuwarten, gab er selber die Antwort: „Es gibt eine gewisse Gemeinsamkeit des Schicksals der Nossi-Be mit dem Flug AC404. Da haben wir die gleiche Situation. Kein Notruf, keine Absturzstelle, keine Landung. Nichts. Die Objekte verschwinden einfach."

„Und wir haben noch eine viel wichtigere Gemeinsamkeit", fügte Lehn hinzu: „Horst Schacht, unseren blinden Passagier auf Flug AC404. Immerhin hatte er die Nossi-Be gechartert."

Stahmer fragte, ob man denn nicht das Ziel der Nossi-Be herausbekommen könne.

Gabriele Langner schüttelte den Kopf. Sie habe alles versucht, aber niemand habe ihr sagen können, welches

Ziel das Schiff hatte. Entweder wisse es niemand, oder man schweige. Eine Antwort auf diese Frage müsse man versuchen vor Ort herauszubekommen.

„Du meinst damit, in diesem Kota …? Wie heißt die Stadt?"

„In Kota Kinabalu", antwortete Gabriele Langner. „Immerhin ist die Nossi-Be in K.K. gestartet. Also die Hafenbehörden oder wer auch immer müssten am ehesten wissen, welches Ziel das Schiff hatte. Einen gewissen Hinweis über die Richtung gibt allerdings die Tatsache, dass das Schiff in der Sulusee vor Zamboanga gesunken ist. Die Nossi-Be war also in Richtung Osten unterwegs."

Perner schlug vor, eine Karte der Region zu kaufen, ihm würden diese Orte und Meere nichts sagen.

Stahmer erhob seine Hand als Zeichen, dass er etwas sagen wolle. Als alle ihm zuhörten, sagte er zu Gabriele Langner: „Machen Sie eine Notiz, dass Kollege Perner ermächtigt ist, zu Lasten der Kasse des Dezernats eine Landkarte von Südostasien zu kaufen."

Nachdem die interne Notiz abgefasst war, ergriff sie wieder das Wort mit dem Hinweis: „Da wäre noch etwas, was Sie alle wissen sollten …" Bei ihren Recherchen bei der Versicherungsgesellschaft Lloyds in London sei sie auf einen seltsamen Artikel gestoßen, der Ende Februar dieses Jahres in der „Straits Times" erschienen sei. In diesem Artikel habe ein Reporter über seine Recherchen im Fall des Untergangs der Nossi-Be geschrieben. Oder besser gesagt, er habe geschrieben, dass es keine Zeugen des Unglücks gab. Der Kapitän habe zwar einen verstümmelten Notruf abgesetzt und Koordinaten des Unfallortes in der Sulusee angegeben. Danach lag der Unfallort westlich von Zamboanga. Die zum Unfallort geeilten Schiffe hätten aber nichts gefunden. Keine Überlebenden, kein Rettungsboot, keine Trümmer. Dies sei, so schreibt der Reporter weiter, besonders tragisch, denn im Hafen von Kota Kinabalu habe sich das Gerücht gehalten, dass außer der Besatzung bis zu hundert Bauarbeiter an Bord gewesen seien, die zu einer Baustelle gebracht werden sollten. Das Schiff habe im Übrigen Baumaterialien und auch kleinere Baumaschinen an Bord gehabt.

Auf Befragung, ob diese Bauarbeiter an Bord gewesen seien, habe der Charterer dieses allerdings verneint und angegeben, dass nur die Besatzung an Bord gewesen sei. Sie habe nur aus fünf Personen bestanden. Hauptsächlich Philippinos. Der Kapitän sei Molukke mit einem indonesischen Patent gewesen.

„Das wäre ja grauenhaft, wenn das mit den Arbeitern wahr und alle ertrunken wären", meinte Lehn beeindruckt.

„Warten Sie. Es kommt noch schlimmer!", fuhr Gabriele Langner fort, die jetzt richtig in Fahrt gekommen war. Sie habe über E-Mail bei der Redaktion der „Straits Times" in Kuala Lumpur angefragt, um die Adresse dieses Reporters zu bekommen. Leider sei die Antwort negativ gewesen. Dieser Reporter sei ein freier Mitarbeiter gewesen. Man habe auf ihn einen Mordanschlag verübt, den er aber überlebt habe. Er sei daraufhin abgetaucht. Seine derzeitige Adresse sei unbekannt. Die Redaktion der „Straits Times" sei aber nicht sicher, ob er sich noch in KK aufhalte.

„Das wird ja immer bizarrer", stöhnte Lehn. Um sich die Einzelheiten noch einmal vor Augen zu führen, wiederholte er, was Gabriele Langner herausgefunden hatte. „Erst chartert dieser Schacht ein Schiff. Dieses Schiff lädt in Kota Kinabalu Baumaterialien und Maschinen. Eventuell gehen sogar Bauarbeiter an Bord. Dann sinkt das Schiff in der Sulusee vor diesem Zamboanga. An dem Unglücksort, den der Kapitän gefunkt hat, finden die zur Hilfe geeilten Schiffe keinerlei Überreste. Weder Leichen noch Teile der Ladung noch Teile des Schiffes. Ein Reporter macht sich so seine Gedanken über den Untergang der Nossi-Be und schreibt einen Artikel in der „Straits Times". Er wird Opfer eines Mordanschlages, überlebt aber. Er taucht daraufhin offensichtlich unter. Ob er noch in Kota Kinabalu zu finden ist, ist fraglich."

„Dieser Schacht wird langsam zu einem Problem", meinte Perner.

Nach einigem Schweigen wandte sich Stahmer an Gabriele Langner mit den lobenden Worten, diese Nachforschungen in London und Kuala Lumpur seien eine großartige Leistung gewesen. Dann fügte er hinzu: „Ich wusste immer, dass an Ihnen ein weiblicher Kommissar verloren gegangen ist. Aber was nicht ist, kann ja noch kommen!"

„Jetzt lobt er auch noch die Langner weg", raunte Perner. „Wo wir schon jetzt unterbesetzt sind."

Glücklicherweise hatte niemand Perners Kommentar gehört.

„Ja, meine Herren", Stahmer setzte an, den aktuellen Wissensstand zusammenfassend. „Die Polizei in Singapur hat uns über das Bundeskriminalamt den Auftrag erteilt, die in Deutschland wohnhaften Passagiere auf die Frage abzuklopfen, ob an Bord des Flugzeugs Passagiere waren, die in ein gewisses Risikoprofil passen würden. Wir können jetzt mit Fug und Recht sagen, dass uns das gelungen ist. In diesem Horst Schacht haben wir mit großer Wahrscheinlichkeit eine derartige Person gefunden. Andererseits sollten wir uns darüber im Klaren sein. Wenn wir mit dieser Geschichte herauskommen, dann dürfen wir uns nicht blamieren, denn die gesamte Welt spricht im Augenblick nur über den Flug AC404. Ich möchte als Polizeirat Stahmer von der Hamburger Kripo nicht von einem schnöseligen Reporter gesagt bekommen, dass unser Dezernat luschig gearbeitet hat."

„Hört! Hört", meinte Perner.

„Perner, Perner", tadelte Stahmer. „Aus Ihnen wird nie ein Vorzeigebeamter."

Dabei zündete er sich ein weiteres Zigarillo an und fuhr dann völlig überraschend fort, er habe sich entschlossen, die Exhumierung der Leiche von Ferdinand Kurz durchzuziehen.

„Wir müssen einfach sicher sein, ob Kurz in dem Sarg liegt, sodass er definitiv nicht auf dem Flug gewesen sein kann. Liegt eine andere Person im Sarg, so haben wir mit Zitronen gehandelt. Wir müssen die Leiche dann erkennungsdienstlich behandeln."

Perner steuerte noch eine dritte Variante hinzu. „Ist der Sarg leer, machen wir den Bestattungsunternehmer haftbar und drücken ihm die Kosten der Exhumierung aufs Auge."

„Dafür sind Sie dann zuständig", meinte Stahmer grinsend. „Aber erst einmal kaufen Sie eine vernünftige Landkarte von der Sulusee."

KAPITEL 16

Mit der Frage, was den 10. Mai vom gestrigen 9. Mai unterscheide, begrüßte James Turner, Reporter der New York Times, den Sicherheitschef von Singapur, Andrew Sim.

Für einen Moment musste Sim über die Frage nachdenken, dann sagte er: Er hoffe, dass der 10. Mai der Wendepunkt in dieser grauenhaften Geschichte des Verschwindens des Fluges AC404 sei, denn gleich um 11 Uhr hielte Jeffrey Cohen einen Vortrag über die aktuelle Situation in dieser Tragödie.

Wer das denn sei, wollte James Turner wissen.

Jeffrey Cohen sei die Koryphäe für Flugzeugunfälle an der Universität von Los Angeles. Er sei extra aus den USA gekommen, um die Behörden von Singapur bei der Aufklärung dieses Dramas zu unterstützen.

„Begleiten Sie mich. Sie sind mein Gast. Es wird sie interessieren, zu welchen Erkenntnissen er gekommen ist."

James Turner, der eines hasste, sich langatmige Vorträge anzuhören, sperrte sich noch, Andrew Sim zu folgen. Aber da hatte er die Rechnung ohne Andrew Sim gemacht. Mit fast physischer Gewalt ergriff dieser den Arm des Amerikaners und zerrte ihn in einen der Aufzüge des Innenministeriums.

Der Vortragsraum im 2. Stock war gut gefüllt. Für Andrew Sim war ein Platz in der ersten Reihe reserviert. Ein Wink zum Personal machte es möglich, dass James Turner neben ihm Platz nehmen konnte.

„Es sind viele wichtige Entscheidungsträger unserer Republik hier im Raum", raunte Sim seinem Nachbarn zu. „Neben Ihnen sitzt beispielsweise Donald Wong, der Sicherheitsberater des Präsidenten. Drei Plätze weiter sitzt Leow Kim Liat, unser Innenminister. Na und so weiter. Sie befinden sich jedenfalls in bester Gesellschaft."

James Turner war beeindruckt. Es war doch gut gewesen, Andrew Sim gefolgt zu sein.

Dann ging ein Raunen durch den Saal. Das Podium erklomm ein drahtiger Mittfünfziger, baute sich hinter dem Rednerpult auf und sortierte seine Unterlagen.

Dann stellte er sich vor. Er sei Jeffrey Cohen, Professor für Flugzeugunfälle an der Universität von Los Angeles. Er danke der Regierung von Singapur für diese Einladung und hoffe nur inständig, dass er die in ihn gesetzten Erwartungen nicht enttäuschen würde.

Er habe in den letzten beiden Tagen nach seiner Ankunft alle bekannten Fakten zu diesem Fall des Verschwindens des Fluges AC404 studiert, mit sehr vielen Beteiligten gesprochen und die Aussagen in das Unfallschema übertragen, welches seine Universität erarbeitet habe. Er müsse aber gleich am Anfang sagen, dass er zu keinem Ergebnis gekommen sei, wo sich die Maschine zum jetzigen Zeitpunkt befinde. Es sei ihm nur möglich, die weiteren Untersuchungen vielleicht in die eine oder die andere Richtung zu lenken, in der Hoffnung, dass dieses Rätsel des Verschwindens bald aufgeklärt würde.

Cohen griff nach dem Wasserglas auf seinem Rednerpult, trank einen Schluck und begann mit seinem Vortrag:

„Zuerst zu den Fakten. Am 30. April dieses Jahres um 22 Uhr malaysischer Zeit hob der Linienflug AC404 nach Frankfurt vom Changi Airport ab. An Bord waren 218 Passagiere plus 12 Besatzungsmitglieder. Zehn

Minuten später gab der diensthabende Fluglotse die Anweisung, sich beim Luftverkehrskontrollzentrum in Penang zu melden. Diese Meldung erfolgte und Penang reichte die Maschine weiter nach Pukit. Um 1 Uhr verschwand die Maschine wie vorgesehen vom malaysischen Radar.

Aber die Maschine erschien nicht im thailändischen Luftraum, sondern befand sich von nun an auf einem Geisterflug, auf dem die Maschine von niemandem mehr registriert wurde. Wie sich später herausstellte, müssen sämtliche Kommunikationssysteme wie Transponder und ACARS (Aircraft Communications Adressing and Reporting System), die eine Ortung der Maschine ermöglicht hätten, in diesen fünf bis zehn Minuten abgestellt worden sein. In dieser kurzen Zeitspanne, in der sich das Flugzeug quasi im Niemandsland zwischen der malaysischen und thailändischen Luftüberwachung befand. Auf die endgültigen Berechnungen der Firma Inmarsat warten wir noch. Die Firma Inmarsat wird uns möglicherweise später anhand der ‚Handshakes' sagen, welche Flugroute die Maschine nach Verlassen des Funkraums von Penang genommen hat. Zur Erklärung sei gesagt, dass diese sogenannten Handshakes Funkkontakte mit dem Satelliten sind, die aber ziemlich ungenau sind. Einem Vorbericht von Inmarsat ist zu entnehmen, dass die Maschine nördlich von Penang nach Osten abgedreht, die malaische Halbinsel überflogen hat und Richtung Südchinesisches Meer geflogen ist. Dann verliert sich die Spur.

Heute können wir nur mit ziemlicher Sicherheit sagen, dass kurz vor der Kursänderung nach Osten die Kommunikationssysteme per Hand abgestellt worden sind.

Wenn wir in dieser Annahme richtigliegen, müssen wir uns fragen, warum und wer die Kommunikationssysteme abgestellt hat.

Die amtliche ‚Story‘, die von einem Unfall spricht, ist für mich die am wenigsten wahrscheinliche. Wenn das Flugzeug ins Meer gestürzt ist, müssten Wrackteile gefunden worden sein. Aber unsere Suchmaschinen suchen jetzt seit acht Tagen. Gefunden wurde nichts. Rein gar nichts. Wir haben genug Beispiele dafür, wie es ist, wenn ein Flugzeug ins Meer stürzt. Wie etwa der Air-France-Absturz im Atlantik. Auch dort bildete sich ein Trümmerfeld.

Natürlich könnte auch ein Kabelbrand alle Systeme an Bord außer Gefecht gesetzt und Stickstoffmonoxyd freigesetzt haben. Die Folge wäre, dass alle an Bord bewusstlos geworden wären Die Maschine hätte auf Autopilot noch stundenlang weiterfliegen können. Aber die letzte ACARS-Meldung gibt dafür überhaupt keinen Hinweis.

Wenn ein normaler Unfall ausgeschlossen werden kann, fällt der erste Verdacht immer auf die Piloten. Zumal man bei der Boeing 777, um die Systeme abzustellen, profunde Kenntnisse haben muss. Bleibt aber die Frage, ob dies freiwillig geschehen ist oder die Piloten von einer dritten Person gezwungen wurden.

Geschah es freiwillig, liegt der Verdacht eines Suizids des Piloten nahe. Der Pilot könnte seinen Copiloten mit einem Auftrag aus dem Cockpit geschickt haben. Dann könnte er sich selbst eine Sauerstoffmaske aufgesetzt und den Druck in der Kabine manuell gesenkt haben. Die Passagiere inklusive des Copiloten wären dann nach circa zehn Minuten ins Koma gefallen. Das gilt natürlich auch für alle anderen Besatzungsmitglieder.

Irgendein Fachmann hat einmal die Devise aus der Sicht des abtrünnigen Piloten oder Copiloten mit dem Satz geschildert: ,Töte alle Passagiere! Werde alles los, was dir Widerstand leisten kann bei dem Selbstmord, den du vorhast.'

Geschah diese Abschaltung der Geräte aber unter Zwang, haben wir es mit einer Entführung der Maschine zu tun. Wobei der oder die Entführer die Piloten gezwungen haben, alle die entscheidenden Manipulationen vorzunehmen. Doch wer kommt als Entführer in Frage? In diesem Zusammenhang spricht für eine Entführung, dass zwei der Stewards nicht zum Dienst erschienen waren und im letzten Augenblick durch Ersatzleute ersetzt werden mussten. Heute wissen wir, dass mindestens einer der Stewards tot ist. Die Leiche des anderen wurde noch nicht gefunden."

„Die Leiche sah entsetzlich aus", raunte Andrew Sim seinem Nachbarn zu.

„Seltsam ist auch, dass der Einsatzleiter verschwunden ist, der die neuen Stewards eingesetzt hat.

Dies ist die heißeste Spur, die die Behörden hier in Singapur zurzeit verfolgen. Wie gesagt, die Leiche des einen Stewards ist gefunden worden. Leider ist die Leiche derart durch Krokodile in Mitleidenschaft gezogen, dass die Pathologen nicht mit Sicherheit sagen können, ob ein Mord an dem Steward vorliegt. Die Polizei versucht jetzt die zweite Leiche zu finden, allerdings bisher ohne Erfolg.

Aber kommen wir noch einmal auf die Lebensgeschichte des Piloten und des Copiloten zurück. Wir sollten diesen Verdacht nicht aus falsch verstandener Kameradschaft mit dem fliegenden Personal kleinreden. Nach unseren Untersuchungen, die wir in den vergangenen Jahren in unserer University of Los Angeles angestellt haben, ist der Suizid eines der Piloten viel häufiger der Grund eines Absturzes, als dies bekannt wird. Nicht dass es vertuscht wird, aber die Wahrheit kann nicht bewiesen werden, und so schweigt man lieber, nicht zuletzt um Schadensersatzforderungen der Angehörigen der ermordeten Passagiere zu entgehen. Denn eines ist sicher, jeder Suizid kündigt sich in irgendeiner Form an. Und die Personen, die von diesen Suizidgedanken wissen, wie zum Beispiel Ärzte, Arbeitskollegen und vor allem Familienangehörige, werden so zu Mördern. Man sollte sie alle wegen Beihilfe zum Mord vor Gericht stellen. Sie haben es nicht anders verdient. Wir brauchen gar nicht lange in unseren Erinnerungen zu kramen. Noch letztes Jahr steuerte ein Copilot sein Flugzeug gegen eine Bergwand, nachdem er den Piloten aus der Kanzel ausgesperrt hatte, weil dieser auf die Toilette musste. Alle oder viele wussten es, dass dieser Copilot krank war. Sogar der Arbeitgeber wusste davon, denn der angehende Pilot war zweimal durch die Prüfung im Ausbildungszentrum in Amerika gefallen. Keiner hat etwas gesagt. Aber die, die es wussten, vor allem auch die Angehörigen, sollte man vor Gericht stellen und sie wie Mörder verurteilen.

Weiterhin richten sich unsere Untersuchungen natürlich auf die Passagiere des Fluges AC404. Die Frage ist, ob es unter den Passagieren Risikopersonen gab, die, aus welchen Gründen auch immer, dazu hätten beitragen können, dass die Maschine abstürzt oder entführt wurde.

Wir denken da an Personen, deren Ermordung von anderen geplant ist. Wobei ein Flugzeugabsturz immer das beste Alibi für den oder die Mörder ist. Jede Mordabsicht wird verwischt, wenn gleichzeitig hundert oder mehr Menschen sterben. Da schaut keiner hin, ob der eine oder andere vielleicht ermordet werden sollte. Weiterhin denken wir an Personen, die sich selber umbringen wollen, aber es spannend finden, andere mit in den Tod zu reißen.

Das klingt unwahrscheinlich, ist aber nachweislich schon mehrmals vorgekommen. Der Narzissmus von Selbstmördern ist unglaublich stark ausgeprägt.

Natürlich denken wir auch an Personen, die aus verbrecherischer Absicht ein Flugzeug entführen wollen, um die Maschine später von der Fluggesellschaft freizupressen oder was auch immer. Das setzt aber eine sehr gut geplante Logistik voraus.

In diese Richtung geht auch ein Verdacht, den uns die deutschen Behörden vorab mitgeteilt haben.

Die deutsche Kriminalpolizei hat herausgefunden, dass offensichtlich ein Passagier an Bord war, der nicht auf der Passagierliste steht, während ein anderer Passagier zwar auf der Liste steht, aber nicht an Bord sein konnte, weil er zu dem Zeitpunkt des Fluges schon tot war. Die deutschen Behörden haben uns dies vorab mitgeteilt, sagen aber, dass sie noch abschließende Untersuchungen anstellen müssen, um endgültig diesen Verdacht bestätigen zu können.

Vermuten wir also eine Entführung des Fluges AC404, dann lautet natürlich die erste Frage: Warum? Das können viele Gründe sein: Transportierte das Flugzeug Gold,

Diamanten oder Geld? War unter den Passagieren ein Milliardär oder vielleicht ein Verbrecherboss, sodass es sich lohnte, das Flugzeug zu entführen und die Freilassung von den Angehörigen zu erpressen? Oder sollte das Flugzeug als Waffe eingesetzt werden? Seit dem 9/11 denken wir natürlich immer daran, dass ein Flugzeug entführt und dann eventuell vollgestopft mit Sprengstoff in ein markantes Ziel gesteuert wird. Das aber bedeutet, dass die Maschine irgendwo auf der Welt in der Hand von Terroristen sein müsste. Wir können uns nicht darauf verlassen, dass wir über die sogenannten Handshakes, also über die Kontakte mit Satelliten, den Kurs des Fluges verfolgen können. AC404 könnte sehr vorsichtig und in enger Tuchfühlung, sozusagen im Schatten einer anderen Passagiermaschine, geflogen sein. Damit wäre sie weder vom Bodenradar noch vom Satelliten wahrgenommen worden. Aber heute sind das reine Spekulationen. Wie dem auch sei. Das Einzige, was wir mit Sicherheit wissen, ist, dass ein Flugzeug, welches nicht auf seiner vorgeschriebenen Flugroute unterwegs ist, entweder entführt wurde oder sonst wie in erheblichen Schwierigkeiten steckt.

Im aktuellen Fall des Fluges AC404 könnte der Transport von Bargeld der Grund für eine Entführung sein. Tatsächlich hatte die Maschine eine große Summe von Bargeld an Bord, welches für die EZB in Frankfurt bestimmt war.

Die Behörden in Singapur überprüfen zurzeit, wer von diesem Transport von Bargeld gewusst haben könnte. Aber schon heute ist klar, dass der Transport kein Geheimnis war. Wir können also davon ausgehen, dass die uns bekannten Verbrecherkartelle sehr wohl von diesem

Bargeldtransport wussten. Die Behörden verfolgen vorrangig diese Spur. Aber ohne Hinweise aus dem Milieu oder von V-Leuten sehen die Behörden wenig Chancen. Die Macht der Kartelle ist einfach zu übermächtig.

Zum Schluss noch einige Worte zu den hier in Singapur kursierenden Verschwörungstheorien.

So soll die Maschine von Aliens entführt sein. Ich kann Ihnen versichern: Das ist absoluter Blödsinn. Noch nie hat sich diese Vermutung bestätigt. Eine andere Verschwörungstheorie sagt, die Maschine sei vom CIA entführt und zum amerikanischen Stützpunkt im Indischen Ozean Diego Garcia umgeleitet worden. Ich sage Ihnen: Auch das ist dummes Geschwätz. Ich frage Sie: Warum? Warum sollten die Amerikaner eine Verkehrsmaschine entführen? Das Risiko, dass das herauskommt, ist viel zu hoch.

Aber wo ist der Flug AC404 dann? Zurzeit ist das Schicksal des Fluges AC404 das größte Mysterium unserer Tage. Ein Mysterium, welches mit jedem weiteren Tag ohne gesicherte Sucherfolge größer wird. Aber eines ist sicher: Eine 777 mit 230 Menschen an Bord kann sich nicht in Luft auflösen. So kann ich Ihnen versprechen: Wir werden das Flugzeug finden. Entweder in Form von im Meer schwimmenden Trümmern oder als intakte Maschine, die irgendwo gelandet ist. Ich danke Ihnen."

KAPITEL 17

„Viel Neues wusste dieser Spezialist aus Los Angeles ja auch nicht zu sagen", beklagte sich Andrew Sim und schlug vor, noch einige Schritte an der frischen Luft zu gehen.

Jeffrey Cohen stimmte zu. Für ihn sei der Vortrag dennoch interessant gewesen. Alleine die Komprimierung der Fakten habe es in sich gehabt. Er gebe aber zu, dass er auch nicht wisse, was er seinen Lesern in der „New York Times" sagen solle. Haben wir es nun mit einem Unfall oder einer Entführung zu tun?

Andrew Sim antwortete nicht sofort. Dann schlug er vor: „Schreiben Sie die Wahrheit. Die Wahrheit kommt bei den Lesern immer am besten an. Schreiben Sie, dass wir in Singapur noch immer zwischen einem Unfall und einer Entführung schwanken. Für einen Unfall spricht, dass die Maschine auf keinem bekannten Flugplatz im Radius von 5000 Kilometern gelandet ist, so dass wir wohl annehmen müssen, dass die 777 ins Meer gestürzt ist. Und Ozeane haben wir hier ja reichlich. Für eine Entführung spricht die Geschichte mit dem Austausch dieser beiden Stewards. Ein Rätsel, das noch nicht geklärt werden konnte. Und erst geklärt sein wird, wenn wir den Einsatzleiter gefunden haben. Für eine Entführung spricht weiterhin die Tatsache, dass der Flug AC404 ein fliegender Geldtransport war."

„Wie viel Zaster war es denn?"

Andrew Sim grinste, als er antwortete: „Bei uns ist so etwas geheim! Aber Spaß beiseite. Unsere Behörden konzentrieren sich auf diese beiden Ersatzstewards. Das Ganze stinkt, zumal wir den einen Stewart tot aus dem

Creek gezogen haben. Der ist ja nicht zum Baden in den Creek gesprungen, wo hier in Singapur jedes Kind weiß, dass die Creeks voll von Krokodilen sind. Folglich ist er entweder lebend in den Creek gestoßen oder als Leiche in den Creek geworfen worden. Diese Tatsache in Verbindung mit dem Bargeld, welches nach Frankfurt zur EZB gebracht werden sollte, legt schon die Vermutung nahe, dass es sich um eine Entführung handelt und die Entführer an das Geld wollten. Aber fragen Sie mich nicht, wie die Entführer sich das vorgestellt haben. Sie müssen ja die 777 irgendwo auf den Boden gebracht haben, um die Kohle zu bekommen. Aber wo?"

„Und die deutsche Spur? Was halten Sie davon?"

Andrew Sim wollte dazu noch keine Stellung nehmen. Er wolle erst die offizielle Antwort aus Deutschland abwarten, denn soweit er wisse, sei sich die deutsche Polizei noch nicht hundertprozentig sicher. Seine persönliche Meinung aber sei, dass meistens nicht viel dabei herauskomme, wenn der Verdacht auf Flugpassagiere falle, die unter falschem Namen reisten. Es sei erschreckend, wie viele Personen heute unter falschem Namen unterwegs seien. Das sei zwar zu verurteilen, aber wenn alle Maschinen entführt oder zum Absturz gebracht würden, weil sie Passagiere mit falschen Namen an Bord beförderten, dann würde sich der Flugverkehr stark reduzieren. Aber er wolle nicht unken. Wenn diese deutsche Spur Hand und Fuß habe, sei er der Letzte, der sie nicht verfolgen würde. „Denn wenn wir eines brauchen, dann sind es Hinweise auf irgendwelche Unregelmäßigkeiten bei diesem Flug. Wo auch immer diese Hinweise herkommen. Sie wären äußerst willkommen!"

„Tatsache ist doch", fuhr Andrew Sim fort und blickte dabei dem Reporter der „New York Times" ins Gesicht. „Wir stehen hier auf dem Schlauch. Wir sind für jede Spur dankbar. Jeden Tag wird der Druck größer. Ich schlottere nur so vor Angst, wenn der Innenminister nach mir ruft, aus Angst, meinen Job als Chef des Geheimdienstes zu verlieren. Und wenn heute eine Oma käme, die mir versichern würde, sie hätte aus ihren Tarot-Karten gelesen, dass der Flug AC404 am Mount Everest zerschellt sei, dann würde ich sie küssen. Stellen Sie sich das vor. Ich eine alte Oma küssen. Aber ich würde es tun, um endlich Klarheit zu haben, damit Druck aus dem Kessel kommt. Sie können sich gar nicht vorstellen, was hier in Singapur wegen dieser Geschichte los ist. Der Minister für Tourismus bastelt gerade an dem Image von Singapur als einer modernen, weltoffenen Stadt, die aber gleichzeitig ihren Einwohnern und Gästen absolute Sicherheit bietet. Inklusive Bankgeheimnis und dem Ganzen, was dazugehört. Und nun das. Ausgerechnet ein Flugzeug, welches von Changi Airport gestartet ist, verschwindet spurlos. Da kann unser Minister seine Werbekampagne in der Pfeife rauchen. Natürlich ist unsere Regierung nicht schuld daran, was passiert ist. Aber heute ist es doch so: Wenn ein unangenehmer Vorfall mit einem Land oder einer Stadt in Verbindung gebracht wird, dann haftet er wie klebrige Scheiße an dem Land oder der Stadt, obwohl niemand wirklich Schuld hat. Aber irgendwie haben wir doch Schuld. Jedenfalls wenn es kein Unfall, sondern eine Entführung war. Dann haben unsere Sicherheitskontrollen am Changi Airport versagt. Das muss man ganz klar und emotionslos sehen. Versagt haben sie!"

Andrew Sim hatte sich in Rage geredet. „Ich brauche jetzt einen Cognac! Einen doppelten!" Mit diesen Worten zerrte er James Turner in die Bar vom Raffles Hotel.

Die Bar war wie aus einer anderen Zeit. Wie zum Ausgang des 19. Jahrhunderts, dem Zenit des Britischen Empires. Der Innenhof mit seinen Palmen und Bananenstauden war wie eine Oase in einer Stadt voller Unrast und Geldgier. Man brauchte sich gar nicht die unzähligen Bilder an den Wänden anzuschauen, um sich vorzustellen, wie um 1900 die britischen Offiziere hier aus und eingegangen waren, um ihre Gin Tonics zu trinken. Und wie die Handelsbeauftragten der Ostasiatischen Compagnie hier an den Tischen mit den reichen Chinesen um jedes englische Pfund geschachert hatten.

James Turner war fasziniert. Als Amerikaner war ihm dieses alles fremd, aber aufregend. Während sich Andrew Sim im „Gentlemen's Room" etwas frisch machte, benutzte Turner die Zeit, um die alten Fotos an den Wänden zu studieren.

Unzählige Bilder von Cricket Games zwischen Perak und Singapore. Ein Foto von einem Elefanten-Rennen in Kelantan. Und dann eine japanische Kompanie beim Einmarsch in Singapore am 8. Dezember 41 auf der Buki Tima Road in Richtung Zentrum.

„Ja", sagte Andrew Sim, als er erfrischt zurückkam und James Turner beim Betrachten der Fotos überraschte. „Das ist unsere Geschichte. Hier an den Wänden finden Sie unsere Vergangenheit! Und wir können der Verwaltung von diesem Hotel dankbar sein, dass es dieses Ambiente hier pflegt. Leider gibt es viele in unserer Stadt, die meinen, auch ohne Geschichte auskommen zu können.

Aber das ist falsch. Wir brauchen Geschichte, um der Zukunft einen Sinn zu geben."

Der Barmann unterbrach Andrew Sims Ausflug in die Vergangenheit und fragte nach den Wünschen der Herren.

„Einen doppelten Hennessy Five-Star, und für Sie?" Dabei blickte Sim fragend den Amerikaner an.

„Einen Whisky bitte."

„Welchen Whisky darf ich Ihnen bringen?", fragte der Keeper.

„Dewar's White Label!"

„Ein guter Geschmack, dieser White Label von Dewar's", meinte Andrew Sim anerkennend. „Mir hat einmal ein Japaner verraten, dass das Zeug das Beste für den Magen sei. Alle diese anderen Whisky-Sorten können Sie vergessen."

Es blieb nicht bei diesem einen doppelten Cognac für Andrew Sim und dem White Label für Turner.

Sie sprachen über alles, was ihnen gerade einfiel. Sie diskutierten über die spektakulären Flugzeugunfälle der letzten Zeit, wobei herauskam, dass Turner auf diesem Gebiet viele Details wusste, die Andrew Sim unbekannt waren. Sie versuchten, die verschiedenen Versionen, Unfall, Suizid des Piloten und Entführung, auf ihre Wahrscheinlichkeit abzuklopfen. Aber wenn sie ehrlich waren, brachte sie die Diskussion auch nicht weiter.

Wo denn heute der Schwerpunkt der Ermittlungen liege, fragte Turner schließlich.

Andrew Sim wand sich. Einerseits wollte und durfte er nicht zu viele Einzelheiten über den Stand der Ermittlungen preisgeben. Andererseits war es ihm ein Bedürfnis, über die Ereignisse zu sprechen, denn er spürte instinktiv, dass sich die Ermittlungen der Behörden von Singapur in einer Sackgasse befanden. Nur neue Ideen konnten seines Erachtens einen Durchbruch zum Erfolg bringen. Um irgendetwas auf Turners Frage zu antworten, sagte er: „Der Schwerpunkt unserer Ermittlungen liegt zurzeit bei der Frage der beiden Stewards. Wir versuchen verzweifelt diesen Mann von Air Cathay zu finden, der die Ersatzstewards eingesetzt hat. Parallel versucht Professor Finkelstein, Pathologe am Elisabeth Hospital, die Frage zu klären, ob der Steward, dessen Leiche wir aus dem Creek gefischt haben, ermordet wurde oder nicht. Natürlich versuchen wir auch den zweiten Steward zu finden. Tot oder lebendig.“

Nach dem fünften doppelten Cognac und dem dritten Whisky waren sich beide einig, dass sie heute keine Lösung mehr finden würden. So begannen sie langsam, sich anderen Themenfeldern zuzuwenden.

Es wurde noch eine längere Sitzung, in der sie auf die Frauen im Allgemeinen zu sprechen kamen. Aber immer wieder bei der Bardame hängen blieben, die für den Nachschub an Cognac und Whisky verantwortlich war. Bardame hin oder her. Sie war eine schöne Frau.

KAPITEL 18

Es dämmerte schon, als Lehn und Perner sich dem Hamburger Zentralfriedhof Ohlsdorf näherten. Sie hatten sich um 22 Uhr vor dem Haupteingang verabredet.

Man hatte sich auf diese späte Stunde verständigt, um Schaulustige bei der Exhumierung zu vermeiden.

Offiziell wurde der Friedhof bei Einsetzen der Dunkelheit geschlossen. Da das ein dehnbarer Begriff war, wurde ab 20 Uhr der Zutritt für neue Besucher unterbunden. Geschlossen wurden die Tore erst um 21:30 Uhr, da sich immer noch Besucher auf dem weitläufigen Areal befanden, die vor Dunkelheit den Friedhof verlassen mussten.

Zu der Verabredung um 22 Uhr wurden erwartet: Herr Sengelmann von der Friedhofsverwaltung. Ein Friedhofsgärtner. Dr. Brösel als Vertreter der Staatsanwaltschaft. Kriminalhauptkommissar Brandstetter, dessen schwierige Aufgabe es gewesen war, Frau Spohnheimer, die Putzfrau aus dem Haus, in dem Ferdinand Kurz gewohnt hatte, zu überreden, die Leiche zu identifizieren. Das war nötig geworden, da man so schnell keine Verwandten von Ferdinand Kurz hatte auftreiben können, die diese nicht leichte Aufgabe hätten übernehmen können. Denn der Polizei war niemand bekannt, der Ferdinand Kurz bei Lebzeiten gekannt hatte und so eine Identifizierung hätte vornehmen können. Sowie Pastor Strom, den die Hamburger Kirchenleitung der evangelischen Kirche dazu verdonnert hatte, diese nicht gerade beliebte Aufgabe bei Exhumierungen zu übernehmen, weil er bei seinen Vorgesetzten wegen dummerhaftigen Gelabers in Ungnade gefallen war.

Der fünfköpfige Ausgrabungstrupp der Totengräber war schon vorausgegangen, um mit dem Aushub des Grabes zu beginnen.

Als sich Lehn und Perner kurz vor 22 Uhr dem Treffpunkt vor dem Haupteingang näherten, sahen sie schon von weitem die kleine Gruppe von Menschen, die sich vor dem Eingang versammelt hatte.

Sie parkten den Streifenwagen, stiegen aus und gingen auf die Gruppe zu.

Ein Mann schälte sich aus der Gruppe und stellte sich vor mit den Worten: „Sengelmann von der Friedhofsverwaltung."

Lehn und Perner nannten ihre Namen. Dem traurigen Anlass angemessen, nickten sie zur Begrüßung lediglich einmal in die Runde. Sengelmann bestand aber darauf, ihnen die Hand zu geben. Schließlich begrüßten sie einander dann doch alle mit Handschlag.

Unverhältnismäßig laut sagte Sengelmann, dass es ihm immer wieder eine Freude sei, wenn sich der Staat für einen oder eine seiner Toten interessiere. Er hatte mit seiner Bemerkung wohl die gedrückte Stimmung etwas aufhellen wollen.

‚Vielleicht macht er sich im Stillen über uns lustig‘, dachte Lehn. ‚Vielleicht hat er sogar Recht, und dieser ganze Aufstand mit der Exhumierung ist nur heiße Luft.‘

Die kleine Gruppe war nunmehr vollständig. Sengelmann gab dem Friedhofsgärtner ein Zeichen, das schwere schmiedeeiserne Tor zu öffnen.

Da Sengelmann und der Friedhofsgärtner nicht motorisiert waren, wurden sie auf die Streifenwagen von Brandstätter und Lehn verteilt.

Der Friedhofsgärtner stieg zu Lehn und Perner in den Streifenwagen.

Pastor Strom musste erst noch seinen Wagen holen, der etwas weiter entfernt geparkt war. Brandstetter und Sengelmann warteten auf ihn, da er den Weg nicht kannte.

Lehn und Perner fuhren schon los. Der Friedhofsgärtner beschrieb den Weg, wobei er derart bayrisch sprach, dass Perner nicht umhinkonnte, ihn zu fragen, was ihn denn hier in den Norden verschlagen habe.

„Ach wissen's", antwortete er. „Eigentlich war es die Bundeswehr. Die haben mich zur Marine eingezogen. Ich war bei denen so ein Quoten-Bayer. Aber bereut habe ich es nie. Es waren schöne zwölf Jahre, zuletzt als Oberbootsmann. Wegen der Frau bin ich dann hier im Norden geblieben. Jetzt habe ich mein Auskommen bei der Friedhofsverwaltung. Beklagen kann ich mich nicht. Sieht man von den Toten ab, ist dieser Hamburger Friedhof der schönste Arbeitsplatz, den es gibt. Schauen Sie doch nur diese wunderbare Platanenallee, durch die wir gerade fahren."

Tatsächlich ließ das Abblendlicht des Streifenwagens die Platanenallee wie eine Kathedrale erscheinen.

Es erschien fast wie ein Sakrileg, als der Friedhofsgärtner plötzlich in seinem Bayrisch sagte: „Anhalten müsst ihr jetzt gleich!"

Sie stiegen aus. Der Friedhofsgärtner hatte eine Taschenlampe.

„Bitte folgt mir", sagte er. Unwillkürlich hatte er leiser gesprochen, so als wollte er die Toten nicht unnötig stören.

Zu dritt gingen sie schon los. Von dem zweiten Streifenwagen war noch nichts zu sehen.

Langsam gewöhnten sich ihre Augen an die Dunkelheit.

Jetzt in dieser absoluten Stille empfand Lehn fast körperlich die Nähe der Toten. Aber irgendwie hatte der Tod seinen Schrecken verloren. Es war ihm, als wäre er in dieses Schattenreich eingetaucht, welches er annahm.

Nachdem sie gute zehn Minuten gegangen waren, sagte der Friedhofsgärtner leise und zeigte dabei mit der Hand auf seine Uhr. „Da, weit vorne. Da ist das Grab!"

Auch Lehn und Perner hatten in diesem Augenblick das Licht gesehen, welches noch gute einhundert Meter entfernt mal mehr und mal weniger durch die Büsche flackerte.

Der Friedhofsgärtner konnte sich offensichtlich gut in der Dunkelheit orientieren, zumal der Mond eine gewisse Helligkeit spendete und das flackernde Licht zwischen den Büschen das Ziel vorgab. Er verzichtete auf das Licht seiner Taschenlampe, die jetzt locker in seiner linken Hand lag, während ihr Lichtstrahl hektisch über die Büsche und Gräber irrlichtete, die rechts und links den Weg säumten.

Plötzlich spürte Lehn, wie Perner seinen Unterarm fest umklammerte. So fest, dass es fast schmerzhaft war. Erschrocken blieb Lehn stehen. Auch der Friedhofsgärtner merkte, dass irgendetwas nicht stimmte. Er drehte sich zu Lehn und Perner um. Dabei glitt der Strahl seiner Lampe über Perners Gesicht. Es war völlig bleich und der Ausdruck blanken Entsetzens zeichnete seine Gesichtszüge.

„Was ist mit Ihnen?", fragte der Friedhofsgärtner sorgenvoll. „Ist Ihnen nicht gut?"

Perner hielt Lehns Unterarm immer noch umklammert. Lehn spürte, wie er zitterte. „Was hast du?", wiederholte Lehn die Frage des Friedhofsgärtners.

Perner wollte antworten. Aber er bekam zuerst kein Wort heraus. Schließlich sagte er stotternd, er habe eine Vision gehabt.

„Was für eine Vision?", fragte Lehn.

„Ich habe eben rechts in den Büschen zwei Tote gesehen. Die Gesichter von einem Mann und einer Frau."

Jetzt wurde es Lehn auch mulmig.

Nicht so dem Friedhofsgärtner. Er leuchtete mit seiner Taschenlampe in die von Perner angegebene Richtung.

Der Lichtkegel glitt über die Gräber und die Rhododendronbüsche rechts des Weges.

„Mehr links", stotterte Perner. „Noch weiter links. Neben dem großen Grab mit dem Granitstein." Der Lichtstrahl erfasste den Findling. Zu sehen war nichts. Aber ein lautes Knacken verriet der Gruppe, dass sich dort in den Büschen etwas bewegte.

Nach der Lautstärke der brechenden Äste konnte es sich nur um ein großes Tier oder um einen oder zwei Menschen handeln.

Jetzt kroch auch in Lehn die Angst hoch.

Den Friedhofsgärtner schien der Vorfall immer noch nicht sonderlich zu tangieren. In seinem unverwechselbaren Bayrisch rief er laut in die Dunkelheit:

„Ihr Arschlöcher, ihr bleeden! Macht, dass ihr Land gewinnt, ihr perversen Schweine! Ihr seid ja nicht ganz dicht im Schädl. Euch hams ins Hirn geschissen!"

„Mit wem sprechen Sie denn da?", fragte Lehn entgeistert.

„Perverse Schweine sinds, Verrückte, Kranke, die nur Scheiß machen! Ein widerliches Pack."

„Dann waren es gar keine Toten?", fragte Perner sichtlich erleichtert. Lehn merkte, wie der Druck seiner Hand nachließ.

„Nein", sagte der Friedhofsgärtner halb wütend, halb amüsiert. „Das sind diese Schweine, die sich hier nachts auf dem Friedhof herumtreiben. Meistens Rauschgiftsüchtige und Abartige, die so Totenmessen nachstellen und sonstigen Mist machen. Die Polizei sollte den Friedhof einmal nachts umstellen und dann durchkämmen. Was meint ihr, was da für ein Pack zusammenkommt. Die sollte man alle ..." Der Friedhofsgärtner hielt für einen Moment inne. In Anbetracht der Gegenwart von Polizeibeamten reduzierte er seine Drohung auf die harmlose Version: „... in die Klapsmühle stecken!"

Dieses Zusammentreffen mit „dem Pack", wie es der Friedhofsgärtner genannt hatte, hatte so lange gedauert, dass sich der Rest der Gruppe unter Führung von Sengelmann jetzt näherte.

Brandstetter, der sofort erkannte, dass irgendetwas vorgefallen war, fragte Lehn, was geschehen sei.

Um Frau Spohnheimer, die im Schlepptau von Brandstätter war, nicht zu beunruhigen, log Lehn: Man habe noch einen Friedhofsbesucher gesehen, der sich verlaufen habe. Man habe ihm den Weg zum Ausgang beschrieben.

Brandstetter wusste, dass das nicht die Wahrheit war, aber er war klug genug, nicht nachzufragen.

Nach weiteren fünf Minuten hatten sie das Grab erreicht. Die Totengräber hatten Fackeln aufgestellt, um die Arbeitsstelle auszuleuchten. Zwei der Totengräber standen unten im Grab und schaufelten die Erde nach oben. Einer war oben an der Grabkante damit beschäftigt, den Aushub auf einen Haufen zu schaufeln. Der Vierte hielt eine extrem helle Stablampe, um die Grube auszuleuchten.

Pastor Strom trat auf Lehn zu: „Ist die Exhumierung wirklich nötig?", fragte er, wobei in seiner Stimme der ganze Zweifel lag, den der Gottesmann bei diesem Grabfrevel empfand.

Anstatt Lehn antwortete glücklicherweise der Vertreter der Staatsanwaltschaft. „Die Exhumierung ist absolut notwendig, sonst hätten wir die Einwilligung verweigert."

„Gibt es denn an der Todesursache einen Zweifel?", insistierte der Pfarrer.

Lehn erläuterte dem Pastor, dass die Todesursache nur zweitrangig von Interesse sei. Vielmehr wolle man sicher sein, dass der Tote, der hier begraben wurde, ein gewisser Ferdinand Kurz sei.

„Und daran gibt es Zweifel?"

„Erhebliche Zweifel", flüsterte Lehn und fügte hinzu: „Immerhin soll der Tote noch vor wenigen Tagen von Singapur nach Frankfurt geflogen sein."

„Gott nehme sich seiner armen Seele an." Etwas verwirrt wandte sich Pastor Strom kopfschüttelnd ab.

Sengelmann von der Verwaltung holte ein Zigarettenpäckchen aus seiner Jacketttasche und bot Lehn eine an. „Solche Situationen", sagte er, „gehören nicht gerade zu meinen Lieblingsbeschäftigungen, was eigentlich doof ist, denn es ist ja mein Beruf." Er lachte über seinen vermeintlichen Scherz.

„Bitte um Ruhe!", unterbrach eine Stimme, die aus der Gruppe kam, mahnend aus der Dunkelheit.

Die brennenden Fackeln gaben der Szene eine gespenstische Beleuchtung. Eine leichte Brise ließ die Flammen flackern, wodurch die umstehenden Gräber mit ihren Stelen mal im Licht, mal im Schatten waren und so manche Grabfigur fast etwas Lebendiges annahm.

In diese unheimliche Stimmung sagte der Vorarbeiter plötzlich: „Wir bringen jetzt den Sarg nach oben. Ich bitte um Ruhe. Wir sind es dem Toten schuldig!"

Das dauerte. Schließlich stellten die Totengräber den Sarg neben der Grube ab. Pastor Strom trat neben den Sarg und sprach ein kurzes Gebet.

„Aufmachen!", befahl Sengelmann.

Die Totengräber gingen unendlich vorsichtig ans Werk. Fast fürsorglich setzten sie die Stemmeisen an, um den Deckel zu öffnen. Dann hoben sie vorsichtig den Deckel ab und stellten ihn neben dem Sarg ab.

Sengelmann richtete den Strahl seiner Taschenlampe auf den Toten. Es war ein Mann.

Pastor Strom forderte die kleine Gruppe nochmals auf zu beten.

Als das Gebet beendet war, bat Lehn seinen Kollegen Brandstetter, mit Frau Spohnheimer an den Sarg zu treten, um den Toten zu identifizieren.

Das dauerte, denn Frau Spohnheimer musste sich erst überwinden in den offenen Sarg zu blicken. Die Umstehenden konnten es nur zu gut verstehen. Geduldig warteten sie, bis die Frau die schweren Schritte gemacht hatte.

Dann flüsterte sie leise: „Das ist der Herr Kurz!"

Sie war am Ende ihrer Kräfte. Kommissar Brandstätter führte sie an den Rand der Grabstätte. Sie musste sich auf einen Grabstein auf dem Nachbargrab setzen.

„Außer Spesen nichts gewesen", tönte Sengelmann. „Und was nun?"

„Bringen Sie den Toten in die Gerichtsmedizin. Wir wollen noch einmal überprüfen, woran der Tote wirklich gestorben ist", ordnete Lehn etwas kurz angebunden an. Dieser Sengelmann ging ihm auf den Geist.

„Das hätten Sie auch vorher sagen können", maulte Sengelmann. „Denn jetzt müssen wir erst den Rollwagen holen, um den Sarg bis zum Kombi zu transportieren. Wir können den Sarg unmöglich hier stehen lassen. Sie wissen doch, dass wir hier nicht allein sind. Und tragen können wir den Sarg schon gar nicht!"

Dass sie hier offensichtlich nicht unter sich waren, wussten Lehn und Perner nur zu gut.

„Die Grube sichern!", rief der Friedhofsgärtner den Totengräbern zu. „Sonst fällt noch einer von den Abartigen hinein. Und dann kriegen wir auch noch die Schuld, weil wir die Grube nicht gesichert haben."

„Ja, so ist die Rechtsprechung doch heute", meinte Sengelmann so laut, dass es alle hören konnten. „Die Täter werden zu Opfern stilisiert und die Opfer zu Tätern verunglimpft! Was sagen Sie dazu, Herr Dr. Brösel? Sie sind doch von der Staatsanwaltschaft." Dabei wandte er sich zu Brösel, der sich etwas abseits gehalten hatte.

Dr. Brösel als Vertreter des Staatsanwaltes, zu dieser Exhumierung delegiert, druckste mit der Antwort herum. Was sollte er auch sagen? Er entschied sich besser zu schweigen.

„Mir ist kalt", beklagte sich Frau Spohnheimer.

Sengelmann entschuldigte sich für das Warten. Man würde sofort zurückgehen, sobald die Totengräber mit der Lafette kämen, um den Sarg zu transportieren.

„Kann ich schon vorausgehen, um mich zu bewegen?", fragte sie.

„In Begleitung der Polizei ist das kein Problem."

Der Rest der Gruppe wartete noch, bis die beiden Totengräber mit der Lafette zurückkamen.

Dann traten sie bedrückt, aber auch irgendwie erleichtert den Rückweg durch die Dunkelheit an. Bedrückt wegen der Umstände der Exhumierung und dieser

Begegnung mit diesen abartigen Menschen. Erleichtert, weil es vorbei war. Bei Lehn überwog eine Erleichterung auch deswegen. Denn jetzt war endgültig der Beweis erbracht, dass Ferdinand Kurz nicht auf dem Flug AC404 gewesen sein konnte. Wodurch die Spur „Schacht" wiederum an Aktualität gewonnen hatte.

Lehn ging jetzt neben dem Sarg, der auf dem Rollwagen von den Totengräbern gezogen wurde. Fast liebevoll berührte er mit seiner rechten Hand den Sarg. Ganz leise, ohne dass es jemand hören konnte, flüsterte er in Richtung des Toten: „Da liegst du nun, Ferdinand Kurz. Du hättest dir sicher auch ein besseres Ende gewünscht, als auf der A 7 zu verrecken. Schade, dass wir wahrscheinlich nie herausbekommen werden, was an jenem Februarabend auf der Autobahn bei Hasselbach geschehen ist. Vielleicht werden wir auch nie aufklären können, ob du deinen Mörder kanntest. Aber ich habe das Gefühl, dass du diesen Schacht kanntest. Nur so ein Gefühl!"

Lehn machte eine Pause. Dann fuhr er fort: „Aber ich verspreche dir: Wir werden alle Hebel in Bewegung setzen, die Umstände deines Todes aufzuklären. Denn du bist mit deinem Tod nicht der Einzige. Du bist einer von 230 Mitmenschen aller Nationalitäten, die möglicherweise bei dem Absturz eines Flugzeugs umgekommen sind. Aber im Gegensatz zu dir besteht bei diesen 230 Menschen noch eine geringe Hoffnung. Ihr Schicksal ist noch nicht geklärt. Jedenfalls so lange nicht, bis man die Absturzstelle lokalisiert hat. Vielleicht ist das Flugzeug auch entführt und die Menschen können vielleicht noch gerettet werden."

KAPITEL 19

Der nächste Morgen war der Horror schlechthin. Lehn und Perner waren müde, weil ihnen die gestrige Exhumierung noch in den Knochen saß. Brandstetter war noch gar nicht zum Dienst erschienen. Gabriele Langner hatte schlechte Laune, wobei es ihr Geheimnis blieb, was der Grund war. Polizeirat Stahmer zürnte wieder einmal mit dem Bundeskriminalamt, weil die einen abschließenden Bericht anmahnten, was denn nun bei den ganzen Untersuchungen herausgekommen sei.

Bei dieser Gemengelage empfand Lehn ein gewisses Unwohlsein, als er zu der Besprechung erschien, die Stahmer um neun Uhr angesetzt hatte.

Er erschien als Letzter. Aber Stahmer schien es nicht realisiert zu haben und beschränkte sich darauf, Lehns Bericht einzufordern.

Lehn berichtete von der Exhumierung, streifte die teilnehmenden Personen, lobte die Mitarbeit von Frau Spohnheimer, die Ferdinand Kurz identifiziert habe, und beendete seinen Bericht mit der Feststellung, dass er die Verlegung der Leiche von Ferdinand Kurz in die Gerichtsmedizin verfügt habe, um die wahre Todesursache herauszufinden.

Stahmer unterbrach Lehn: „Sie wollen also in der Gerichtsmedizin herausfinden, ob Ferdinand Kurz im Februar auf der A7 beim Reifenwechsel den Folgen eines tragischen Unfalls erlegen ist oder ob Schacht ihn beispielsweise durch einen Schlag auf den Kopf ermordet hat. Sehe ich das richtig?"

Lehn erwiderte, dass Stahmer das richtig sehe, wandte aber ein, dass diese Untersuchung für das Schicksal des

Flugzeugs irrelevant sei. Für den Fall des Verschwindens des Flugzeuges sei allein relevant, ob Schacht, mit dem Kurz auf der Autobahn zusammengetroffen sei, und Schacht die Möglichkeit gehabt hätten, den Personalausweis von Kurz zu entwenden. Nur so habe Schacht den Flug auf den Namen Kurz buchen können.

Diese Argumente schienen Stahmers Zustimmung zu finden. Er taute sichtlich auf, als er sagte: „Wir werden dem Bundeskriminalamt einen astreinen Bericht servieren, so dass die ein für alle Male aufhören, uns mit ihren Fragen zu nerven!"

Bei Stahmers Erwähnung eines „astreinen Berichtes" hatte Lehn zur Decke geschaut in der Hoffnung, dass es ihn nicht treffen möge, diesen Bericht abzufassen. Aber die Hoffnung trog.

„Ich hoffe", fragte Stahmer immerhin freundlich Lehn anblickend, „dass Sie mir diesen Bericht noch heute bis Dienstschluss vorlegen können, damit ich ihn an das BKA mailen kann."

Lehn nickte verhalten zustimmend.

„In das entstandene Schweigen sagte Stahmer plötzlich: „Gestern Abend hatte ich noch einen Anruf von einem Ministerialrat im Bundeskanzleramt. Sein Name tut nichts zur Sache. Der Mann war ganz vernünftig. Er hat mir noch einmal vertraulich erklärt, wie wichtig die Aufklärung dieses mysteriösen Verschwindens des Fluges AC404 ist. Und gleichzeitig, wie wichtig unsere Untersuchungen sind, denn wir sind die Einzigen, die eine immerhin belastbare Spur dafür gefunden haben, dass es Unregelmäßigkeiten auf der Passagierliste gab.

Unsere Kollegen in Singapur glauben primär zwar immer noch an einen Unfall beziehungsweise an einen Selbstmord des Piloten, sie können aber das Ergebnis unserer Untersuchungen nicht als Spinnerei abtun. Im Gegenteil, die Kollegen in Singapur sind erpicht darauf, unsere Ergebnisse zu diskutieren. Na und so weiter. Das Gespräch hat mindestens eine halbe Stunde gedauert. Warum erzähle ich Ihnen das?"

Stahmer zündete sich ein Zigarillo an.

„Ich bin mit diesem Ministerialrat übereingekommen, dass wir einen unserer Mitarbeiter nach Singapur schicken, um die noch ausstehenden Fragen vor Ort zu klären. Dabei habe ich an Sie gedacht, Kollege Lehn!"

Stahmer beglückte Lehn mit einem ausgedehnten Blick, der aber eine fragende Komponente enthielt.

Derweil krampfte sich in Lehn alles zusammen. Nicht nur, dass er lange Reisen hasste. Er hatte auch schlicht Angst vor der Herausforderung. Sein Englisch entsprach nur den Kenntnissen eines einigermaßen intelligenten Touristen. Außerdem: Wer sollte in Hamburg die Fälle klären, an denen er gerade arbeitete?

Dementsprechend frustriert würgte er die nächsten Worte heraus: „Wie wäre es mit Perner?"

Als Reaktion auf diesen Vorschlag erhielt er einen Tritt unter dem Tisch gegen sein Schienbein. Offenbar hatte Perner auch keine Lust auf Fernost.

Stahmer schien in Gedanken diese Idee mit Perner durchzuspielen, entschied dann aber nach einigen Sekunden, dass er Lehn für geeigneter halte. Erst einmal sei er älter als Perner. Ältere Menschen hätten im ostasiatischen Raum ein ganz anderes Gewicht als junge Menschen. Außerdem könne Lehn seine ganze Erfahrung auf die Waagschale werfen, was Perner aufgrund seiner Jugend noch nicht könne.

„Aber Kollege Perner ist körperlich fitter", führte Lehn an.

„Das könnten Sie auch sein, wenn sie weniger Alkohol zu sich nehmen würden", meinte Stahmer streng.

Lehn begann sich in sein Schicksal zu fügen: „Wann soll es losgehen?"

„Am besten noch heute, spätestens morgen", antwortete Stahmer. „Wir stehen ja unter einem immensen Zeitdruck. Und so geht es allen Kollegen, vor allem der Polizei in Singapur. Stellen Sie sich doch nur vor: Die ganze Welt wartet auf eine Erklärung dieses mysteriösen Vorfalls mit dem Flug AC 404. Alle Zeitungen, alle TV-Sendungen handeln davon. In Singapur muss man eine Erklärung finden. Sonst schießen noch mehr Verschwörungstheorien aus dem Boden. Und nichts ist schädlicher als diese verdammten Verschwörungstheorien, denn sie untergraben unsere Staatsräson."

KAPITEL 20

Lehn hatte überstürzt packen müssen und war sich beim Kofferpacken klar geworden, dass seine Kleidung nicht gerade für die Tropen kompatibel war. Mit anderen Worten, er hatte hauptsächlich Sachen aus Wolle, was dem Wetter in Hamburg geschuldet war. Aber was sollte es. Er hatte sich der Anordnung seines Chefs fügen müssen. Ganz im tiefsten Inneren nagte es jetzt doch an ihm, dass er bei der letzten Beförderung nicht Polizeirat geworden war. Dann hätte er jetzt nämlich Perner nach Singapur schicken können. Aber dieser Anflug von beruflicher Unzufriedenheit war nur von kurzer Dauer. Er sagte sich: Wenn er schon nicht zum Polizeirat befördert worden war, konnte er jetzt nach Singapur auf Kosten des Hamburger Senats reisen. Das hatte auch was! Immer nur St. Pauli. Das konnte es auch nicht gewesen sein.

Der Flug ging über Frankfurt. Touristen-Klasse. Schon beim Einchecken erschauerte er beim Anblick seiner Mitreisenden. Viele Ostasiaten. Nach Aussehen und Kleidung tippte er auf Schiffsbesatzungen von den Philippinen oder Kirabati, die in Hamburg ausgewechselt worden waren. Dazwischen einige alleinstehende deutsche Männer, die wohl in der Mehrzahl über Singapur nach Pukit reisten. So nach richtigen Geschäftsreisenden sahen sie jedenfalls nicht aus.

‚Wenn wir abstürzen oder von den Russen über der Ukraine abgeschossen werden wie MH17, werde ich mit dieser Raupensammlung von Leuten ins Gras beißen‘, dachte er. Fand aber keinen Gefallen an dieser Aussicht.

Sein Sitz in der Boeing 747 bot wenig Platz. Lufthansa war einmal komfortabler gewesen. Der Film war auch blöd. Alles in allem war Lehn sauer. Er konnte nicht schlafen, weil der Kabine nicht genug Sauerstoff zugeführt wurde. Unfähig, sich zu konzentrieren, kreisten seine wolkigen Gedanken deshalb immer wieder um das Problem, welches ihn nach Singapur führte. Eine positive Änderung dieses Zustands brachte dann ein Blick aus dem Fenster. Im Morgengrauen sah er die Gipfel des Himalaya. Faszinierend! Ob man wohl über Kat Ku kam, fragte er sich und erinnerte sich an diese aufregenden

Tage, die er mit seinem Freund Kasdorf erlebt hatte. Was wohl aus Gerome geworden war?

Dann übermannte ihn doch noch einmal der Schlaf. Er wachte erst auf, als die Landung auf Changi Airport angekündigt wurde. Er war wie gerädert.

Die Landung war gekonnt. Und Lehn war froh, sich beim Aussteigen wieder in der Senkrechten bewegen zu können.

Über den Finger tauchte er ein in die Erlebniswelt „Changi Airport". Die Vielfalt der Farben, das überquellende Angebot von Waren, das Gedränge von unendlichen Menschenmassen erschlugen ihn fast. Abgelenkt von diesen geballten Eindrücken, hätte er fast die Schilder übersehen, die ihn zur Gepäckausgabe leiten sollten. Schließlich hatte er den richtigen Weg gefunden. Er stand an dem Gepäckband, welches seinen Koffer ausspucken sollte. Das Wiedersehen mit seinen Mitreisenden machte ihm nur bedingt Spaß. Der Flug hatte sie nicht schöner werden lassen. Sicherlich ihn auch nicht.

‚So schön das Fernweh ist‘, dachte Lehn. ‚Das Fliegen macht eigentlich keine Freude mehr.‘

Sein Koffer kam. Lehn verspürte eine gewisse Erleichterung, denn was wäre gewesen, wenn der Koffer in Nairobi oder Sydney angekommen wäre. Nicht auszudenken.

Beim Herunterheben des Koffers vom Gepäckband fiel Lehn ein mit weißer Kreide aufgemaltes Kreuz auf.

Lehn hatte dafür keine Erklärung, wurde aber abgelenkt. Seine jahrelange Berufserfahrung auf St. Pauli hatte ihn trainiert im Unterbewusstsein ständig seine Umgebung nach Anomalien abzutasten. Jetzt hatte er einen Mann wahrgenommen, der schon zweimal in seiner unmittelbaren Nähe aufgetaucht war. Ein Chinese, der seiner Kleidung nach zu urteilen kein Flugpassagier war. Vielleicht war es auch nur Einbildung. Er sagte sich, dass bei diesen Menschenmassen, die hier auf dem Airport durchgeschleust wurden, immer einer in der Nähe war. Manchmal durch Zufall eben auch der Gleiche.

Vor dem Zoll hatte sich eine Schlange gebildet. Offensichtlich filzten die Zöllner alle Ankommenden. Für europäische Verhältnisse gingen sie fast ruppig vor. Wahrscheinlich suchten sie Drogen. Auch Europäer und Amerikaner mussten ihr Gepäck öffnen. Lästig, dachte Lehn, dem die vielen Stunden Flug in den Knochen saßen. Wieder bemerkte Lehn diesen salopp gekleideten Chinesen. Dieses Mal war der Mann direkt hinter ihm.

Dann war Lehn an der Reihe. Er war schon dabei, seinen Koffer zur Durchsuchung auf den Tisch zu heben. Aber das war nicht nötig. Als Einziger wurde er gebeten weiterzugehen. Der Zöllner wünschte ihm sogar einen schönen Aufenthalt in Singapur.

In gewisser Weise dankbar, wurde Lehn nach der Zollabfertigung mit einem neuen Problem konfrontiert. Er sollte abgeholt werden, sah sich aber einer Phalanx von hunderten von Angehörigen gegenüber, die ihre ankommenden Lieben abholen wollten. Sie kreischten, wedelten mit künstlichen Blumensträußen, hielten hunderte von Schildern in die Höhe, die teilweise auf Chinesisch waren, so dass Lehn ganz schwindelig bei dem Gedanken wurde, in diesem Chaos seinen Kontaktmann zu finden.

Aber seine Befürchtungen waren unbegründet. Aus der durch eine Willkommenskultur geprägten Menge schälte sich ein gut angezogener Mann, trat auf Lehn zu und begrüßte ihn in einem Englisch, das Lehn eher in Oxford als in Singapur erwartet hätte.

„Welcome in Singapur, Mr. Harry Lehn. Ich habe das Vergnügen, Sie zu meinem Chef zu bringen! Mein Name ist Andrew Tan."

‚Geschafft', dachte Lehn. ‚Die erste Klippe ist überwunden.'

Aber nur für Augenblicke. Der Erleichterung folgte sofort ein weiterer Schreck. Ein Chinese versuchte ihm seinen Koffer abzunehmen. Im Reiseführer hatte er gelesen, niemals den Koffer aus den Augen zu lassen. Andrew Tan klärte das Missverständnis aber sofort auf. Der Gepäckträger gehöre zu ihm, sagte er mit einem entschuldigenden Lächeln.

Lehn begann sich langsam über den fürsorglichen Empfang zu freuen und folgte Andrew Tan zum Parkplatz. Wobei sich die feuchtwarme Tropenluft wie ein Schwamm auf seine Lungen legte.

Die fremden Eindrücke waren überwältigend. Andrew Tan steuerte eine dunkelgrüne Jaguar-Limousine an. Er bemerkte Lehns erstaunten Blick.

„Der Wagen meines Chefs", erklärte Andrew Tan lachend. „Ich kann mir so einen Schlitten nicht leisten."

Das glaubte Lehn ihm aufs Wort, wunderte sich aber gleichzeitig im Stillen darüber, dass der Chef der Polizei in Singapur einen derart weltgewandten Assistenten hatte.

Sie fuhren los. Andrew Tan erkundigte sich höflich, ob Lehn einen guten Flug gehabt habe. Und nachdem Lehn das mit Einschränkungen bejaht hatte, kam Tan auf Singapur zu sprechen. Er fragte, wie Lehns Eindruck von Changi Airport sei.

„Einfach großartig", lobte Lehn. „Dieses Warenangebot, diese Vielfalt und dann diese Massen von Menschen. Allerdings hatte ich das Gefühl, beschattet zu werden."

Da Andrew Tan auf seine letzte Bemerkung nicht einging, ließ Lehn es dabei bewenden.

Das Gespräch plätscherte dahin. Die riesigen Wegweiser über der Schnellstraße flogen vorüber, bis Lehn auffiel, dass sie nicht mehr in Richtung Zentrum fuhren, sondern abgebogen waren. Auch die Schnellstraße war jetzt einer eher ländlichen Straße gewichen.

„Wo fahren wir eigentlich hin?", fragte Lehn schließlich.

Tan erwiderte, das Ziel sei das Privathaus seines Chefs. Er wolle sich dort mit dem Kommissar aus Deutschland in Ruhe austauschen.

Da Lehn schon von Berufs wegen misstrauisch war, beschlich ihn der Verdacht, möglicherweise entführt zu werden.

Hinzu kam, dass die Straße jetzt durch unbebautes Gelände führte, teilweise sogar unterbrochen von Urwald.

Lehn spürte, wie sein Blutdruck stieg. Er begann bereits Gegenmaßnahmen gedanklich durchzuspielen.

Aber dazu war es zu spät. Tan riss plötzlich den Wagen nach rechts auf einen Parkplatz und legte eine Vollbremsung hin, die es in sich hatte.

Lehn war kreidebleich. Also doch Entführung. Wollte man ihn umbringen?

Andrew Tan blickte ihn an, sah wohl Lehns gestressten Gesichtsausdruck. Er lachte. „Keine Angst", sagte er und hielt Lehn seine Hand hin. „Noch mal: Willkommen in Singapur. Mein Name ist nicht Andrew Tan, sondern

Andrew Sim, Geheimdienstkoordinator von Singapur. Ich wollte nur einmal testen, wie Sie reagieren. Es kommen so viele Arschlöcher aus Europa. Aber Sie gehören nicht dazu. Sie sind in Ordnung. Sie haben sogar meinen Mitarbeiter Ling enttarnt, dessen Aufgabe es war, sich ständig unauffällig in Ihrer Nähe aufzuhalten. Vor allem sollte er Sie ohne Verzögerung durch den Zoll bringen und dann mir signalisieren, wie ich Sie finde. Wie hätte ich Sie sonst identifizieren sollen?"

Etwas verwirrt schlug Lehn in die Hand seines Gegenüber ein. Er wusste nicht, ob er sauer oder glücklich sein sollte, entschied sich aber glücklich zu sein.

„Haben Sie Hunger", fragte Andrew Sim unvermittelt.

Lehn verspürte durchaus einen Anflug von Hunger. Das Essen vor der Landung hatte er verschlafen.

Er dankte Andrew Sim für den Vorschlag, bat aber vorher noch die Frage stellen zu dürfen, wie denn sein Schatten, dieser Mr. Ling, ihn gefunden habe.

Sie hätten da so ihr System, erklärte Sim. „Zwei von unseren Männern sind dabei, wenn die Koffer aus dem Gepäckcontainer aufs Fließband geworfen werden. Sie schauen sich kurz die Namen an. Wenn der richtige Koffer kommt, den sie suchen, kennzeichnen sie ihn mit einem weißen Kreuz."

Lehn verstand. Das weiße Kreuz auf seinem Koffer war ihm aufgefallen, aber er hatte es nicht einordnen können.

„Wo fahren wir hin?", fragte Lehn, denn links und rechts der Straße war jetzt Wald.

„Wir Asiaten sind abergläubisch. Und so besuche ich jetzt mit Ihnen das Restaurant, wo möglicherweise der ganze Schlamassel angefangen hat. Es heißt Punggol

Inn. Und vielleicht finden wir hier im Gespräch den entscheidenden Hinweis, wie wir weiter vorgehen sollen, jenen Hinweis, den wir so dringend brauchen. Nach unseren Recherchen waren die beiden Stewards, die für den Flug AC404 eingeteilt waren, hier abends eingekehrt. Als sie zurückkamen, wurden sie ermordet und mit Sicherheit einer von den beiden in einem Creek entsorgt."

Andrew Sim seufzte, als er sagte: „Sie glauben gar nicht, wie uns diese Geschehnisse um den Flug AC404 hier in Singapur belasten. Und deshalb sind wir froh und dankbar über Ihren Besuch, dass Sie uns bei der Aufklärung helfen wollen."

Der Parkplatz des Punggol Inn war gut besucht. Sie gingen gleich auf die Terrasse. Andrew Sim war hier offensichtlich ein geschätzter Gast. Sie bekamen einen Platz direkt über dem Wasser. Lehn war fasziniert. Er kannte die Tropen nur aus Erzählungen. Aber allein die Vielfalt von Gerüchen und Geräuschen verschlug ihm fast die Sprache.

Nach einem Aperitif bestellten sie das Essen.

Bevor das Essen kam, fing Andrew Sim schon an, über den Fall zu berichten. Es schien ihm wirklich am Herzen zu liegen, darüber zu sprechen. Er wiederholte, dass man einen der Stewards aus dem Creek gezogen habe, wobei man Glück gehabt habe, dass die Krokodile noch etwas übrig gelassen hatten.

„Sind hier unter uns auch Krokodile?", fragte Lehn eine Spur ängstlich.

„Leider ja", antwortete Sim lächelnd. „Ich würde sogar

ein Monatsgehalt darauf verwetten, dass jetzt mehrere Krokodilaugen auf uns gerichtet sind in der Hoffnung auf ein leckeres Diner."

Lehn blickte ängstlich auf das Wasser, sah aber keine Krokodilaugen.

Derweil berichtete Andrew Sim weiter über den Stand der Ermittlungen. „Wir ermitteln in alle Himmelsrichtungen, wie man bei euch in Europa sagt."

Und fuhr fort, man habe drei grobe Versionen: Unfall, Selbstmord eines der Piloten und Entführung. Alles sei möglich, aber bisher nichts bewiesen. Viele Argumente sprächen für einen Unfall, vor allem die Tatsache, dass es keinen Notruf gab. Aber gerade das spreche auch gegen einen Unfall, denn meistens hätten die Piloten noch Zeit, einen Notruf abzusetzen. Vieles spreche deshalb auch für einen Selbstmord eines der Piloten ...

Der Teller mit den Vorgerichten kam. Austern, Scampi. Es war wie im Schlaraffenland. Nur mit Mühe fand Lehn zu den Problemen zurück. „Selbstmord", meinte er, „bedingt aber eine Vorgeschichte wie Krankheit, Eheprobleme des Piloten ..."

„Wir wissen es auch nicht", unterbrach ihn Sim. „Vielleicht wollte sich der Pilot ein Denkmal setzen, indem er 230 Menschen mit in den Tod nahm. Wer weiß schon, was im Gehirn eines psychisch kranken Menschen vorgeht."

Sie prosteten sich mit San-Miguel-Bier zu.

„Bliebe nur die dritte Variante. Eine Entführung", sagte Sim. „Wir versuchen allerdings diese Version aus der öffentlichen Diskussion so weit wie möglich herauszuhalten ..."

„Warum?", fragte Lehn.

Andrew Sim erklärte das so: Bei einer Entführung komme bei den Angehörigen immer Hoffnung auf, dass die Passagiere doch überlebt hätten und beispielsweise durch die Zahlung von Lösegeld freikommen würden. Aber in diesem Fall habe man keine Hoffnung. Eine Entführung bedinge immer, dass das Flugzeug irgendwo gelandet sein müsste. Aber wo sollte das sein? Eine Boeing 777 könne auf keinem Flughafen unbemerkt landen. So wollten die Behörden vermeiden, dass Hoffnung aufkäme, die dann umso grausamer enttäuscht würde.

„Ich verstehe Ihre Argumente", antwortete Lehn. „Aber die Spur, die wir in Deutschland gefunden haben, diese Unregelmäßigkeit auf der Passagierliste, deutet möglicherweise auf eine Entführung hin. Dieser blinde Passagier, der auf einen falschen Namen gebucht hatte, ist schon deshalb verdächtig, weil er den Mann, auf dessen Namen er gebucht hat, umgebracht hat. Außerdem ist er ein Waffenhändler, dessen Name unserem Geheimdienst bekannt ist, dem aber noch niemals etwas nachgewiesen werden konnte. Es könnte sein, aber muss nicht sein, dass er mit der Entführung etwas zu tun hat. Ich will mich einmal so ausdrücken: Möglicherweise war er passiv oder aktiv beteiligt."

„Wie meinen Sie das?", fragte Sim.

„Wenn er ‚passiv' mit der Entführung verbunden war, dann ist er selber zum Opfer geworden. Und somit Grund der Entführung gewesen. Vielleicht wollten seine Geschäftspartner ihn loswerden und haben ihm deshalb in der Maschine eine Bombe unter den Hintern gelegt und den Tod der übrigen 230 Menschen in Kauf genommen."

„Und die andere Möglichkeit?", wollte Sim wissen.

Lehn holte aus und meinte, dass dann die Maschine wohl doch irgendwo gelandet sein müsste, denn dieser Schacht, so heiße der Mann, sei eigentlich nicht der Typ, sich selber in die Luft zu sprengen.

Lehn trank einen Schluck Bier und fuhr dann fort: „Abgesehen von diesen komischen Arabern sprengt sich niemand gerne selber in die Luft!"

Sim machte eine wegwerfende Handbewegung und äußerte, man solle doch mit diesen arabischen Schwachsinnigen aufhören. „Aber dann müsste die 777 doch irgendwo gelandet sein?" Dabei schlug er mit seiner Faust so kräftig auf den Tisch, dass die Gäste an den Nachbartischen erstaunt aufblickten.

Lehn spürte, wie er langsam müde wurde. Er gähnte. Er werde morgen die deutsche Spur näher erläutern. Aber jetzt fordere doch der Jetlag seinen Tribut. Außerdem danke er für die fabelhafte Einladung im Punggol Inn.

Andrew Sim entschuldigte sich, seinen Gast so lange mit Problemen überschüttet zu haben, dass er untröstlich sei. Er werde ihn unverzüglich zu seinem Hotel bringen. Lehn möge bitte sein Verhalten entschuldigen.

Die Fahrt zum Hotel war länger als gedacht. Ein paar Mal war Lehn eingenickt, aber von Sims gewagten Überholmanövern, die immer ein starkes Bremsen zur Folge hatten, wieder aufgewacht. Schließlich waren sie vor dem Hotel Shangri-La angekommen. Sim begleitete Lehn zum Empfang. Als der Empfangsmanager mitbekam, dass Lehn im Schlepptau von Andrew Sim war, konnte er sich vor Höflichkeit nicht wieder einkriegen.

Was Lehn schon im Punggol Inn geahnt hatte, wurde

ihm hier voll bestätigt. Andrew Sim musste in Singapur eine große Nummer sein.

Kurz vor den Aufzügen wollte sich Lehn von Sim verabschieden, nicht aber ohne die Eingangslobby des Hotels Shangri-La zu loben, die ein Meisterstück tropischer Architektur war. In der Mitte der Lobby türmte sich ein künstlicher Hügel, der mit tropischen Pflanzen übersät war. Eine Orgie in tausenden von Grüntönen, unterbrochen von Blüten in allen denkbaren Farben. Ein kleiner Wasserfall speiste ein Becken, in dem auf einer kleinen Insel eine Voliere stand, in der lebende Papageien saßen und krächzten.

„Gut, dass unsere Rechnungsabteilung das hier nicht sieht", meinte Lehn zu Sim. „Die würden dann nie das Hotelzimmer für mich zahlen."

„Machen Sie sich über irgendwelche finanziellen Fragen keine Sorgen. Sie sind unser Gast. Wissen Sie, für derart wichtige Gäste, wie Sie es sind, ist uns kein Singapur Dollar zu schade."

„Ich bin nicht wichtig", protestierte Lehn.

„Viel wichtiger, als Sie denken. Sie glauben gar nicht, wie uns diese Geschichte mit dem Flug AC404 getroffen hat. Unsere Regierung hatte gerade eine Werbung gestaltet unter dem Slogan", Andrew Sim nahm eine theatralische Pose ein und zitierte eine imaginäre Werbung, „,Singapur, die Schweiz in Fernost. Ein Ort, wo Sie sich hundertprozentig sicher fühlen können!'"

Dann fuhr er normal sprechend fort: „Und nun dieses Verschwinden der 777. Das kann unsere Regierung überhaupt nicht gebrauchen. Sei es nun ein Unfall, ein Selbstmord oder eine Entführung. Selbst wenn, was unwahrscheinlich ist, alles noch glücklich ausgehen sollte, bleibt immer etwas hängen. Dafür wird die verdammte Presse schon sorgen. Die Presse macht sowieso alles nur noch schlimmer. So muss die Regierung alles tun, um diesen Fall so schnell wie möglich aufzuklären. Je schneller diese Geschichte aus den Zeitungen kommt, desto besser ist es für unser Singapur. Verstehen Sie? Deshalb sind wir glücklich, Sie, lieber Harry Lehn, mit Ihrer Kompetenz hier begrüßen zu dürfen, damit Sie uns bei unseren Problemen helfen! Deshalb sind die Kosten dieses Hotels für Ihre Übernachtungen nur Peanuts für uns. Verstehen Sie?"

„Danke, dass ich Ihr Gast sein darf", sagte Lehn.

Etwas leiser sprechend, fast flüsternd, fügte Andrew Sim hinzu, um ehrlich zu sein, zahle seine Behörde auch nichts, weil das Hotel es sich als Ehre anrechne, einen Gast der Regierung umsonst beherbergen zu dürfen inklusive Sauna, Schwimmbad und dem anderen Pipapo. „Sie wissen schon, was ich meine", fügte Sim schmutzig grinsend hinzu.

Leider war Lehn nunmehr endgültig zu müde, um sich über das Pipapo Gedanken zu machen.

Lehn wollte sich wieder zum Lift wenden, als Andrew Sim ihn am Arm zurückhielt. „Übrigens, noch eines! Ich habe Ihnen zur Unterstützung eine meiner besten Assistentinnen zugeteilt. Sie heißt Maja Wong. Corporal in unserer Armee. Sie ist sehr tüchtig, spricht vier Sprachen: Englisch, Französisch, Mandarin und natürlich Bahasa Malaysia. Sie ist immer einsatzbereit!"

„Danke", sagte Lehn.

„Und noch eines! Sie sieht gut aus!" Sim grinste.

Lehn entgegnete, dass das das Wichtigste sei, um sein hässliches Aussehen etwas zu kompensieren.

Andrew Sim taxierte Lehn von oben bis unten. „Du

brauchst dich nicht zu verstecken, du bist eine stattliche Langnase!" Er lachte

„Wo treffe ich diesen Corporal Maja Wong?"

„Sie holt Sie morgen früh um 9.30 Uhr hier im Hotel ab. Und nun schlafen Sie erst einmal."

Lehns Zimmer war im 17. Stock. Der Blick auf die nächtliche Stadt war umwerfend. Notdürftig packte Lehn seinen Koffer aus und duschte. Danach fühlte er sich schon nicht mehr so kaputt. Seine Uhr zeigte erst halb neun. Gar nicht so spät. Er entschloss sich, noch einen Drink auf der Dachterrasse zu nehmen.

Das war im 20. Stock. Die Bar war neben dem Schwimmbad. Der Wasserspiegel hatte die gleiche Höhe wie der Rand, so dass der Eindruck entstand, das Wasser ginge nahtlos in den Himmel über. Es war wie ein Traum und dazu noch ein Traumabend. Der südliche Sternenhimmel wölbte sich über ihm. In diesen Augenblicken kam es ihm absurd vor, dass er sich so gegen diese Reise gewehrt hatte. Über ihm das Sternbild des Kreuz des Südens, so wie es Hans Albers in den Kneipen von St. Pauli besungen hatte. Mit dem Unterschied, dass der blonde Hans es wahrscheinlich nie gesehen hatte.

Er hoffte, dieser Abend würde nie zu Ende gehen. Aber er neigte sich zu Ende, denn langsam meldete sich seine Müdigkeit unerbittlich zurück.

Er setzte sich an die Bar und bestellte einen Whisky Soda.

Er musste wohl eingenickt sein, denn plötzlich berührte jemand seinen Arm. Es war der Barmann. „Sir", sagte er, „Sie sind müde. Soll ich einen Hotelboy rufen, der Sie zu Ihrem Zimmer bringt?"

Lehn dankte ihm. Er finde auch allein in den 17. Stock

zurück. Ein Hamburger Beamter würde immer allein ins Bett finden.

Im Zimmer angekommen, ließ er sich angezogen auf sein Bett fallen und schlief sofort ein.

KAPITEL 21

Von den drei Hotelrestaurants, die alle ein Frühstück anboten, hatte Lehn sich für das „Il Giardino" entschieden. Es lag halb im Freien. Frangipani-Bäume, Palmen und Kapok-Bäume spendeten Schatten. Lehn erschien es wie purer Luxus.

Kurz nach 9 Uhr trennte er sich nur schwer von all den Köstlichkeiten des Frühstücksbuffets, nahm noch schnell einen Wassermelonendrink und tauchte wieder in die überdimensionale Hotelhalle ein, wo das Treffen mit der Assistentin von Andrew Sim vereinbart war.

Seine Befürchtungen, dass er die Frau in dem Gewusel von Menschen niemals finden würde, entpuppten sich glücklicherweise als Irrglaube. Jemand tippte ihm plötzlich von hinten auf die Schulter. Etwas ungehalten blickte er sich um. Sein etwas mürrischer Gesichtsausdruck mutierte aber in ein breites Lächeln, als er sah, wer hinter ihm stand. Es war eine Frau. Keine Frage, dass sie es war. Und er musste Andrew Sim Recht geben. Sie war wirklich schön.

Sie war Chinesin. Ungewöhnlich groß für eine Chinesin mit wahrscheinlich etwas europäischem Blut in den Adern.

„Guten Tag", sagte sie in dem typischen ostasiatisch

gefärbten Deutsch. „Viele Grüße von Mister Sim. Ich bin Maja Wong!"

Ein wenig von ihrer Erscheinung überwältigt, stotterte Lehn, er sei Harry Lehn.

Da sie das mit Sicherheit wusste, fügte er entschuldigend hinzu, glücklich zu sein, sie gefunden zu haben. Er hätte nie für möglich gehalten, dass sie ihn in dieser Masse von Menschen finden würde.

Höflich schlug sie vor, ein ruhiges Plätzchen zu suchen, um das weitere Vorgehen zu besprechen.

Wie selbstverständlich ging sie voran. Lehn folgte ihr. Sie hatte eine tolle Figur. In ihren fungi-maron-farbenen Chinos, dem weißen T-Shirt und dem darüber lässig getragenen Herren-Jackett strahlte sie Sinnlichkeit mit einem Schuss Konservativem aus, wie Lehn fasziniert wahrnahm. Ihre Frisur war gewollt unordentlich, so als käme sie ohne Umweg vom Strand, aber man sah ihr an, dass alles genau auf ihren Typ abgestimmt war, einen Typ, den man mit „sportlich elegant" definieren konnte, aber der auch einen gewissen Überlegenheitsanspruch beinhaltete.

Es bestand kein Zweifel, dass Maja Wong ein Traum von einer Frau war. Hätte Lehn an seinem Urteil gezweifelt, wäre er von zwei Herren eines Besseren belehrt worden, die Maja Wong im Vorbeigehen wie eine Außerirdische anstarrten. Nur die gedämpft vornehme Atmosphäre der Hotelhalle schien die Herren mühsam davon abhalten zu können, hinter ihr her zu pfeifen.

Leider wurde Lehns Begeisterung etwas bei dem Gedanken gedämpft, dass sie mit Sicherheit die Freundin dieses weltgewandten, eloquenten Andrew Sim war.

Aber wie es auch war, es würde ein inneres Fest sein,

sie für die nächsten Tage an seiner Seite zu wissen. Auf jeden Fall wertete es sein Selbstbewusstsein unendlich auf.

Maja Wong hatte einen etwas abgelegenen ruhigen Sitzplatz in der Halle entdeckt. Sie setzten sich. Zu ihrer tollen Erscheinung kam hinzu, dass sie von umwerfender Höflichkeit war. Sie sprach etwas Deutsch. Doch von allen ihren Vorzügen waren ihre Deutsch-Kenntnisse eher überschaubar.

„Ich muss mich in die englische Sprache retten. Ich kann nur ein paar Sätze Deutsch, die ich auswendig gelernt habe."

Lehn entgegnete höflich, er werde ab sofort sein Englisch aufpolieren, um jedes ihrer Worte zu verstehen.

Sie lächelte. Es war ein bezauberndes Lächeln.

„Wir müssen uns an die Arbeit machen", sagte sie ernüchternd. „Mein Chef braucht Ergebnisse. Wo fangen wir an? Was haben Sie für eine Strategie?"

Lehn gab zu, dass er die Frage erwartet habe. Er habe sich schon auf dem Flug über das weitere Vorgehen Gedanken gemacht.

„Sie brauchen jetzt nichts zu wiederholen. Ich habe die Berichte Ihrer Behörde gelesen von diesem Mann. Ich glaube, sein Name war Schlagt ..."

„Schacht", verbesserte Lehn. „Horst Schacht!"

„Der auf dem Flug unter falschem Namen gebucht hat. Richtig?"

„Ja", bestätigte Lehn. „In der Tat, das wichtigste Ergebnis unserer Untersuchungen. Zumal dieser Horst Schacht ein internationaler Waffenhändler ist und somit gut in das Raster eines Flugpassagiers passt, der möglicherweise mit dem Schicksal des Flugzeugs verwickelt ist. Sei es als Opfer oder sei es als Täter", fügte er hinzu. „Das Potential für beide Rollen hat er jedenfalls!"

„Wie meinen Sie das?"

„Opfer, wenn Feinde von diesem Schacht die Maschine zum Absturz gebracht haben, um ihn zu töten, und den Tod der übrigen Passagiere billigend in Kauf genommen haben. Täter, wenn er selber an der Entführung beteiligt war. Aber dafür müssen wir hundertprozentig wissen, ob Schacht wirklich an Bord war. Deshalb würde ich vorschlagen, am Changi Airport noch einmal das Personal zu befragen, welches die Maschine abgefertigt hat."

„Wenn Sie von ‚erstens' sprechen, gibt es noch ein ‚zweitens'", stellte Maja fest.

„Ja", gab Lehn zu. „Eine seltsame Geschichte. Dieser Schacht hat einem Freund gegenüber eine Bemerkung fallen lassen, die aufhorchen lässt."

„Und die wäre?", fragte Maja.

Lehn erzählte, dass Schacht seinem Freund Mooshammer erzählt habe, er plane, ein „großes Ding" zu drehen, wobei ein Schiff eine Rolle spiele. Es handele sich um ein Kümo, welches Schacht gechartert habe. Dieses Chartern des Schiffes habe Schacht aber verbergen wollen, denn er habe sogar versucht den Vertrag im Kamin zu verbrennen.

„Kamin", unterbrach Maja, „was ist das?"

Lehn grinste und sagte, dass sie das Wort auch nicht kennen könne bei dieser Affenhitze, die hier in Singapur herrsche. Ein Kamin sei eine offene Feuerstelle im Haus, um die Räume zu erwärmen, wenn es draußen bitterkalt sei.

„Brrr", machte Maja

Lehn lachte. Denn Maja hatte dieses „Brrr" täuschend echt herübergebracht. Sie tat, als zittere sie. Dann fragte sie nach diesem Schiff.

Lehn berichtete, dass nach den Recherchen der Kripo das Schiff im Januar 2016 gesunken sei.

„Gesunken?", unterbrach Maja erstaunt.

„Mit Mann und Maus in der Sulusee. Und wenn ich sage, mit Mann und Maus, meine ich, möglicherweise inklusive von bis zu einhundert Kulis, die mit ertrunken sind. Sozusagen als Kollateralschaden."

Maja wollte wissen, woher er das wisse.

„Aus einem Artikel in der Ausgabe der Sabah Straits Times. Der Reporter, der den Artikel veröffentlicht hat, heißt Leon de Winter. Vielleicht weiß er noch mehr."

„Dann fragen wir ihn doch."

„Können vor Lachen. Offensichtlich ist ihm die Veröffentlichung des Artikels nicht gut bekommen. Er ist wohl untergetaucht."

Lehn räusperte sich. „Das wäre also der Punkt zwei, warum ich hier bin. Einen Kontakt zu diesem Reporter aufzunehmen, um ihn über den Untergang der Nossi-Be zu befragen. Sicherlich weiß er noch mehr. Wenn das ‚Ding', das Schacht drehen wollte, die Entführung der 777 war, dann spielt dieses elende Kümo eine entscheidende Rolle."

„Nossi-Be? So heißt das Schiff?", fragte Maja.

Lehn nickte und spulte zum besseren Verständnis die Daten ab: 1700 Tons, 70 Meter lang, 11 Meter breit, 4 Meter Tiefgang, Heimathafen St. Marie auf den Komoren.

Wo das denn sei, fragte Maja lachend.

„Sie erinnern mich an meinen Chef. Der wusste auch

nicht, wo das war. Aber ich habe mich schlaugemacht: an der Ostküste Afrikas nördlich von Madagaskar."

„Da möchte ich nicht hin", sagte sie.

„Ich auch nicht. Aber das ändert nichts an der Tatsache, dass ich diesen Reporter sprechen muss."

Maja sagte, dass man dann nach Kota Kinabalu auf Sabah fliegen müsste. Sie würde über den Geheimdienst von Singapur versuchen die Anschrift dieses Reporters herauszufinden.

„Wir könnten dann auch", fuhr Lehn fort, „dieser Kalimantan Shipping Company einen Besuch abstatten. Vielleicht bekommen wir über die Firma auch etwas über dieses Kümo heraus. Aber alles der Reihe nach. Wir sollten erst versuchen am Changi Airport Zeugen zu finden, die vielleicht Schacht beim ‚Boarding' gesehen haben."

So war ihr erstes Ziel der Changi Airport. Maja steuerte einen Land Rover Cherokee. Sie machte sich gut als Fahrerin, denn sie fuhr blendend, aber nicht aggressiv. Aus den Augenwinkeln bewunderte Lehn jede ihrer Bewegungen, wie sie souverän den Land Rover durch den Verkehr lenkte.

Sie sprachen über dies und das. Über Deutschland. Über Singapur und das nicht einfache Verhältnis zu Malaysia, von dem sich Singapur getrennt hatte, weil die chinesische Bevölkerung nichts mit der islamistischen Kultur Malaysias zu tun haben wollte.

Die Fahrt ging wie im Flug dahin.

Am Changi Airport angekommen, parkte sie den Wagen praktisch direkt vor der Ankunftsebene. Soweit Lehn die

Schilder deuten konnte, war das Parken Fahrzeugen der Armee, der Polizei und stark Behinderten vorbehalten. Lehn deutete auf die Schilder. „Wir sind Polizei!", lachte sie und steuerte die Ankunftsebene an. Unvermittelt stoppte sie vor einer Tür, die Lehn glatt übersehen hätte. Mit einer Karte öffnete sie die Tür. Die Ruhe dahinter war überwältigend nach dem Gewühl in der Ankunftshalle. Links und rechts eines langen Ganges waren Büros. Fast am Ende des Ganges betrat sie einen Raum, in dem ein Mann am Schreibtisch saß. Maja schien ihn zu kennen und stellte ihn als Mister Lu vor. Jack Lu sei verantwortlich für das Bodenpersonal für abfliegende Passagiere.

Darauf folgte eine kurze Unterhaltung auf Chinesisch. Lehn verstand kein Wort. Schließlich sagte Maja, Mr. Lu erstelle eine Liste der Bodenstewardessen, die den Flug AC404 abgefertigt hätten.

Ein Drucker ratterte und spuckte eine Liste mit fünf Namen aus.

Lehn fragte, ob er die Damen jetzt sprechen könne. Offensichtlich kein Problem für Mr. Lu. Wieder ratterte der Drucker und gab die augenblicklichen Standorte der Stewardessen preis. Drei waren zurzeit auf dem Changi Airport im Einsatz, die restlichen beiden hatten frei.

Lehn war beeindruckt. Er fragte sich, ob deutsche Flughäfen auch so organisiert waren, dass man auf Knopfdruck wusste, wer wo war.

Mit der Liste in der Hand bahnte sich Maja dann ihren Weg durch die Menschenmassen. Es gelang ihr, die drei Stewardessen nacheinander zu finden und zu befragen. Aber das Resultat war dreimal negativ. Keine der Damen konnte sich an den Passagier Schacht erinnern.

Die ganze Unternehmung hatte länger als gedacht gedauert. Es war Mittag geworden. Lehn schlug vor eine Kleinigkeit zu essen. Maja meinte, sie kenne auf dem Weg zurück ins Zentrum ein kleines Seafood Restaurant direkt am Strand.

Es war eines dieser typischen Strandrestaurants. Die Tische standen unter riesigen Sonnenschirmen auf Planken, die direkt auf dem Sand lagen. Lehns Blick schweifte über die Reede von Singapur. Er konnte die Menge von Schiffen gar nicht zählen, die vor Anker lagen und warteten, im Hafen abgefertigt zu werden.

„Unser großes Problem", meinte Maja, die Lehns Blicken gefolgt war. „Die Kapazität des Hafens reicht nicht, um den Andrang auch nur annähernd zu befriedigen."

Sie bestellten nur eine Kleinigkeit. Maja mit der Begründung, sie komme jetzt in ein Alter, wo man auf die Taille achten müsse. Das war natürlich Kappes, denn sie war so schlank, dass zwei von ihr durch die Tür passten.

Lehn wurde daraufhin nicht satt, sagte aber nichts, um nicht unhöflich zu sein.

Beim Espresso fragte Maja plötzlich: „Was nun? Unser Besuch auf dem Airport war eine Pleite, was aber nicht bedeutet, dass dieser Mr. Schacht nicht an Bord der 777 war. Es hat ihn nur keine der Stewardessen wiedererkannt, was bei den vielen Passagieren auch kein Wunder ist."

„Was nun?", wiederholte Lehn Majas Frage, hatte aber sofort eine Antwort parat. „Wir können nur versuchen in Schachts Leben, in seinem Umfeld zu wühlen, so lange, bis wir eine Spur finden. Die Psychologie dieses Mannes sagt mir, dass er sich nur mit einer Sache beschäftigt. Ich schätze, dass er sonst keine Interessen hat. Der Mann sammelt keine Briefmarken oder schreibt Gedichte. Horst Schacht handelt und zieht das Geschäft durch, das er gerade im Visier hat. Bei seinem Freund Mooshammer hat er durchblicken lassen, dass er dabei ist, ein großes ‚Ding‘ zu drehen, und dafür wohl auch dieses Kümo namens Nossi-Be braucht. Meine Schlussfolgerung ist, dass wir, wenn es uns gelingt, Näheres über dieses Schiff herauszubekommen, auch Erkenntnisse über das ‚Ding‘ bekommen, das er durchziehen will. Vielleicht handelt es sich dabei tatsächlich um die Entführung der 777, von der die ganze Welt sprechen würde. Ich bin sicher, dass wir, wenn wir das Geheimnis der Nossi-Be entschlüsseln, vielleicht auf dem besten Weg sind, das Rätsel von AC404 zu lösen."

„Und was wollen Sie in Bezug auf das Schiff herausbekommen?"

„Beispielsweise, warum das Schiff gesunken ist. Ist dieser Unfall realistisch oder vielleicht getürkt? Merkwürdig ist ja die Tatsache, dass der Kahn im Januar gesunken ist und Schacht im Februar davon spricht, mit dem Kahn das große Geld zu machen. Da liegt also noch Klärungsbedarf."

„Versicherungsbetrug?", fragte Maja.

Lehn antwortete, dass das unwahrscheinlich sei. Denn Schacht habe das Schiff ja nur gechartert. Bei einem Totalverlust fließe da keine müde Mark. Natürlich könnte die Ladung versichert gewesen sein. Aber das Schiff habe angeblich Baumaterialien geladen gehabt, wofür die Versicherung bei Verlust auch nicht so richtig in die Tasche greife.

„Interessant wäre", fuhr Lehn fort, „wo Schacht dieses Foto des Kümos aufgenommen hat."

Er fischte die Aufnahme aus seinem Aktenkoffer. „Wo ist das aufgenommen?"

Maja betrachtete das Foto. „Ich tippe auf Kota Kinabalu", sagte sie.

„Warum?", wollte Lehn wissen.

Maja zeigte auf den linken Rand und behauptete, im Hintergrund ein markantes Gebäude von KK zu erkennen. „Offenbar hat das Schiff dort auf Reede gelegen."

„Dieses Kota Kinabalu", sagte Lehn, „entwickelt sich zum Ziel meiner Sehnsucht. Nicht nur, dass Schacht dort ein Foto von dem Kümo gemacht hat. Außerdem lebt dieser Reporter dort, den ich befragen möchte."

„Wenn das die einzige Sehnsucht in Ihrem Herzen ist, dann kann die schnell gestillt werden", sagte Maja schmunzelnd. „Zwischen Singapur und KK besteht ein Shuttle Service von Singapore Airlines. Wir können den Flug um 18 Uhr nehmen, dann sind wir nach zweieinhalb Stunden in KK, gehen in das Hotel, essen noch eine Kleinigkeit, und morgen können Sie Ihre Sehnsüchte befriedigen."

„Die Mobilität scheint hier einen großen Stellenwert zu haben", stellte Lehn fest.

Maja lachte wieder, als sie antwortete: Hier in Asien gebe es große Entfernungen, deshalb gebe es überallhin eine gute Flugverbindung.

Bevor sie den Airport ansteuerten, fuhren sie auf Lehns Wunsch noch bei der Adresse von Schacht vorbei, die er sich in dem Haus oberhalb von Berchtesgaden von dem Chartervertrag abgeschrieben hatte.

Er erinnerte sich: „Paterson Road 79."

Majas Kommentar war, aus der angegebenen Adresse ziehe sie den Schluss, dass es sich um ein Privathaus handele. In dem Stadtviertel befänden sich hauptsächlich alte Villen. Das habe aber nichts zu sagen. Viele Geschäftsleute in Singapur hätten ihre Büros in ihre Privathäuser verlegt, weil die Mieten in „Downtown" einfach zu hoch seien.

Irgendwann bog Maja rechts in eine kleine Seitenstraße ab und hielt abrupt am Straßenrand.

„Sind wir schon angekommen?", fragte Lehn.

Maja verneinte das und sagte, sie habe nur kurz einhundert Meter vor dem Haus angehalten, um das weitere Vorgehen zu besprechen. „Was machen wir beispielsweise, wenn dieser Schacht wider Erwarten zu Hause ist?"

„Wir spielen Immobilienmakler", improvisierte Lehn. „Du fragst, ob das Haus zu kaufen wäre. Wir hätten eine Anfrage, was diese Gegend betreffe. Ich halte den Mund. Mich würde er vielleicht als Deutschen an meiner Aussprache erkennen."

„Nicht schlecht", murmelte Maja, startete den Wagen und fuhr die letzten Meter bis zu der richtigen Hausnummer.

Sie hielten vor einem dieser typischen Kolonialhäuser, von denen es noch viele in Singapur gab und die von einem gewissen Wohlstand der Besitzer zeugten. Der Stil war immer ähnlich. Im Erdgeschoß gab es eine Veranda, die circa einen Meter über dem Boden lag und sehr oft das Haus umrundete. Der Eingang führte über diese Veranda und war dem Portemonnaie des Besitzers entsprechend manchmal schlicht, manchmal auch pompöser gestaltet. Manche Häuser hatten sogar im Eingangsbereich Säulen, in Anlehnung an die Architektur der Südstaaten.

Schachts Haus war eher einfacher und beschränkte sich auf ein Stockwerk.

Dafür war das Grundstück erstaunlich groß. Palmen, Frangipani-Bäume und Bananenstauden gaben dem Ganzen ein tropisches Flair, dem sich Lehn nicht entziehen konnte. Es war eine Orgie in Grün, nur unterbrochen von den roten Blüten der Frangipani-Bäume und den weißen Blüten der Kapok-Bäume.

Im Vordergarten mähte ein Gärtner den sowieso schon kurz geschnittenen Rasen.

Mit Blick auf den Gärtner fragte Lehn, ob dessen Tätigkeit eine Arbeitsbeschaffungsmaßnahme sei, denn der Rasen sei schon ziemlich kurz.

Maja lachte wieder. „Nein", entgegnete sie. „Das, was der Gärtner macht, hat schon einen gewissen Sinn. Das Gras muss absolut kurz geschnitten sein, damit man die Schlangen sieht. Außerdem hassen Schlangen eine Bodenbewachsung, die ihnen keine Deckung verspricht."

‚Wieder etwas dazugelernt', dachte Lehn, während er hörte, wie Maja den Gärtner fragte, ob Mister Schacht zu Hause sei. Lehn fiel auf, wie schnell sie es gelernt hatte, den Namen Schacht auszusprechen.

Er habe Mr. Schacht circa zwei Wochen nicht mehr gesehen, gab dieser in gebrochenem Englisch zur Antwort.

Lehn raunte Maja zu, dass diese Zeitangabe zu dem Abflugdatum von AC404 passe. Eventuell eine Bestätigung, dass Schacht an Bord der 777 war.

„Wohnt jemand in dem Haus?", fragte Maja den Gärtner weiter.

Der schüttelte den Kopf. Einmal täglich komme eine Frau vorbei, wohl um zu lüften und die Post zu holen.

Wer das sei?

Der Gärtner wusste es nicht.

Ohne weiter den Gärtner zu beachten, bewältigten sie die wenigen Stufen zur Haustür. Die Tür war zwar abgeschlossen, aber Lehn gelang es, sie in weniger als einer Minute zu öffnen. Sie betraten das Haus. Die Aufteilung der Zimmer war wie üblich. Von einer viereckigen Halle kam man ins Wohnzimmer.

Es machte alles einen aufgeräumten Eindruck. Auf dem Schreibtisch im Wohnzimmer lagen einige Geschäftsbriefe zusammen mit viel Reklame. Während sich Maja in der Küche umsah, durchkämmte Lehn den Stapel von Briefen. Für ihn von Interesse war alleine eine von Hand gezeichnete Seekarte von einer Küste, vor der offenbar ein Korallenriff lag. Obwohl Lehn nicht viel von Seekarten verstand, war ihm klar, dass es, wenn die eingezeichneten geringen Tiefen stimmten, nicht leicht war, das Korallenriff zu passieren, um an die Küste zu kommen, wo ein Landungssteg eingezeichnet war. Ein Hinweis, dass die Erbauer dieses Steges mit einem gewissen Schiffsverkehr rechneten.

„Wo ist das?", fragte Maja, als sie nach Beendigung der Kücheninspektion das Wohnzimmer betrat.

„Keine Ahnung", antwortete Lehn. „Es gibt auf der Zeichnung keine Längen- und Breitengrad-Angaben. Dieser Küstenabschnitt kann überall und nirgends sein. Offensichtlich ist allein, dass Schacht sich intensiv mit diesem Küstenabschnitt beschäftigt hat, denn eine ähnliche Skizze haben wir auch in seinem Haus in Deutschland gefunden."

Maja blickte mahnend auf ihre Uhr. „Wir müssen zum Airport, um den Shuttle-Flug nach Kota Kinabalu zu bekommen."

„Ja", sagte Lehn und fügte hinzu: „Veranlassen Sie bitte bei Ihrem Chef, dass dieses Haus überwacht wird. Wir brauchen den Namen dieser Frau, die täglich lüftet und die Post holt. Vielleicht kann sie uns zu Schacht führen."

KAPITEL 22

Gegen 18 Uhr bestiegen sie den Shuttle-Service nach Kota Kinabalu, der von Singapur Airlines betrieben wurde. Die Maschine war rappelvoll. Da die Gepäckfächer über den Sitzen von Handgepäck überquollen, stapelten sich Tüten zwischen den Sitzreihen. Offenbar hatten die Stewardessen es aufgegeben, dagegen einzuschreiten.

„Die Abendflüge sind immer ausgebucht", meinte Maja trocken, die Lehns angeekelten Blick richtig deutete. „Hauptsächlich Einheimische aus Sabah, die in Singapur shoppen, weil das Angebot in Kota Kinabalu doch limitiert ist. Wir haben nur Platz bekommen, weil ich Mitarbeiterin von Andrew Sim bin."

Sie saßen nebeneinander und unterhielten sich rauschend. Lehn genoss ihre Nähe und begann mehr und mehr die sonstige Umgebung zu vergessen. Um eventuell aufkommenden außerberuflichen Gefühlen Einhalt zu gebieten, lenkte Lehn das Gespräch auf das morgige Arbeitsprogramm.

„Wo fangen wir morgen an?", fragte er.

„Kommt drauf an, was wollen wir? Wo sind die Prioritäten?", konterte sie.

„Letztlich geht es darum, das Schicksal dieses Küs-
tenmotorschiffes Nossi-Be zu hinterfragen, denn nach
Stand der Dinge scheint es die einzige Möglichkeit zu
sein, eine Spur zu Schacht zu finden. Übrigens unsere
einzige Spur, jedenfalls was wir von der deutschen Seite
aus sagen können. Vielleicht habt ihr in Singapur noch
andere Pfeile im Köcher ..."

„Leider mit Sicherheit nicht", unterbrach Maja. „Das
ist ja unser Problem in Singapur. Das Schicksal dieses
Flugzeugs ist ein einziges Rätsel!"

„Dann sollten wir zuerst die Reederei besuchen, die
die Nossi-Be zuletzt unter Vertrag hatte. Vielleicht weiß
man dort Einzelheiten. Danach versuchen wir Kontakt
zu diesem Reporter Leon de Winter aufzunehmen. Der
hat bestimmt noch weitere Informationen. Nur wissen
wir noch nicht, wo wir den Reporter finden können."

„Um die Adresse dieses Leon de Winter kümmert sich
unser Geheimdienst. Ich habe morgen früh um elf Uhr
einen Termin mit unserem Kontaktmann. Da muss ich
dich für eine Stunde verlassen. Da kannst du dich ausruhen."

„Fabelhaft", sagte Lehn. „Was sollte ich nur ohne dich
machen?"

„Du würdest es auch ohne mich schaffen." Sie lachte
ihr zauberhaftes Lachen. Lehn meinte eine Spur von
Glück in ihren Augen ausmachen zu können.

So war der Flug schneller vergangen als angenommen.
Lehn erschrak fast, als er durch das Fenster blickend
nicht mehr das dunkle Meer, sondern die Lichter einer
Stadt erkannte. Ganz deutlich war eine hell erleuchtete

Uferpromenade zu erkennen. Kein Zweifel, sie befanden sich schon im Landeanflug von Kota Kinabalu.

Der Airbus 310 landete problemlos. Die Immigration verlief reibungslos, um nicht zu sagen, es gab keine Kontrollen.

Sie mieteten einen Wagen bei Avis. Es war ein kleiner Toyota. An Majas Seite stürzte sich Lehn in das Abenteuer einer völlig unbekannten Millionenstadt, von deren Existenz er bis jetzt keine Ahnung gehabt hatte. Glücklicherweise kannte sich Maja offensichtlich in Kota Kinabalu aus. Lehn wäre schon nach den ersten Metern verloren gewesen.

Vom Flughafen, der südlich der Stadt lag, nahm sie die Jalan Mat Saleh, bog dann nach vielen Kilometern in die Jalan Coastal ab. Die Hauptstraßen waren taghell erleuchtet, während links und rechts die Nebenstraßen mehr oder minder in der Dunkelheit versanken, nur unterbrochen von den Leuchtreklamen der vielen kleinen Läden.

Lehn war fasziniert. Dieses Kota Kinabalu waren die Tropen schlechthin. Während man sich in Singapur noch immer vorzustellen konnte, sich in eine tropische moderne amerikanische Stadt verirrt zu haben, gab es hier Tropen pur. Eine Luftfeuchtigkeit von fast neunzig Prozent, quirlig, dreckig, manchmal unheimlich, aber dabei doch unendlich faszinierend. Sah man über den lärmenden Verkehr und die Leuchtreklamen hinweg, konnte man das Gefühl bekommen einhundert Jahre zurückversetzt zu sein.

Offensichtlich näherten sie sich dem Zentrum, denn der Verkehr war jetzt abenteuerlich. Hunderte von Mopeds

versuchten die Autos mittels waghalsiger Manöver abzu-
hängen. Die Fahrer der Autos wehrten sich durch stän-
diges Hupen. Maja bewegte sich mit ihrem Toyota wie
ein Fisch im Wasser.

„Links ist die Likas Bay", deutete Maja auf das dunkle
Meer, wo den Lichtern nach zu urteilen ein reger Schiffsverkehr herrschte.

Ein paar Straßenkreuzungen weiter verließ Maja die
Küstenstraße und bog in ein Gewirr von winzigen Gassen ein. Jetzt am Abend herrschte hier Hochbetrieb, sodass nur schwer durchzukommen war. Beidseitig der
Gassen gab es eine Fülle von Geschäften, die alles anboten von Fischen, Elektro-Kleingeräten, Drogerie-Artikeln
bis zu Reifen für Gabelstapler.

Lehn konnte sich an der Vielfalt des Angebots nicht
sattsehen. Dann hatten sie irgendwann dieses pittoreske
Einkaufsviertel verlassen und erreichten einen Platz mit
einer Fülle von Restaurants, die teilweise mit ausgefal-
lenen Leuchtreklamen um die Gunst der Kunden warben.

Plötzlich stoppte Maja mit den Worten, sie wären angekommen.

Etwas müde betraten sie das Jesselton Hotel.

„Das älteste Hotel am Platz!", meinte sie. „Es hat als einziges Hotel einen gewissen Kolonialstil bewahrt, deshalb
empfehlen wir es immer den Besuchern aus Europa."

Den Abend verbrachten sie in einem Sea Food Restaurant um die Ecke. Die Atmosphäre war traumhaft. Aber
beide waren sie so müde, dass sie nur noch an Schlafen
denken konnten.

Um die Zeit vor der Mittagshitze gut auszunutzen, hatten sie sich schon um 7 Uhr in der Cafeteria des Hotels

verabredet. Maja Wong sah wieder einmal umwerfend aus.

Schon nach einer knappen halben Stunde brachen sie in Richtung Segama auf, wo sich die Kalimantan-Shipping-Agentur befand. Dort angekommen, hatte man den Eindruck, im alten China zu sein. Die Gassen waren derart eng, dass selbst der Toyota nicht mehr durchkam. Kurzentschlossen ließen sie den Wagen stehen und bahnten sich zu Fuß den Weg. Die Gasse führte direkt zur Jalan Stephens und war links und rechts von einstöckigen Häusern gesäumt, die im Erdgeschoß ihre offenen Verkaufsräume zur Gasse hatten.

Lehn blieb immer wieder stehen, um das Treiben um sich herum zu bestaunen. Aber Maja bestand auf mehr Tempo, bis sie vor einem Haus anhielt. Es war eines dieser typischen chinesischen Häuser. Im Erdgeschoß ein offener Verkaufsraum, mit einer großen Waage und einer Unmenge von Säcken und Kisten, die teilweise auf Paletten standen und auf Käufer warteten.

Ein Mann war gerade dabei, mit einer Schablone einige Kisten zu kennzeichnen.

Maja sprach ihn an und fragte nach seinem Boss.

Nicht unhöflich zeigte er auf eine steile Treppe, die nach oben führte.

Sie stiegen die Treppe nach oben.

Im ersten Stock erwartete sie ein größerer Raum. An zwei Schreibtischen arbeiteten zwei Männer. Sie schienen über den Besuch nicht sonderlich erstaunt zu sein. Auch die Erscheinung von Maja ließ die Männer kalt, was bei Lehn die Vermutung auslöste, dass beide entweder schwul waren oder kolossal abgebrüht. Die weitere Unterhaltung sollte leider die letzte Annahme bestätigen.

Mangels ausreichender Ablagefläche war der gesamte Boden mit Akten vollgemüllt.

„Hallo", rief Maja in dieses Chaos und fügte hinzu, sie sei Maja Wong vom Dolmetscher-Service in Singapore. Und ihr Begleiter sei Herr Harry Lehn von einer deutschen Rückversicherung, der einige Fragen hätte.

Immerhin bequemte sich einer der beiden Männer aufzustehen. Er sei Danny Siew. Dann tauschten er und Maja einige chinesische Begrüßungsfloskeln aus, die Lehn nicht verstand.

Der andere Mitarbeiter schien nur des Chinesischen mächtig zu sein, denn er vergrub sich in irgendwelchen Zahlenkolonnen.

Nach diesen Floskeln wechselte Maja gekonnt ins Englische, um Lehn die Möglichkeit zu geben, am Gespräch teilzuhaben. Auf ein Zeichen von Maja begann sich Lehn in das Gespräch mit den Worten einzuklinken, er sei von einer deutschen Rückversicherung und er überprüfe den Untergang der Nossi-Be, die die Kalimantan Shipping gechartert habe.

„Das ist doch richtig?", fragte Lehn.

Hätte man die Körpersprache von Danny Siew deuten können, so hätte man deutlich erkennen können, wie sehr sich Danny Siew wand, auch nur eine halbwegs präzise Antwort zu geben. Schließlich rang er sich aber zu einer Antwort durch.

Erstens fahre die Nossi-Be nicht mehr für die Kalimantan Shipping und so könne er zweitens auch nichts über den Untergang sagen, von dem er aber gehört habe.

„Von wem?", fragte Lehn.

Aus Danny Siews Blick sprach nackter Hass, als er antwortete, Kota Kinabalu sei zwar eine große Stadt, aber hier kenne jeder jeden und so habe er auch nebenbei von dem Untergang gehört. Richtig sei, dass die Nossi-Be jahrelang von der Kalimantan Shipping in der Küstenfahrt eingesetzt gewesen sei. In ihrem Auftrag habe das Schiff regelmäßig Balikpapan, Pontianak und Häfen auf Sulawesi angelaufen. Die Ladung sei dann meistens in Surabaya gelöscht worden.

Und woraus die Ladung meistens bestanden habe, hakte Lehn ein.

„Tropische Produkte. Bauholz, Ananas, aber bestimmt kein Rauschgift", giftete Danny Siew.

Und warum man die Nossi-Be jetzt nicht mehr beschäftige?

„Ja", sagte Danny Siew. „Fragen Sie mich etwas Leichteres. Fragen Sie lieber den Eigner in Mayotte. Der hat nämlich unseren Chartervertrag gekündigt. Wahrscheinlich, weil er einen zahlungskräftigeren Kunden gefunden hat."

„Die SMG in Singapur?", fragte Lehn lauernd.

„Mag sein", antwortete Danny Siew verhalten. „Aber vielleicht haben die eine höhere Charter bezahlt."

Lehn gab noch nicht auf. Ob er wisse, wem die SMG Singapur gehöre?

Danny Siew verneinte das und stellte die Gegenfrage: Warum Lehn das alles wissen wolle?

„Wenn wir als Versicherer einen größeren Betrag auszahlen, wollen wir überprüfen, ob bei dem Untergang alles mit rechten Dingen zugegangen ist."

„Und, haben Sie Zweifel?", fragte Danny Siew erstaunt Lehn anblickend.

„Ja", sagte Lehn kurz und bestimmt und fügte hinzu: „Sogar erhebliche Zweifel!"

Dieses kurze Statement von Lehn schien in Danny Siew einen Gemütswandel hervorgerufen zu haben. Mit fast überschwänglicher Höflichkeit entschuldigter er sich, seinen Gästen keinen Tee zur Begrüßung angeboten zu haben.

Bevor Maja und Lehn überhaupt den Sinneswandel realisieren konnten, war er schon über die Treppe nach unten entschwunden, um Tee zu holen.

Lehn hatte irgendwie ein mulmiges Gefühl beschlichen. Er wollte gehen und den Tee nicht abwarten, aber Maja machte ihm klar, dass dieser Tee ein Ritual sei und man sich die Zeit nehmen müsse. Außerdem sei der Termin bei ihrem Kontaktmann erst in einer Stunde.

„Und mich lässt du dann allein in dieser feindlichen Umwelt?", stellte Lehn halb ängstlich, halb schmunzelnd fest. Ihm stand schon jetzt bevor, eine Stunde ohne Maja in diesem fremden Chaos zu überleben.

„Der große deutsche Kommissar wird im Tropicana abgesetzt. Das ist das bekannteste Lokal in KK, voll auf westlichen Standard getrimmt. Da kannst du einen Campari trinken, Land und Leute beobachten und meine Rückkehr abwarten."

Lehn wollte gerade protestieren, dass sie sich über ihn lustig machte, als Danny Siew, ein Tablett mit drei Teetassen jonglierend, aus dem Erdgeschoß heraufkam.

Während ihr Gastgeber am Anfang ihres Besuches eher maulfaul gewesen war, entwickelte er jetzt eine fast durchfallhafte Geschwätzigkeit. Er fragte nach Lehns Eindrücken von Kota Kinabalu, nach dem Hotel, wo sie wohnten, und ob der Service gut sei.

Maja erwähnte kurz, dass das Jesselton Hotel schon bessere Zeiten gesehen habe und sich ein gewisser Renovierungsstau ankündige.

So verrann die Zeit mit Smalltalk, sodass Maja zur Uhr blickte, Lehn anstieß, um zu sagen, dass es Zeit zum Aufbruch war.

Das war aber nicht mehr nötig, denn ein weiterer Mitarbeiter der Firma erschien am oberen Treppenabsatz, gab Danny Siew ein Zeichen und sagte, dass Kundschaft unten sei.

Lehn und Maja verabschiedeten sich und verließen die Kalimantan Shipping Company.

„War unser Besuch nun ein Erfolg?", fragte Lehn, als sie wieder in der schmalen Straße in das Gewusel von Menschen eingetaucht waren.

Maja deutete den Besuch eher als Flop. Dieser Danny Siew habe nur unter Druck zugegeben, von dem Untergang vage gehört zu haben. Sie halte diesen Siew für die Ausgeburt eines verschlagenen Zeitgenossen und hoffe, dem Typen nie wieder zu begegnen.

Lehn meinte, ihn habe besonders der Sinneswandel in dessen Verhalten stutzig gemacht. Erst sei er aggressiv feindselig gewesen, später dann fast freundlich.

„Ja", gab Maja zu. „Das beunruhigt mich auch. Sein Verhalten änderte sich nämlich blitzartig, als du Bedenken an dem Untergang der Nossi-Be festgestellt hast."

Maja blickte auf die Uhr. Da viel Zeit bei dem Besuch verstrichen war, musste sie sich beeilen, um rechtzeitig zu dem Treffen mit ihrem Kontaktmann zu kommen.

So lenkte sie die Suche nach dem schnellsten Weg zum Tropicana in der Jalan Haji Saman etwas davon ab, sich über diesen Danny Siew weitere Gedanken zu machen. Nach zehn Minuten hatten sie die Jalan Tub Razak erreicht. Sie wandten sich nach links und erreichten das Tropicana, welches mit seinen Tischen unter einer riesigen Markise die Straße beherrschte. Wenn die lange Straßenfront nicht gewesen wäre, hätte es an ein Pariser Straßencafé erinnern können. Mit den Worten, er solle sich einen Platz draußen suchen und es sich gemütlich machen, sie wäre nach spätestens einer Stunde zurück, verabschiedete sich Maja. Er blickte ihr nach. Sie war schon eine verdammt gut aussehende Frau.

Nachdem sie in der Menschenmenge verschwunden war, suchte sich Lehn einen freien Tisch und ließ sich auf den Stuhl fallen. Er schaute sich um. Rechts hinter dem Einkaufszentrum mit dem viel versprechenden Namen Suria Sabah Shopping Mall war das Meer zu sehen. Im Stillen dankte er Maja. Sie hatte in dieser Drecksstadt schon einen der besten Plätze ausgesucht, um ihm das Warten zu versüßen.

In sein Schicksal ergeben, ließ er den unablässig vorbeiflutenden Verkehr an sich vorüberrauschen. Der Krach, diese Kakophonie von Dieselmotoren, von ständigem Hupen, von Motorrädern und von Menschen, die durch Schreien versuchten sich zu verständigen, war fast betäubend.

Der Kellner erschien. Lehn bestellte einen Gin Tonic. Das war bei der beginnenden Mittagshitze zwar nicht das ideale Getränk, aber für Lehn bestand das Synonym für Tropen nun einmal aus Hitze, Palmen und eben Gin Tonic.

Sein Drink kam. Lehn genoss die wohltuende Wirkung des Gins. Irgendwie wich seine Anspannung. Seine Gedanken wanderten zurück nach St. Pauli, wo er jetzt normalerweise bei Regen Dienst tun musste. Da hatte selbst KK seine Vorzüge. Um ehrlich zu sein, hatte er sich alles völlig anders vorgestellt. Vielleicht mehr wie Südamerika, jedenfalls viel europäischer. Aber das, was ihm hier geboten wurde, sah man einmal von dem Verkehr und einigen Einkaufszentren ab, war wie vor einhundert Jahren.

Seine Gedanken plätscherten dahin und die immer größer werdende Mittagshitze, verbunden mit dem Gin, machte ihm Schwierigkeiten, seine Gedanken einzufangen. Aber trotz aller Entrücktheit waren doch seine Instinkte, die er sich über die Jahre mühsam auf St. Pauli antrainiert hatte, erhalten geblieben.

Nur im Unterbewusstsein war ihm vor wenigen Minuten ein Motorradfahrer aufgefallen, der wirre Haare hatte und ihn beim Vorbeifahren intensiv mit den Augen fixiert hatte. Aufgefallen war Lehn vor allem die auffallende Haarfrisur des Mannes. Als dieser Motorradfahrer jetzt zum zweiten Mal vorbeifuhr und Lehn wieder mit seinen Blicken suchte, war sich Lehn sicher, den gleichen Motorradfahrer zu erkennen, der schon einige Minuten zuvor am Tropicana vorbeigefahren war und ihn mit den Augen gesucht hatte.

Lehn merkte, wie sein Blutdruck hochschnellte, aber er ließ sich nichts anmerken und blickte dem Motorradfahrer teilnahmslos hinterher. Erst als der Motorradfahrer im Verkehrsgewühl verschwunden war, richtete er sich ruckartig auf, griff nach dem Kassenbon und blätterte den geforderten Betrag in malaysischen Ringits auf den Teller.

Es mochte ein totaler Fehlalarm sein, vielleicht machte ihn die unbekannte Umgebung hysterisch. Aber aus seiner Erfahrung ahnte er zu wissen, was hier möglicherweise ablief. Er kannte das Strickmuster aus St. Pauli.

Beim ersten Vorbeifahren stellt der Motorradfahrer den genauen Standort des Opfers fest. Beim zweiten Vorbeifahren berechnet der Fahrer die beste Schussposition. Dann gabelt er an einem verabredeten Ort den eigentlichen Schützen auf. Zu zweit kommen sie dann zum dritten Mal an dir vorbeigefahren. Und dann wird man erschossen.

Auf jeden Fall durfte Lehn jetzt keine Zeit verlieren. Fieberhaft überlegte er, wie lange der Motorradfahrer gebraucht hatte, um das zweite Mal am Tropicana vorbeizufahren. Waren es zehn Minuten gewesen? Oder doch länger? Oder vielleicht eine Minute kürzer? Wie viele Minuten verblieben ihm also, bis er wiederkäme. Diese Zeitspanne verblieb Lehn, um sich in Sicherheit zu bringen. Nicht viel Zeit, um zu verschwinden.

Lehn betrat die Innenräume des Tropicana und folgte den Pfeilen zur Toilette. Wie erwartet, gab es hinter den Toiletten einen Hinterausgang, der wohl dem Personal vorbehalten war. Ohne zu zögern, trat Lehn auf die Hintergasse. Um sich genauer zu informieren, blieb keine Zeit. Etwas erleichtert, registrierte er, dass die Hintergasse eine Einbahnstraße war. Instinktiv wandte er sich in Richtung des entgegenkommenden Verkehrs, was immer einen gewissen Vorteil bot, denn so konnte der Feind nur von vorne kommen.

Er rannte mehr, als dass er ging, was noch auffälliger war, denn als laufender Europäer fiel man hier in einer Hintergasse von KK auf wie ein Elefant im Porzellanladen.

Vor der nächsten Ecke blieb er stehen. Er war aus der Puste gekommen. Die Hitze, verbunden mit der Aufregung, forderte ihren Tribut.

Als sich sein Blutdruck etwas reduziert hatte, fing er an sich über seine Situation Gedanken zu machen. War sein Verhalten hysterisch gewesen? Oder eher zu vorsichtig? Auf die Schnelle fand er keine Antwort. Was er aber wusste, waren einige Fakten, die man nicht wegdiskutieren konnte.

Er hatte diesen Motorradfahrer gesehen, wie er zweimal am Tropicana vorbeigefahren war und ihn beide Male auffällig mit seinen Blicken gesucht hatte. Daran gab es keinen Zweifel. Folglich verfolgte man ihn mit dem Ziel, ihn umzubringen. Doch wer steckte dahinter? Wer wusste, dass er sich hier im Tropicana aufgehalten und auf Maja Wong gewartet hatte?

„Wer wusste von seinem Besuch im Tropicana? Wie ein Schleier fiel es ihm von seinen Augen. Hatte Maja nicht das Tropicana erwähnt, als Danny Siew nach unten gegangen war, um Tee zu holen? Der andere Angestellte musste die Bemerkung mitbekommen und sie brühwarm an seinen Chef weitergereicht haben. Je mehr er über diesen Besuch bei Kalimantan Shipping nachdachte, desto mehr glaubte er annehmen zu können, in ein Rattennest geraten zu sein. Selbst der Sinneswandel von Danny Siew schien jetzt einen gewissen Sinn zu bekommen. Zuerst diese absolute Ablehnung, und dann, als Lehn den Untergang der Nossi-Be angezweifelt hatte, hatte Siew plötzlich auf Modus „höflich" geschaltet. Er war dann ins Erdgeschoss entschwunden, um Tee zu holen. In Wirklichkeit hatte er dort wahrscheinlich einen Killer angefordert, an denen in diesem Drecksnest sicherlich kein Mangel herrschte. Dann hatte er Maja und ihn mit irgendwelchen dusseligen Geschichten hingehalten, um Zeit zu schinden. Wahrscheinlich, bis der Killer eingetroffen wäre.

Alles konnte jetzt einen Sinn ergeben. Den Sinn nämlich, ihn und vielleicht auch Maja umzubringen. Er war bei diesem Gedanken wie gelähmt. Aber er musste hier und jetzt eine Entscheidung treffen. Wo sollte er sich jetzt hinwenden? Zurück ins Tropicana war zu gefährlich. Er hätte jetzt Maja anrufen müssen, aber er hatte sein Mobilphone im Hotel gelassen. Außerdem brauchte er seine Pistole, die er auch im Zimmersafe verschlossen hatte. Also zuerst zurück zum Hotel und zwar so schnell wie möglich, denn sie hatten im Gespräch mit Danny Siew auch das Jesselton erwähnt. Aber wie sollte er schnell zum Hotel kommen? Er wusste nicht einmal, wo er sich befand. Es war zum Verzweifeln.

Schließlich fand er ein Taxi, welches gerade einen Kunden absetzte. Völlig verschwitzt ließ er sich auf den Hintersitz fallen und nannte dem Fahrer als Ziel das Jesselton Hotel.

Anstatt loszufahren, deckte ihn der Fahrer erst einmal mit einem Schwall von Flüchen ein, die Lehn glücklicherweise zuerst nicht verstand. Aber nach wenigen Augenblicken Fahrt ahnte er, was der Fahrer gemeint haben könnte, denn sie waren nach der Umrundung von zwei Blocks schon vor dem Hotel angekommen.

Die Fahrt hatte sich für den Fahrer wohl nicht gelohnt. Dafür entlohnte Lehn den Fahrer fürstlich in Dollars, der ihm nunmehr immerhin ein dankbares Lächeln schenkte.

In Gedanken kalkulierte er die Zeit, die seit dem letzten Treffen mit dem Motorradfahrer vergangen war. Wenn seine Annahmen stimmten, war der Motorradfahrer zum dritten Mal gekommen, um ihn zu erschießen. Aber der Platz an dem kleinen Tisch war leer gewesen. Folglich musste sich sein potentieller Mörder neue Instruktionen geholt haben. Und die hatten nur lauten können, dass sein Opfer mit großer Wahrscheinlichkeit das Jesselton Hotel angesteuert hatte.

Voll mit diesen Gedankenspielen betrat Lehn das Hotel. Wartete sein Mörder schon in seinem Zimmer? Oder hatte Lehn noch Zeit und Gelegenheit, sein Handy und seine Pistole zu holen?

Er fragte den Portier nach seinem Zimmerschlüssel und beobachtete ihn dabei genau, ob sein Verhalten darauf hindeutete, dass oben schon Besuch auf ihn wartete.

Aber das schien nicht der Fall zu sein.

Lehn vermied den Aufzug und stieg die Treppe hinauf, was ihm nach den Anstrengungen der vergangenen Stunde erst recht schwerfiel.

Er schloss die Zimmertür auf und betrat vorsichtig sein Zimmer. Soweit er auf den ersten Blick erkennen konnte, hatte sich hier noch niemand zu schaffen gemacht. Sein Handy lag auf dem Nachttisch und seine Pistole war noch in dem winzigen Zimmersafe.

Erleichtert ließ sich Lehn auf sein Bett fallen. Die letzten anderthalb Stunden hatten ihn völlig geschafft. Doch die Ruhe dauerte nicht lange.

Jemand hämmerte an der Tür. Lehn sprang auf. Blitzschnell rief er in seinem Gedächtnis ab, was in einer derartigen Situation das richtige Verhalten war. Es konnte nur das Zimmermädchen sein oder eben auch sein Mörder. Nach der Art und Weise, wie an seine Tür geklopft worden war, hatte eher die zweite Variante einen gewissen Charme.

Erste Regel war: Weg von der Tür. Denn diese Schweinebacken verfolgten normalerweise zwei Strategien. Entweder sie schossen gleich durch die Tür oder sie versuchten die Tür mit einer geringen Menge Plastiksprengstoff aus dem Rahmen zu sprengen. Für die Person, die hinter der Tür stand, war das dann gleichermaßen weniger gesundheitsfördernd.

Zweite Regel war: Kein Lärm. Den Angreifer möglichst lange im Unklaren lassen, ob jemand im Zimmer war. So konnte man etwas Zeit gewinnen, um zu fliehen, wenn es denn möglich war.

Hier im Jesselton war es möglich. Lehn dankte im Stillen seiner Gewohnheit, ein neues Zimmer immer erst nach den Fluchtmöglichkeiten zu überprüfen. Das galt natürlich vornehmlich für Feueralarm, taugte aber auch, wenn ein Mörder vor der Tür stand.

Stattdessen verstaute Lehn schnell Handy und Pistole, öffnete die Balkontür und versuchte vom Balkon aus die Feuerleiter zu erreichen. Das gelang. Er hörte gerade noch, wie innen in seinem Zimmer die Eingangstür zersplitterte.

Lehn kletterte die Feuerleiter hinunter, glücklich, dass sein Verfolger offenbar nicht damit gerechnet hatte, dass er diesen Fluchtweg genommen hatte, oder er hatte seine Anwesenheit im Zimmer tatsächlich nicht bemerkt.

Beim Sprung von der Feuerleiter hatte sich Lehn etwas den Fuß angeknackst. Nicht schlimm. Aber er musste sich auf eine Mülltonne setzen, um seinen Fuß zu massieren. Ein alter Chinese musterte ihn seltsam, weil er wohl auf diesem unkonventionellen Weg das Hotel verlassen hatte. Ansonsten war niemand zu sehen. Die Gasse war an den Seiten vollgestellt mit Mülltonnen und Sperrmüll. Sein Fuß schmerzte immer noch. Lehn war sauer, so viel Zeit zu verlieren. Infolge der Massage ließ der Schmerz aber nach.

Er musste hier schnellstens verschwinden, denn sein Mörder würde nicht ruhen, ihn irgendwo doch noch zu erwischen.

Mehr humpelnd als gehend verließ er seinen Sitzplatz neben der Mülltonne, der immerhin einen gewissen Schutz geboten hatte. In der Ferne sah er das Ende der Gasse, die auf eine Hauptstraße mündete, auf der der Verkehr vorbeiflutete. Irgendwie erschien ihm diese Hauptstraße als Rettung.

Aber es war schon zu spät. Zu seinem Schrecken sah Lehn, wie der Killer aus einer Hintertür des Hotels trat. Die wirre Haarfrisur ließ keinen Zweifel zu. Es war der Motorradfahrer. Wegen des schmerzenden Fußes gelang es Lehn nicht, sich schnell irgendwo zu verstecken. Die Schweinebacke hatte ihn schon gesehen. Er verhielt kurz, wahrscheinlich, um sich einen Angriffsplan zu machen.

Für Lehn gab es keine Möglichkeit mehr, in Deckung zu gehen.

„Das war es nun, Harry", murmelte er leise vor sich hin. Geboren in Hamburg-Altona und ermordet in einer dreckigen Hintergasse in Kota Kinabalu. Was für ein Leben lag dazwischen. Aber so leicht wollte er es dem Killer auch nicht machen. Er griff in die Tasche, entsicherte seine Pistole und wartete auf den nächsten Schritt der Schweinebacke.

Es war bizarr, aber irgendwie gingen Lehn in diesen Augenblicken akuter Todesgefahr die Bilder von dem Western „High Noon" durch den Kopf. Es war wie im Film. Auf seltsame Weise hatte er seine Identität verloren und war in die Rolle von Gary Cooper geschlüpft. Alle seine Gedanken waren aus seinem Gehirn wie verbannt.

Er sah nur diesen Typ mit seinen wirren Haaren und wusste, dass er zuerst abdrücken musste.

Sein Gegner hatte jetzt auch auf langsam geschaltet. Auch er hatte wohl erkannt, dass es zu einem Zweikampf kommen würde, der nur einen Sieger kannte. Das war etwas anderes, als er es normalerweise gewohnt war. Einfach von einem Motorrad aus draufhalten, weiterfahren und dann das Blutgeld kassieren. Hier lagen die Dinge anders. Mann gegen Mann in einer Hintergasse von KK. Selbst für einen einheimischen Killer gab es schönere Orte, ins Gras zu beißen.

Der Abstand zwischen ihnen hatte sich zwischenzeitlich verringert. Die gemeinen Gesichtszüge des Killers waren schon zu erkennen. Er hatte sich jetzt aus dem Bereich des Hintereingangs des Hotels gelöst und stand ohne Deckung in der Gasse.

Eher im Unterbewusstsein hörte Lehn jetzt in seinem Rücken ein Fahrzeug. Wenn er sich nicht täuschte, fuhr es in Anbetracht der engen Gasse mit weit überhöhter Geschwindigkeit. Er wagte sich nicht umzublicken, um seinen Mörder keinen Augenblick aus den Augen zu verlieren. Aber irgendwie versprach das Geräusch des sich nähernden Autos eine gewisse Hoffnung.

Was dann geschah, wusste Lehn auch später nur bruchstückhaft zu rekonstruieren. Im letzten Augenblick war er zur Seite gesprungen, um nicht von dem Fahrzeug erfasst zu werden. Das Fahrzeug, ein silbergrauer Toyota, war kaum an ihm vorbeigefahren, als dieses infernalische Rattern einer Maschinenpistole alles übertönt hatte.

Um in Deckung zu gehen, hatte sich Lehn hinter eine Mülltonne fallen lassen. Obwohl, realistisch gesehen, es dafür viel zu spät gewesen wäre, hätten die Schüsse ihm gegolten.

Dann hatte sich diese typische unheimliche Ruhe über dem Tatort ausgebreitet. Diese nicht zu beschreibende Stille, die sich nach jedem Schusswechsel ausbreitete und die wohl nur deshalb so empfunden wurde, weil Schüsse viel lauter wahrgenommen werden, als sie in Wirklichkeit sind.

Schließlich wagte Lehn sich hinter der Mülltonne etwas aufzurichten, um einen Überblick zu bekommen.

Die Schweinebacke hatte es voll erwischt. Von Kugeln durchsiebt lag er mit seinen wirren Haaren wenige Meter weiter halb auf der Fahrbahn, halb auf einem Haufen von Kisten.

Lehn war wie betäubt. Er brauchte einige Minuten, um zu realisieren, was geschehen war. Er hatte dem Tod schon ins Auge gesehen, als dieser Toyota von hinten kommend an ihm vorbeigefahren war und die Schüsse abgegeben hatte. Der Schütze in diesem Toyota hatte ihm das Leben gerettet. War alles ein Traum? Er kniff sich den Arm. Aber der tote Mann wenige Meter vor ihm war offensichtlich Realität. Lehn erhob sich langsam und ging zu dem am Boden liegenden Toten. Er kniete nieder und tastete nach der Halsschlagader. Aber es war zu spät. Der Mann war tot. Die Garben aus der Maschinenpistole hatten ganze Arbeit geleistet. Er hatte keine Chance gehabt.

Von rechts näherte sich jetzt der alte Chinese, der Lehn schon bei seiner Flucht aus dem Hotel beobachtet hatte. Sein Mund stand vor Schrecken offen. Das Einzige, was Lehn auffiel, war, dass der Alte keine Vorderzähne mehr hatte.

Langsam erholte sich Lehn von dem Schreck. Er überlegte, den Toten nach irgendwelchen Personalpapieren zu durchsuchen, um zu wissen, wer ihn ermorden wollte. Doch nahm er von seinem Vorhaben Abstand, als er das Gejaule einer Polizeisirene hörte. Das Gejaule kam näher. Dann war auch schon das Flackern des Blaulichts zu sehen. Im letzten Moment versuchte Lehn noch von dem Toten wegzukommen, um nicht mit dessen Tod in Verbindung gebracht zu werden. Aber auch das misslang, weil sein verletzter Fuß nicht mitmachte.

Der Jeep der Polizei kam praktisch neben ihm zum Stehen. Zwei Polizisten sprangen mit gezogenen Waffen heraus und schrien irgendwelche Befehle.

Obwohl Lehn nichts verstand, war er sicher, dass er sich nicht bewegen sollte. Einer der Polizisten zwang ihn, sich mit gespreizten Beinen an den Wagen zu stellen. Sie filzten ihn gründlich und fanden natürlich als Erstes die Pistole in der Tasche seines Sakkos.

In seinem gebrochenen Englisch, welches aufgrund der Situation sicherlich nicht voll verständlich war, versuchte Lehn alles zu erklären. Als er sah, dass das nicht zielführend war, deutete er auf den alten Chinesen, der in gebührender Entfernung die Entwicklung verfolgte. Die Polizisten sollten den alten Mann befragen.

Aber die Polizisten hatten andere Pläne. Stattdessen zwangen sie Lehn, in dem Polizeifahrzeug Marke Range Rover Platz zu nehmen, um auf die nächste Polizeistation zu fahren. Lehn war irgendwie zu erschöpft, um sich zu wehren. Er ließ alles mit sich geschehen.

In halsbrecherischer Fahrt erreichten sie die Polizeistation. Die Polizisten geleiteten ihn in ein kleines Zimmer neben dem eigentlichen Wachraum, welches wohl als Verhörzimmer diente.

Lehn verlangte mit Maja Wong telefonieren zu dürfen, was ihm aber verwehrt wurde. Schließlich erschien ein Polizeioffizier. Er stellte sich als Michael Yew vor. Ob Lehn den Mann erschossen habe, fragte er.

Lehn verneinte das und fragte den Officer, womit er denn das Opfer erschossen haben solle. Er habe nur seine Pistole gehabt, aus der kein Schuss abgefeuert worden sei. Und die Polizisten, die am Tatort waren, hätten sicherlich zu Protokoll gegeben, das das Opfer mit einer Maschinenpistole regelrecht zersiebt worden war.

Inspector Yew war sich nicht sicher, ob er Lehns Darstellung glauben sollte. Er tauschte sich mit einem der Polizisten aus, die Lehn verhaftet hatten. Das Resultat war immerhin, dass sich Inspektor Yew im Ton mäßigte. „Warum haben Sie sich über den Toten gebeugt?", wollte er wissen.

„Ich wollte ihm helfen, falls er noch gelebt hätte", sagte Lehn.

Offensichtlich brachte diese Aussage Inspektor Yew zum Nachdenken. „Wir werden das überprüfen", sagte er und fügte hinzu: „Weiter werden wir überprüfen, ob Sie berechtigt sind eine Waffe zu tragen. So lange bleiben Sie in Gewahrsam."

Lehn protestierte. Aber es half nichts. Er wurde in eine Zelle geführt, in der noch ein weiterer Insasse saß. Erschöpft ließ sich Lehn auf einen Hocker fallen.

Lehn blickte seinen Zellengenossen an, den es noch schlimmer erwischt hatte. Sein Gesicht war übersät mit Hämatomen. Offensichtlich das Opfer einer Prügelei.

Lehn sprach ihn auf Englisch an. Er antwortete in einer Sprache, die Lehn unbekannt war. Da seinem Gegenüber das Lächeln wegen der Hämatome schwerfiel, war der Rest Schweigen.

Bizarrerweise erinnerte Lehn sich bei dem Anblick der Hämatome seines Zellengenossen an den Rat seines Großvaters, der darauf geschworen hatte, Hämatome mit Butter zu bestreichen, die dann über Nacht verschwänden. Schade, dass er dieses Wissen in dieser Situation nicht weitergeben konnte. Unüberbrückbare Sprachbarrieren und natürlich auch der Mangel an Butter machten es unmöglich.

Stunden vergingen. So war es Lehn jedenfalls erschienen. Plötzlich aber ging alles ganz schnell. Die Zellentür wurde geöffnet. Inspektor Yew erschien und forderte Lehn auf ihm zu folgen. Sie betraten den eigentlichen Wachraum. Auf einer Bank saß Maja Wong.

Er ging auf sie zu. Er hätte sie umarmen können.

„Jetzt nicht", hauchte sie.

Sie tauschte mit Inspektor Yew noch einige Höflichkeiten aus, bevor sie mit Lehn die Polizeistation verließ. Schweigend steuerte sie auf den Leihwagen zu, der auf dem Parkplatz stand.

„Das war knapp", sagte Maja leise. „Und es war mein Fehler. Ich bitte um Entschuldigung."

„Warum?", fragte Lehn, glücklich, sie wieder an seiner Seite zu haben.

„Ich hätte wissen müssen, dass dieser Danny Siew irgendeine Gemeinheit plante. Ich habe es auch gespürt, aber nicht die richtigen Schlüsse gezogen. So habe ich dich dieser Todesgefahr ausgesetzt. Also genau dem, was zu verhindern meine Aufgabe war. Ich habe versagt!"

„Es ist ja noch alles jut jegange", sagte Lehn auf Deutsch und fügte kleinlaut hinzu: „Allerdings nur dank den Jungs in dem Toyota, die den Killer umgelegt haben. Wer die wohl waren und woher die wohl kamen?"

„Das waren unsere Leute vom Singapur Secret Service", gestand Maja leise. „Selbst ich wusste nicht, dass Andrew Sim uns zusätzlich überwachen ließ, um jedes Risiko auszuschalten."

„Und euer Secret Service ballert hier in einer fremden Stadt und in einem fremden Land mit der Maschinenpistole herum und erschießt die Einheimischen?"

„Ja", gestand Maja. „Und das ist auch gut so. Nur so können wir uns wehren und unsere Demokratien verteidigen. Bei euch in Europa mag es anders sein. Aber hier in diesem Teil der Welt würden wir sonst in einem Sumpf von Verbrechen versinken."

Lehn war beeindruckt. Nicht über Majas Aussage. Aber über die Art, diese Entschlossenheit, wie sie es sagte.

„Wieder etwas dazugelernt", murmelte er kleinlaut, als er ihren mitleidigen Blick bemerkte. Um das Thema zu ändern, fragte er sie, woher denn der Singapur Geheimdienst von seiner zugegeben prekären Lage gewusst habe.

„Unser Geheimdienst hat eigene Leute im Hotel Jesselton stationiert, weshalb wir angewiesen sind, wenn möglich, in diesem Hotel abzusteigen. Einer unserer Mitarbeiter hat mitbekommen, dass dieser Typ dich gesucht und gegen die Zimmertür geballert und diese dann aufgebrochen hat. Dein Mörder hat wohl noch gesehen, dass du über die Feuerleiter getürmt bist, konnte dir aber glücklicherweise nicht folgen, weil er unseren Mann bemerkte, der hinter ihm in den ersten Stock gekommen war. Unser Mann und ein Kollege haben sich dann ihren Toyota gekrallt, sind die Hintergasse entlanggefahren und haben den Typen erschossen."

„Im letzten Augenblick", gestand Lehn. „Gut zu wissen, dass du derart tüchtige Kollegen hast, die im entscheidenden Augenblick auch treffen."

Maja zuckte mit den Schultern. „Ein kleiner Erfolg", sagte sie nachdenklich. „Aber der Typ war sicherlich nur ein kleines Glied in den riesigen Hierarchien der hier arbeitenden Verbrecherkartelle. Einer ist tot, aber hundert schwören jetzt Rache. Mit Sicherheit ist der Tod dieses Killers den großen Bossen schon bekannt. Deshalb müssen wir hier eiligst verschwinden! So schnell wie möglich! Offenbar haben wir mit unseren Fragen bei Danny Siew einigen Leuten ans Bein gepinkelt. Das haben die nicht so gerne!"

„Und wem haben wir ans Bein gepinkelt?", fragte Lehn, der langsam begann sich wieder mit ihrem Fall zu beschäftigen, der sie nach KK geführt hatte.

„Willst du es wirklich wissen?"

Lehn bekundete ein gewisses Interesse daran zu wissen, wer ihn ermorden wollte.

„Ich weiß es nicht", sagte Maja und wiederholte, dass sie es wirklich nicht wisse. „Jedenfalls noch nicht. Unser Geheimdienst wird es vielleicht herausfinden. Mit der Betonung auf ‚vielleicht'. Sabah ist ein wunderschönes Land. Leider hapert es ein wenig mit dem Rechtsstaat. Hier glauben viele Gruppen, ihnen gehöre das Land. Beispielsweise malaiische Kartelle, die sich in Kuala Lumpur in ihren Geschäften beengt fühlen. Beispielsweise chinesische Triaden und japanische Yakutse. Nicht zu vergessen die Terrororganisation Abu Sayyaf. Die südliche philippinische Provinz Mindanao liegt nur einen Steinwurf entfernt."

„Also mehrere tausend Kilometer", meinte Lehn, der mit den Entfernungsangaben hier im Fernen Osten auf dem Kriegsfuß stand.

Maja lachte wieder ihr zauberhaftes Lachen.

„Der große Polizist aus Deutschland lernt schnell hinzu", sagte sie und fügte hinzu: Lehn müsse außerdem noch wissen, dass alle diese Kartelle jedes für sich arbeiteten, aber wenn eine Bedrohung von außen komme, sich gegenseitig informierten und gegebenenfalls auch gemeinsam handelten.

„Und was wird mit unserem Rendezvous mit Leon de Winter, dem Reporter?"

„Findet nicht statt!", antwortete Maja kurz und bündig.

„Aber das war einer der Gründe, warum wir überhaupt nach KK gekommen sind", begehrte Lehn auf.

Ganz ruhig berichtete Maja von dem Gespräch mit ihrem Kontaktmann in KK. Danach habe sich Leon de Winter vor einigen Tagen nach Singapur abgesetzt, wo er sich bei einem Freund verstecke. Auch er sei einem Mordversuch entgangen und habe daraus seine Konsequenzen gezogen.

„Und wie finden wir ihn?", fragte Lehn.

„Dank unseres Geheimdienstes habe ich seine Telefonnummer", antwortete Maja triumphierend.

Lehn hatte genug gehört. „Doppelgas", sagte Lehn. „Und ab zum Airport!"

„Ja", gab Maja ihm Recht. „Irgendwie fühlt man sich in

Kota Kinabalu zurzeit nicht willkommen." Sie gab Gas und beschleunigte den Toyota noch ein wenig.

Erst als sie im Flugzeug saßen, löste sich seine Spannung. „Diesen Besuch in KK", sagte Lehn nachdenklich, „hatte ich mir anders vorgestellt. Irgendwie beschaulicher, in gewisser Form touristischer und pittoresker. Stattdessen wäre KK um ein Haar der Ort gewesen, der auf meiner Todesanzeige gestanden hätte. Geboren in Hamburg-Altona, gestorben in einer miesen Hintergasse in Kota Kinabalu. Das hätten viele meiner Hamburger Freunde nicht verstanden, denn viele haben mit hundertprozentiger Sicherheit darauf gewettet, dass ich irgendwann einmal auf St. Pauli erschossen werde. Aber nun ist es doch anders gekommen und das Schicksal hat noch Zeit, seinen normalen Lauf zu nehmen."

„Also Tod auf St. Pauli", stellte Maja mit einer Mischung von Traurigkeit und Humor in der Stimme fest.

Lehn musste schmunzeln, ging aber nicht weiter darauf ein. Stattdessen stellte er noch einmal die Frage, warum man ihn eigentlich im Tropicana umbringen wollte.

Maja blickte ihn von der Seite an. „Wir haben Fragen gestellt nach diesem Kümo und nach dem neuen Besitzer, der jetzt die Nossi-Be gechartert hat. Erinnere dich. Zuerst musste Danny Siew annehmen, dass du von der Versicherung bist und nur Routinefragen stellst. So lange bist du ihm lediglich auf den Keks gegangen, was seine Unhöflichkeit verriet. Dann kamen aber die Fragen nach dem jetzigen Besitzer und deine Zweifel an dem Untergang der Nossi-Be. Danny Siew merkte, dass es gefährlich wurde. Er verschwand, um Tee zu holen. Wahrscheinlich hat er mit einem der Paten telefoniert, der dann sofort den Daumen gesenkt hat. Das war dein Todesurteil. Siew kam mit dem Tee zurück und hat uns mit seinem dusseligen Gerede hingehalten. Wahrscheinlich brauchte der Killer so lange, um zu der Firma zu kommen."

„Als er angekommen war", vervollständigte Lehn Majas Diagnose, „hat uns Danny Siew, dieser Sausack, mit der Begründung hinausgeschmissen, er habe Kundschaft. Was sagt uns das nun?"

Maja blickte ihn aus ihren weit geöffneten Augen an, so als erwarte sie Lehns Antwort.

„Es sagt uns", antwortete Lehn nach einigen Momenten des Nachdenkens, „dass wir auf der richtigen Spur sind. Dieses Schiff, welches Schacht gechartert hat, muss etwas mit dem ‚Ding' zu tun haben, das Schacht vorhat zu drehen. Pech für uns, dass Schacht offenbar nicht allein ist, sondern irgendwelche Triaden, chinesische Paten oder wer auch immer mit von der Partie sind. Also Leute, in deren Macht es steht, eine unliebsame Person von einem Killer ermorden zu lassen. Einzig die Frage bleibt bestehen, ob dieser ‚Coup', den Schacht landen will, identisch mit dem Schicksal der AC404 ist. Mein Gefühl sagt mir, dass dem so ist. Nur beweisen kann ich es noch nicht."

Der Shuttle-Flug nach Singapore verlief problemlos. Für Lehn zu schnell, denn er war glücklich über die Nähe zu Maja.

Trotzdem war er erleichtert, als der Airbus auf dem Changi Airport aufsetzte. Maja ging es genauso. Sie suchte Lehns Hand, offenbar dankbar und erleichtert, dass alles gut gegangen war.

KAPITEL 23

Lehns Rückkehr aus Kota Kinabalu war eine Nacht im Shangri-La Hotel in Singapur gefolgt, die einem Zusammenbruch gleichgekommen war. Die Aufregungen des vergangenen Tages in Kota Kinabalu waren wohl zu viel gewesen und hatten diesen Erschöpfungszustand ausgelöst. So war er am nächsten Morgen wenigstens froh, am Leben und wieder einigermaßen an Deck zu sein. Er duschte und überlegte immerhin dabei, wie man diesen Journalisten Leon de Winter am besten ins Kreuzverhör nehmen konnte.

Was Lehn in diesem Augenblick nicht wusste, war, dass aus dem Besuch bei Leon de Winter in den nächsten Stunden nichts würde, denn Andrew Sim hatte im Ministerium eine Konferenz einberufen, auf der auch der Besuch von Maja und Lehn in KK besprochen werden sollte.

Maja erwartete ihn in der Halle und eröffnete ihm die Änderungen im Terminkalender. Lehn nahm es gelassen zur Kenntnis.

Im Ministerium kam ihnen Andrew Sim schon entgegen. „Gut, dass Sie das Attentat überstanden haben. Nicht auszudenken, wenn dieser Killer in KK Erfolg gehabt hätte."

„Ihrem Geheimdienst sei Dank. Immerhin haben Ihre Jungs mich gerettet, indem sie den Mörder umgelegt haben."

„Dafür werden sie bezahlt", meinte Andrew Sim lachend. Etwas ernster werdend, fragte er, ob Lehn trotz dieses unschönen Zwischenfalls irgendwelche Erkenntnisse aus dem Besuch in KK habe.

„Horst Schacht ist unser Mann!"

„Auch in Bezug auf die 777 oder nur in Bezug auf dieses Schiff?"

Lehn beharrte darauf, dass seiner Meinung nach alles zusammengehörte. Dann fragte er Andrew Sim, wer nach seiner Meinung hinter dem Attentat in Kota Kinabalu stecke.

Sim blickte ihn bekümmert an. „Wenn wir das wüssten, wäre mir sehr viel besser zumute. Als Erstes kommen natürlich chinesische Triaden in Frage. Dann die lokalen Verbrecherkartelle, aber natürlich auch die Terrororganisation Abu Sayyaf. Eines ist so schlimm wie das andere."

Ein Offizier trat auf sie zu und bat sie Platz im Konferenzraum zu nehmen. Der Sicherheitsberater bitte zur täglichen Besprechung.

Ungefähr dreißig Personen waren im Raum. Viele trugen Uniform. Maja war die einzige Frau.

Andrew Sim wurde das Wort erteilt. Er gab zu, eigentlich nichts zu wissen. Man suche noch immer den Mörder von einem der Stewards, dessen Leiche man aus dem Creek gezogen habe. Des Weiteren suche man nach dem zweiten Steward. Tot oder lebendig. Den Mitarbeiter von Air Cathay, der für die Ersatzstewards verantwortlich war, habe man zur Fahndung ausgeschrieben. Der Mann sei unauffindbar. Möglicherweise habe er sich nach Malaysia abgesetzt. Gleichzeitig suche man die Personalakten der beiden Ersatzstewards. Ohne diese Akten könne man gar nichts über den Lebenslauf der Männer sagen, die auf dem Flug waren. Immerhin sei alles oberfaul und deute in gewisser Hinsicht auf eine Entführung, eventuell auf einen gewollten Absturz hin. Des Weiteren überprüfe man immer noch die familiären Verhältnisse des Piloten und des Copiloten, da man einen Suizid von einem der beiden auch nicht ausschließen könne. Man müsse dieser Spur nachgehen, denn eine Untersuchung der amerikanischen Luftfahrtbehörde habe gezeigt, dass Suizid im Cockpit öfter vorkomme als angenommen.

Neben diesen beiden geschilderten Spuren gebe es noch eine weitere Spur. So habe der Kollege Lehn von der Hamburger Kriminalpolizei – Sim deutete auf Lehn, der sich kurz erhob und, halb den Kopf wendend, in den Raum grüßte – herausgefunden, dass ein gewisser Horst Schacht auf dem Flug war, der unter falschem Namen eingecheckt habe. Schacht habe in Deutschland die Person umgebracht, auf deren Namen er geflogen sei. In Deutschland seien gewisse Hinweise auf ein Schiff gefunden worden, welches kurz zuvor in der Sulusee gesunken sei. Kollege Lehn habe am Vortag in Kota Kinabalu Nachforschungen angestellt, wobei er nur knapp einem Mordversuch entgangen sei. Der beste Beweis, dass mit diesem Schacht und dem verunglückten Schiff nicht alles koscher sei. Es sei jedoch noch nicht der letzte Beweis erbracht, dass das Schicksal des Fluges AC404 von diesem Schacht in irgendeiner Form beeinflusst worden war. Möglicherweise habe dieser Schacht nur zufällig in der 777 gesessen. Was die Behörden aber nicht daran hindern sollte, diesen Mann in Haft zu nehmen ...

„Wenn wir seiner habhaft werden, was wohl gleichbedeutend damit ist, dass wir die 777 gefunden haben und dieser Alptraum ein Ende hat", unterbrach der Innenminister.

„Jawohl, Herr Minister!", pflichtete Andrew Sim seinem Chef bei. Dann fuhr er fort: „Auf jeden Fall müssen wir mit aller Kraft diese drei Spuren verfolgen, denn sie sind die einzigen Spuren, die wir zurzeit haben. Alles ist Annahme. Nichts fundiert. Aber wo sollten wir sonst suchen? Ich versichere Ihnen ...", fuhr Sim mit ernster Stimme fort: „Zurzeit gibt es noch keinerlei Hinweise auf das Schicksal des Fluges AC404. Ich sage die Wahrheit. Es wird nichts verschwiegen. Es kann ein Absturz aus technischen Gründen gewesen sein, es kann ein gewollter Absturz gewesen sein oder eine Entführung. Der Flug AC404 ist und bleibt vorerst ein Rätsel, welches wir nur entschlüsseln können, wenn wir allen Hinweisen nachgehen, auch wenn sie noch so absurd und unwahrscheinlich sind."

Mit diesem unbefriedigenden Schlusssatz war die kurze Konferenz beendet. Die Teilnehmer strebten in ihre Büros zurück.

Andrew Sim ging auf dem Flur noch einmal auf Maja und Lehn zu. „Ihr verfolgt bitte die sogenannte deutsche Spur weiter. Mit unserer vollen Unterstützung, denn wir sind euch dankbar. Alles ist im Interesse von Singapur! Findet heraus, was Schacht hier in Singapur gemacht hat. In welchen Kreisen bewegte er sich? Unser gesamter Polizeiapparat steht euch zur Verfügung. Verfügt auch über meine Zeit. Währenddessen versuche ich etwas Klarheit in das Attentat auf dich in KK zu bringen."

„Danke", sagte Lehn.

Spontan trat Andrew Sim auf Lehn zu und umarmte ihn. „Sei vorsichtig!", sagte er, drehte sich um und entschwand auf dem Korridor.

„Das hat er noch nie getan!", meinte Maja. „Noch nie hat Andrew einen Mann umarmt. Er muss dich mögen!"

„Scheint so", entgegnete Lehn schmunzelnd.

KAPITEL 24

Am Mittag hatte Maja ein Treffen mit dem Journalisten Leon de Winter organisiert. Anstatt seiner Wohnung hatte de Winter als Treffpunkt die Bar in Raffles Hotel vorgeschlagen. Das sei sicherer für ihn, hatte er am Telefon gesagt und hinzugefügt, dass er Feinde habe. Womit er wohl richtiglag, denn er hielt sich in Singapur versteckt.

Kurz vor 13 Uhr betraten Maja und Lehn die Bar. Sie war erstaunlich gut besucht. An einem Tisch, der etwas abseits stand, nahmen sie Platz. Maja bestellte sich einen Campari, Lehn einen Gin Tonic. „Wie üblich", raunte Maja. „Same as usual", gab Lehn zu.

Punkt 13 Uhr betrat ein Mann die Bar. Er war groß, stattlich und hatte einen Kurzhaarschnitt. Er trug einen hellen Leinenanzug. Suchend blickte er sich um.

„Könnte unser Leon de Winter sein", raunte Maja und deutete auf den neuen Gast.

Lehn stand auf, ging auf den Mann zu. „Mr. de Winter, wie ich annehme?"

Lehn hatte sich nicht geirrt. Leon de Winter nickte nur und folgte Lehn zu ihrem Tisch. Maja Wong stellte sich mit vollem Dienstgrad vor, was wohl beruhigend auf de Winter wirken sollte. Was es auch tat. Entspannt bestellte er sich auch einen Gin Tonic.

„Was wollen Sie von mir wissen?", fragte er lächelnd.

Lehn blätterte in seinen Notizen, die er aus Hamburg mitgebracht hatte. Er überflog eine Seite. „Es geht um einen Artikel in der ‚Straits Times', den Sie Ende Februar verfasst haben. In dem Artikel haben Sie über den Untergang des Kümos Nossi-Be geschrieben. Sie haben berichtet, dass es keine Zeugen des Unglücks gab. Der Kapitän habe zwar einen verstümmelten Notruf abgesetzt und Koordinaten des Unfallortes in der Sulusee angegeben. Danach lag der Unfallort westlich von Zamboanga. Die zum Unfallort geeilten Schiffe hätten aber nichts gefunden. Keine Überlebenden, kein Rettungsboot, keine Trümmer. Dies sei, so schreiben Sie, besonders tragisch, denn in KK habe sich das Gerücht gehalten, dass außer der Besatzung bis zu einhundert Arbeiter an Bord gewesen seien, die zu einer Baustelle gebracht werden sollten. Das Schiff habe im Übrigen Baumaterialien und auch kleinere Baumaschinen geladen gehabt, welche zum Straßenbau benutzt werden. Der Charterer der Nossi-Be habe die Anwesenheit von Arbeitern allerdings verneint und angegeben, dass nur die Besatzung an Bord gewesen sei, die aus fünf Männern bestanden hätte. Hauptsächlich Philippinos. Der Kapitän sei Molukke mit einem indonesischen Patent gewesen."

Leon de Winter bestätigte, den Artikel geschrieben zu haben, der dann in der „Straits Times" gedruckt worden war.

„Worauf man diesen Mordanschlag auf Sie verübt hat. Diesen Anschlag, der Sie schlussendlich gezwungen hat, KK zu verlassen und hier in Singapur unterzutauchen."

„Hut ab!", lobte Leon de Winter. „Alles, was Sie sagen, ist richtig. Es ist zwar nur die halbe Wahrheit, aber die ganze Wahrheit zu schreiben wäre zu gefährlich gewesen. Wo schon die halbe Wahrheit mich fast das Leben gekostet hätte."

„Deshalb treffen wir uns hier", sagte Lehn. „Wir sind auf der Suche nach der anderen Hälfte der Wahrheit."

„Wie kann ich helfen?", fragte der Journalist.

Lehn bat ihn, über die andere Hälfte der Wahrheit zu berichten, und fasste die Frage enger: „Was war das Ziel der Nossi-Be? Was hatte man mit dem Schiff vor? War der Untergang getürkt? Und wenn ja, warum? Sollte der Untergang alle Nachforschungen im Keim ersticken?"

Leon de Winter nahm erst einmal einen kräftigen Schluck Gin Tonic. Er habe, begann er, von Anfang an ein ungutes Gefühl bei dieser Geschichte gehabt. Ein Informant habe ihm gesteckt, dass die Nossi-Be mit Baumaterialien beladen wurde und eben diese einhundert Arbeiter an Bord waren. „Da kein Zielhafen in Erfahrung gebracht werden konnte, war dies eher ungewöhnlich, aber nicht verdächtig. Verdächtig wurde es erst, als die Nachricht von dem Untergang des Schiffes in der Sulusee bekannt wurde und der Transport dieser Arbeiter geleugnet wurde."

„Wer hat das abgestritten?"

„Die Firma in Singapur, die das Schiff gechartert hat. Der Inhaber ist ein gewisser Schacht. Übrigens ein Landsmann von Ihnen."

„Auf den Landsmann kann ich gut verzichten. Nicht alle Deutschen sind gute Deutsche", stellte Lehn fest und fragte dann weiter, warum denn der Untergang der Nossi-Be verdächtig war.

„Aus einigen Gründen. Der Verdacht hat sich dann immer mehr verhärtet."

Womit denn der Verdacht begonnen habe, hakte Lehn ein.

Einige Tage vor dem Ablegen der Nossi-Be habe ihm einer seiner Informanten gesagt, dass da eine Schweinerei laufe. Man habe gemunkelt, dass die Terrororganisation Abu-Sayyaf dahinterstecke. Genaues wisse man nicht. Aber es sei schon abenteuerlich, wenn ein kleines Schiff hundert Bauarbeiter und Maschinen an Bord nehme, ohne dass man wisse, wo die Reise hingehe. „Die Bauarbeiter sollen mit einem sehr guten Lohn geködert worden sein. Niemand wusste, zu welcher Baustelle es ging. Das Ganze soll unter dem Decknamen ‚Enola Gay‘ gelaufen sein."

„Auf welcher Insel könnte denn eine Straße gebaut werden?", fragte Lehn.

„Keine Ahnung", antwortete der Journalist. „Aber ich habe noch nie gehört, dass man Baumaterialien für den Straßenbau und die dazugehörigen Arbeiter über hunderte von Kilometern verschifft."

Bevor er fortfuhr, bestellte er sich einen neuen Gin Tonic.

„Dann folgte einige Tage später die Meldung von dem Untergang der Nossi-Be. Normalerweise zieht das einen Rattenschwanz von Untersuchungen nach sich, weil sich alle Verantwortlichen profilieren wollen. Nicht so im Fall des Untergangs der Nossi-Be. Eine kurze Meldung über den Untergang. Und das war es. Normalerweise hier in Asien ein Zeichen, dass irgendjemand der Presse einen Maulkorb verpasst hat. Ich habe dann trotzdem weitere Ermittlungen angestellt."

„Und?", bohrte Lehn weiter.

Leon de Winter bedauerte, dass er nicht viel in Erfahrung gebracht hätte. Es sei zwar seltsam, dass so gar keine Spuren von dem Unglück aufgetaucht seien. Andererseits aber auch nicht ungewöhnlich, denn das Gebiet der Sulusee sei eben verdammt groß. Zum Zeitpunkt des Unglücks habe auch kein Taifun gewütet, ein Naturereignis, dem man ja nachsage, kleinere Schiffe völlig unter Wasser zu drücken, so dass nichts übrigbleibt.

„Könnte die Nossi-Be irgendwo angelegt haben?", fragte Lehn.

„Wissen Sie", antwortete der Journalist. „Natürlich kann dieses Kümo theoretisch irgendeinen kleinen Hafen auf Mindanao angelaufen haben. Dafür würde sprechen, dass Mindanao teilweise in den Händen von Abu Sayyaf ist und man schon in Kota Kinabalu gemunkelt hat, dass Abu Sayyaf in irgendeiner Form involviert ist. Dagegen aber spricht, dass die philippinische Küstenwache keine Hinweise hatte, dass ein Schiff an dem fraglichen Datum einen der Häfen angelaufen hat. Ich hatte noch einmal mit der Zentrale der Küstenwache in Davao gesprochen. Die wussten von nichts. Und normalerweise sind die gut informiert, denn die sind nicht gut auf die Terrororganisation zu sprechen ..."

„Womit Sie annehmen, dass dieses Kümo gar nicht verunglückt ist", unterbrach ihn Lehn, „sondern die Sulusee in Richtung Pazifik durchquert hat. Mit dem Ziel auf irgendeine Baustelle am Rande der Welt. Wo immer sie sich auch befinden mag. Das wollen Sie doch andeuten?"

Leon de Winter wand sich, stimmte dann aber Lehn zu. Es sei anzunehmen, dass man mit dem Funkspruch über den Untergang der Nossi-Be jede weitere Nachforschung im Keim ersticken wollte.

„Aber warum?", murmelte Lehn.

„Ja, warum? Das ist hier die Frage", bestätigte Leon de Winter und fügte hinzu: „Ich habe auch keine Antwort."

KAPITEL 25

Das Gespräch mit Leon de Winter war aufschlussreich gewesen, hatte aber, war man ehrlich, nichts Neues ergeben. Lehn hatte sich mehr davon versprochen. Etwas enttäuscht schlenderten Maja und Lehn daraufhin durch die angrenzenden Gassen des alten chinesischen Viertels, von dem durch die unzähligen Sanierungsmaßnahmen nicht mehr viel übrig geblieben war.

Majas Smartphone klingelte. Am anderen Ende der Leitung war Andrew Sim. Er bat die beiden, umgehend ins Präsidium zu kommen. Die Polizei habe in der Paterson Road eine Frau verhaftet, die das Haus von Schacht verlassen habe.

„Immerhin tut sich etwas", meinte Lehn und zog Maja in Richtung des Parkplatzes, wo sie ihren Wagen abgestellt hatten.

Nach einer guten halben Stunde erreichten sie das Polizeipräsidium.

Andrew Sim begrüßte sie und ließ sofort den Polizeibeamten kommen, der die Frau verhaftet hatte. Ein durchtrainierter Mittdreißiger. Lehn hätte ihn nicht zum Feind haben mögen.

Andrew Sim bat den Beamten um seinen Bericht, wie es zu der Verhaftung der Frau gekommen war.

Völlig emotionslos schilderte der Polizeibeamte den Hergang der Verhaftung. Danach hatten er und sein Kollege, der Sergeant Kim, das Haus in der Paterson Road überwacht. Morgens gegen 10 Uhr sei eine weibliche Person zu Fuß erschienen. Sie habe offensichtlich einen Schlüssel gehabt, mit dessen Hilfe sie das Haus betreten habe.

Nach ungefähr zehn Minuten habe sie das Haus wieder verlassen und sei in Richtung Zentrum davongegangen. Er und Sergeant Kim hätten sie dann nach wenigen Minuten auf dem Bürgersteig zur Rede gestellt. Im letzten Augenblick habe sie noch versucht einen Brief wegzuwerfen, was aber nicht gelungen sei. Der Brief sei jetzt bei den Unterlagen. Die ganze Aktion der Verhaftung sei nicht leicht gewesen, weil sie sich verzweifelt der Verhaftung widersetzt habe.

Sim dankte dem Beamten für seinen Einsatz. Ein Dank, dem sich Lehn anschloss.

Mit dem Aufzug ging es dann in den Keller, wo sich die Zellen für die Tagesgäste, wie sich Sim ausdrückte, befanden. Ein Polizeibeamter schloss die Tür zu einer der Zellen auf. Auf einem Tisch im Vorraum lagen wohl die „personal belongings", die die Inhaftierte bei ihrer Verhaftung bei sich gehabt hatte.

Als Erstes warf Lehn einen Blick durch die Panzerglasscheibe auf die inhaftierte Frau. Angenommen, sie war die Geliebte von Schacht, musste der einen denkbar schlechten Geschmack haben. Aber vielleicht war sie nur die Putzfrau. Die Frau, die in der Zelle auf einem Stuhl saß, war potthässlich. Lehn kam der Gedanke, ob Schacht vielleicht pervers war, wurde aber von weiteren Gedankenspielen von Andrew Sim abgelenkt.

„Laut ihrem Pass", stellte Andrew Sim fest, „ist ihr Name Conchita Wuzz. Sie ist in Jolo auf Mindanao geboren. Das sind dort alles Moslems. Meiner Meinung nach alles verkappte Terroristen, ein widerliches Gezücht. Ich frage mich, wie unser Konsulat in Manila so einem Subjekt ein Einreisevisum für Singapur ausstellt. Man fragt sich doch wirklich, ob es ein Mann oder eine Frau ist."

In der Tat war sich Lehn bei dieser Frage auch nicht ganz sicher. Aber ihr Vorname sprach immerhin für eine Frau. Vielleicht war sie von der neu geschaffenen Abteilung transgender. Die wussten es dann selber nicht mehr, welcher Fraktion sie angehören.

Bevor sie die Zelle betraten, warf Lehn einen Blick auf die Utensilien, die man bei ihr gefunden hatte. Auf den ersten Blick nichts Verdächtiges. Bis auf einen vergilbten Brief. Lehn nahm ihn in die Hand und betrachtete die Adresse.

„Das ist der Brief, den sie vor ihrer Verhaftung wegwerfen wollte", sagte Andrew Sim.

Offensichtlich war der Brief auf Japanisch geschrieben.

Da Lehn der japanischen Sprache nicht mächtig war, konnte er die Adresse nicht entziffern. Aber viel mehr interessierte ihn die Briefmarke. Aber das musste warten, denn Sim bedeutete dem Polizisten, die Zelle zu öffnen.

Conchita Wuzz war in Wirklichkeit noch hässlicher. Die Panzerglasscheibe hatte ihrer Erscheinung wohlwollend geschmeichelt. Dagegen war ihre Kleidung zwar nicht der letzte Schrei, aber durchaus der vorletzte. Die Klamotten, die sie trug, waren nicht billig gewesen. Folglich verwarf Lehn die Version mit der Putzfrau. Lehn nahm ihr gegenüber an dem Tisch Platz. Maja und Andrew Sim drückten sich an der Wand herum. Viel Platz ließ die Zelle nicht zu.

Kaum saß Lehn, fing sie an zu pöbeln. Teils auf Spanisch, teils auf Englisch, teils in einer für Lehn unverständlichen Sprache.

Andrew Sim, der Lehns entsetztes Gesicht sah, feixte im Hintergrund. Das machte die Situation auch nicht besser. Auf Lehns Frage, wann sie Schacht zuletzt gesehen habe, spuckte sie in Lehns Richtung. Glücklicherweise verfehlte die Aule ihr Ziel, landete an der Wand, wo sie sich langsam in Richtung Fußboden abseilte.

„Ein asiatisches Lama", prustete Sim.

„Nicht doch", sprach Lehn beruhigend auf sie ein. „Sie sollten sich nicht zu derart unkultivierten Handlungen hinreißen lassen." Dann hielt er ihr den Brief vor die Nase, den sie hatte loswerden wollen. Er fragte sie, was es mit diesem Brief auf sich habe.

Der Brief sei von ihrem Liebhaber. Die Polizei habe kein Recht, diesen Brief zu kassieren.

„Sie lügen!", sagte Lehn streng und studierte noch einmal die Briefmarke.

Conchita Wuzz widersprach mit der Begründung, Lehn kenne doch ihren Liebhaber nicht.

„Glücklicherweise nicht", entgegnete Lehn und fuhr fort, er nehme an, dass der Brief von einem japanischen Soldaten im 2. Weltkrieg geschrieben wurde, der um 1920 geboren sei. Er wäre heute knapp einhundert Jahre alt. „Ich glaube nicht, dass sich eine Type wie Sie in einen Hundertjährigen verliebt. Zugegebenermaßen wohl auch nicht umgekehrt. Selbst ein Hundertjähriger würde Sie wohl kaum mit einer Kneifzange anfassen."

„Bravo", klatschte Andrew Sim. „Weiter so!"

„Also?", fragte Lehn. „Was hat es mit diesem Brief auf sich, den Sie unbedingt in Sicherheit bringen wollten? Sie haben den Brief erst aus dem Haus geholt und dann versucht, sich vor Ihrer Verhaftung des Briefes zu entledigen."

Offensichtlich war sie jetzt stark verunsichert. Ihre einzige Reaktion war wieder eine Spuckattacke. Dieses Mal wurde Lehn an der Schulter getroffen.

„Es ist besser, wir gehen", meinte Lehn angeekelt.

Sie verließen die Zelle. Lehn strebte in Richtung To-ilette, um sein Jackett zu säubern. Andrew Sim folgte ihm. Nachdem Sim sich erleichtert hatte, trafen sie sich an den Waschbecken. Ihre Blicke kreuzten sich im Spie-gel. „Woher wussten Sie das, dass der Brief aus der Zeit des Weltkrieges stammt?", fragte Sim.

„Als Junge", erinnerte sich Lehn, „habe ich Briefmar-ken gesammelt. Ein Hobby, das heute in Vergessenheit geraten ist. Schwerpunkt meiner Sammlung waren auch Feldpostmarken aus den Weltkriegen. Dieser Brief ist nämlich mit einer japanischen Feldpostmarke frankiert. Da diese Briefmarken nur im Krieg verwen-det wurden, muss der Brief von einem Soldaten an der Front geschrieben sein. Wahrscheinlich an seine Frau. Da der Krieg Anfang der 40er Jahre war, habe ich kom-biniert, dass der Soldat um 1920 geboren wurde, also heute Mitte 90 sein dürfte. So einfach ist das", fügte er hinzu.

Andrew Sim deutete mit einer Verbeugung an, dass er sich vor den kriminalistischen Fähigkeiten von Lehn in Ehrfurcht verneige.

„Schon gut", sagte Lehn lächelnd und fügte hinzu, die viel wichtigere Frage sei, woher Schacht diesen Brief habe und warum dieser Brief so wichtig sei, dass diese perverse Nutte namens Conchita Wuzz den Brief vor der Polizei in Sicherheit bringen wollte. „Können wir den Brief übersetzen lassen?", fragte Lehn.

Andrew Sim sagte, dass nichts einfacher sei, als einen japanischen Übersetzer zu holen. Die gebe es hier in Sin-gapur im Doppelpack.

„Her mit ihm", sagte Lehn.

Ein japanischer Übersetzer erschien schneller als erwartet. Er fragte, ob eine schriftliche oder mündliche Übersetzung gewollt sei.

„Erst einmal mündlich", sagte Lehn.

Der Übersetzer begann.

Adressiert sei der Brief an eine Aiko Mitsuharu, wohnhaft in Yokohama, 11-3 Akasaka 1-chome.

„Liebe Aiko,

ich denke nur an Dich, Haruko, Keiko und Takeo."

„Wohl seine Kinder", unterbrach Andrew Sim.

Der Übersetzer fuhr fort. „Mir geht es ganz gut. Unsere Kompanie lag zwei Monate auf Truk Island."

Wo das denn liege, wollte Lehn wissen.

Andrew Sim ortete Truk Island irgendwo in Micronesien. Genaues wusste er auch nicht. Etwas entnervt schlug er vor erst einmal den Übersetzer seine Arbeit machen zu lassen. Dann könne man weiter diskutieren. Auf einen Wink von ihm fuhr der Übersetzer fort.

„... Dann wurden wir von Truk auf einem Zerstörer eingeschifft, der unter dem Kommando von Konteradmiral Sadamichi stand. Es war alles ziemlich aufregend, denn wir sollten bald Feindberührung mit den Australiern bekommen, die in Rabaul stationiert sind. Glücklicherweise war das Wetter ruhig, so dass ich nicht seekrank wurde. Am 22. Januar sind wir dann auf einen größeren japanischen Verband gestoßen, zu dem auch die CHINA MARU und die Träger SHOKAKU und KAGA gehörten. Mit den Kameraden von der CHINA MARU wurde dann die Landung bei Tawui Point nördlich von Rabaul durchgeführt. Die Australier sind gleich abgehauen, als die unsere Flieger sahen, die von den Trägern aufgestiegen waren.

Jetzt sind wir schon eine Zeitlang hier in Rabaul. Wir haben viel Freizeit und genießen die Stadt. Leider ist das schöne Leben bald zu Ende, denn unser 144. Regiment soll auf eine kleine Insel verlegt werden, irgendwo im Nordwesten von Rabaul. Wir sollen dort eine Landebahn für unsere Bomber Mitsubishi G3M Chokou bauen, damit die dort aufgetankt werden können für den Angriff auf Australien. Ich bin übrigens zum Unteroffizier befördert worden und bin mächtig stolz, unserem Kaiser zu dienen. Wenn Ihr mir schreibt, bitte adressiert den Brief an die 8. Regionalarmee des japanischen Südseekommandos in Rabaul. Anbei übersende ich Euch eine Zeichnung von dieser Insel, auf die wir verlegt werden, damit Ihr wisst, wo ich ab jetzt stationiert sein werde.

Einen Kuss an alle.
Dein Shun."

Sim dankte dem Übersetzer, nahm den Brief und übergab ihn Lehn mit den Worten: „Alles ganz schön und gut, aber warum bewahrt Schacht diesen an sich nichtssagenden Brief eines japanischen Soldaten auf? Vor allem aber, was ist an dem Brief so wichtig, dass diese philippinische Nutte ihn erst aus dem Haus schmuggeln und dann wegwerfen will?"

Lehn war genauso ratlos.

Lehn bat noch den japanischen Übersetzer, ihm Name und Anschrift in lateinischer Schrift aufzuschreiben, eine Bitte, der der Japaner nachkam.

Um ihren Frust wenigstens etwas zu bekämpfen, schlug Andrew Sim vor, eine Kleinigkeit zu essen.

Einige Hausecken weiter war eine Garküche, die sehr gut war. Sie gingen dorthin und bestellten sich gebratene Ente mit Fritten.

Lehn hatte die letzten fünf Minuten nichts gesagt.

„Warum so nachdenklich?", fragte Andrew Sim.

Es sei immer wieder dieser Brief, antwortete Lehn. „Dieser Brief muss für Schacht sehr wichtig sein, denn sonst hätte er Conchita Wuzz nicht dem Risiko ausgesetzt, mit dem Brief geschnappt zu werden ..."

Andrew Sims Telefon läutete. Er führte das Handy zum Ohr. Seine Körperhaltung verriet, dass es wichtig war. „Ich komme sofort", sagte er.

Sie verabschiedeten sich. Auch Maja entschuldigte sich mit der Bemerkung, sie müsse einen anderen Fall bearbeiten, der liegen geblieben sei.

Lehn blieb alleine seinen Gedanken überlassen.

KAPITEL 26

Etwas frustriert blieb er auf einer Bank vor der Garküche sitzen. Er fühlte sich ausgelaugt. Die letzten Tage hatten ihm zugesetzt. Zu viel war auf ihn eingestürzt. Diese für ihn völlig neuen Eindrücke des Fernen Ostens. Das Gewusel auf den Straßen. Die Massen an Mopeds und Motorrädern. Die schwüle Hitze, die einem das Atmen nicht gerade leicht machte. Die überquellende Natur mit ihren Blüten, Bäumen und Düften. Die Intensität, ja die

kumpelhafte, vereinnahmende Art von Andrew Sim.
Aber vor allem der Anschlag von Kota Kinabalu. Der
hatte ihm den Rest gegeben. Aber da war noch etwas:
Maja! Maja Wong. Corporal der Streitkräfte von Singapur. Sie führte ihn mit ihren Kenntnissen wie ein Kind
durch diese fremde Welt. Sie war stark und schön. Sie
war wirklich schön! Verdammt schön!

Nur mit Mühe zwang er sich, an das zu denken, was im
Augenblick wichtiger war. Da war dieser Brief. Dieser
Brief eines japanischen Soldaten an seine Frau. Dieser
Brief, den der Soldat von der Front im Südpazifik geschrieben hatte. Warum war dieser Brief für Schacht so
wichtig? So wichtig, dass er offensichtlich diesem Neu-
trum namens Conchita Wuzz befohlen hatte, den Brief in
Sicherheit zu bringen. Da sich Schacht nach Lehns Theorie auf dem Flug AC404 befand, musste er also schon
vor dem Abflug verfügt haben, den Brief zu sichern,
falls es Nachforschungen seitens der Polizei gäbe. Die
Geheimhaltung des Briefes schien Schacht also wirklich
am Herzen zu liegen.

Lehns Gedanken verloren sich. Die Hitze machte ihm
zu schaffen. Er verließ seinen Platz am Straßenrand der
Garküche und schlenderte am Ufer des Creeks entlang.
Irgendwo musste er auf die Orchard Road treffen. Dort
gab es die Metro zum Tangling Circus, wo sein Hotel war.
Er musste sich erst einmal ausruhen.

Das Gehen tat ihm gut. Er konnte sich wieder konzentrieren, wobei immer wieder seine Gedanken an den
Brief hochkamen. Welches Geheimnis war mit diesem
Brief verbunden? Auf den ersten Blick war der Inhalt
unverdächtig. An der Briefmarke konnte es auch nicht

liegen. Die Marke war heute vielleicht zehn Euro wert. Immerhin gehörten Feldpostmarken zu den eher etwas teureren Briefmarken. Lehn versuchte den Inhalt des Briefes zu rekapitulieren: Da war dieser japanische Soldat, der auf dieser Truk-Insel eingeschifft worden war, um an der Invasion dieses Ortes namens Rabaul teilzunehmen. Lehn sagten alle diese Orte und Inseln nichts. Aber das konnte man nachholen. Wofür gab es das Internet?

Offensichtlich war die japanische Invasion ein voller Erfolg gewesen, denn die Australier waren getürmt. Dann hatte dieser japanische Soldat wohl eine Zeitlang die Etappe in Rabaul genossen, bis er eine neue Versetzung auf eine weitere Insel erhalten hatte. Eine Insel in den Weiten des Pazifiks, irgendwo nordwestlich von Rabaul. Dort sollte seine Kompanie eine Landebahn für die japanischen Bomber bauen, damit diese aufgetankt werden konnten.

Wie vom Schlag getroffen blieb Lehn stehen. Da er sich gerade auf einer kleinen Brücke befand, hielt er sich an dem Geländer fest. Er zwang sich konzentriert nachzudenken und verfolgte dabei mit seinen Blicken das unter der Brücke fließende Wasser, welches eine Menge Unrat mit sich führte.

„Verdammt. Die Japaner haben also auf dieser Insel eine Landebahn gebaut!", sagte er ungewollt laut vor sich hin.

Eine vorbeigehende Chinesin blickte ihn halb ängstlich, halb fragend an. Offensichtlich waren ihr Europäer suspekt, die Selbstgespräche führten.

Lehn rang sich ein „Sorry" ab, lächelte sie an und wandte sich dann wieder dem Unrat zu, der auf dem Wasser unter der Brücke dem Meer entgegendümpelte.

Obwohl das fließende Wasser etwas Beruhigendes hatte, schlugen seine Gedanken Kapriolen.

Was war, wenn die Boeing 777 des Fluges AC404 entführt worden war mit dem Ziel, auf dieser Insel zu landen?

Was war, wenn Schacht an Bord war und die Entführung gemanagt hatte?

Aber Lehns Gedankenspiele gingen noch weiter.

Was war, wenn dieses Schiff, die Nossi-Be, gar nicht gesunken war? Vielleicht war der Kapitän damals auf dem Weg zu dieser Insel gewesen. Und die Bauarbeiter sollten keine Straßen bauen, sondern beispielsweise die Landebahn instand setzen, worauf auch Leon de Winter nicht gekommen war?

Was war, wenn die ganze Geschichte mit dem Untergang in der Sulusee getürkt war, um das Ziel der Nossi-Be zu verschleiern?

Je mehr er über alle diese Fragen nachdachte, desto mehr schienen viele Faktoren mit der Wirklichkeit kompatibel zu sein.

Wenn die 777 auf dieser Pazifikinsel wirklich gelandet war, würde das immerhin erklären, dass es bisher keine Spuren über ihre Landung gab. Denn die 777 war auf keinem Flughafen der Welt aufgetaucht. Bisher hatte man auch keine Trümmer gefunden, die auf ein Unglück hingedeutet hätten.

Aber warum diese Entführung? War es nur der Transfer von Euros nach Frankfurt, oder steckte eine andere Sauerei dahinter? Doch bisher war keine Forderung bekannt. Natürlich konnte die Maschine bei der Landung unbemerkt abgestürzt sein. Was dann eine Forderung der Entführer obsolet gemacht hätte.

Ein weiterer Faktor, der passen würde, war Schacht. Schacht wusste von der Landebahn auf dieser Insel, denn er war im Besitz des Briefes gewesen. Steckte er hinter der Entführung, musste er vor allem verhindern, dass diese Insel mit der Landebahn irgendjemandem zur Kenntnis kam. Nur so waren mögliche Befreiungsaktionen staatlicher Organe zu verhindern. Das würde die Aktion dieser philippinischen Schlampe erklären, die unbedingt verhindern wollte, dass dieser Brief mit dem Hinweis auf die Insel in die Hände der Polizei geriet.

Schließlich passte auch die Nossi-Be in dieses Raster mit dem getürkten Untergang.

Viele Fragen und wenig Antworten, gestand sich Lehn ein. Vor allem fehlte die eine alles entscheidende Antwort: Wo lag diese Insel überhaupt? Der Pazifik war unendlich groß. Die Insel konnte überall liegen. Mit so einem vagen Verdacht war es unmöglich, die Behörden von Singapur zu konfrontieren, zumal die von dieser sogenannten deutschen Spur sowieso nicht allzu viel hielten.

Doch wer konnte die Antwort wissen? Sicherlich Schacht. Doch der war wahrscheinlich auf dem Unglücksflug. Vielleicht diese Conchita Wuzz. Doch Lehn glaubte nicht daran, dass sie eingeweiht war. Wenn doch, würde sie nichts verraten.

So blieb nur dieser japanische Soldat. Wenn er wie angenommen um 1920 geboren war, wäre er jetzt 95 Jahre alt. Lehn hatte einmal gehört, dass Japaner sehr alt werden konnten. Aber so viel Glück war unwahrscheinlich.

Möglich, dass seine Ehefrau jünger und somit noch am Leben war. Als letzte Chance blieben die drei Kinder, die in dem Brief erwähnt waren.

Abrupt verließ Lehn die kleine Brücke und machte sich auf den Weg zum Hotel. Irgendwie war seine Entscheidung gefallen. Er musste nach Yokohama, um mit dieser japanischen Familie Kontakt aufzunehmen. Wenn jemand die Insel kannte, dann der Soldat selber, oder wenn dieser nicht mehr lebte, konnte sich vielleicht ein Mitglied seiner Familie erinnern.

Lehn beeilte sich zum Hotel zu kommen. Er wollte mit Maja telefonieren. Andrew Sim zu informieren traute er sich nicht. Dazu waren seine Vermutungen zu vage.

Er wollte sich auch nicht lächerlich machen.

Er erreichte sein Hotel. Trotz mehrerer Versuche gelang es ihm nicht, Maja zu erreichen. Immerhin schickte er ihr eine SMS. Hilfesuchend wandte er sich an den Hoteldirektor, um ein Flugticket nach Tokyo zu buchen und um Auslage des Betrages zu bitten. Das ging sofort in Ordnung.

Dann telefonierte er mit seinem Vorgesetzten Stahmer, um sich den Flug nach Tokyo genehmigen zu lassen. Er schilderte kurz die Gründe, die ihn zu dieser Reise veranlassten, und bat um Hilfe der deutschen Botschaft in Tokyo, da er der japanischen Sprache nicht mächtig war.

Stahmer nahm diesen Angriff auf das Budget der Hamburger Kripo erstaunlich gelassen, was Lehn bestätigte, dass sein Einsatz in Fernost offensichtlich wichtiger war als angenommen.

„Das mit der Botschaft in Tokyo geht schon in Ordnung", meinte Stahmer. „Ich werde veranlassen, dass man Ihnen hilft. Wann fliegen Sie?"

„In guten drei Stunden geht ein Flug von Changi Airport nach Tokyo."

„Dann Waidmannsheil. Und lassen Sie von sich hören."

„Waidmannsdank", antwortete Lehn.

KAPITEL 27

Es war Unglück oder vielleicht Glück, dass Lehns Flugzeug um 21:30 Uhr von Changi Airport Richtung Tokyo gestartet war. Denn ab 22 Uhr war im Innenministerium von Singapur Land unter, wovon Lehn allerdings nichts mehr mitbekam.

Am frühen Nachmittag hatte die Terrororganisation Abu Sayyaf für 22 Uhr eine Mitteilung angekündigt. Man konnte alles gegen Abu Sayyaf vorbringen. Aber nicht, dass sie sich nicht an Absprachen hielten. Wenn auch die Übergabe der Nachricht etwas unkonventionell war und nicht im Entferntesten diplomatischen Usancen entsprach.

Um 21.15 Uhr war ein Päckchen bei dem Sicherheitsposten am Eingang des Innenministeriums abgegeben worden. Es war alles so schnell gegangen, dass der diensthabende Polizist später gar nicht sagen konnte, ob es ein Mann oder eine Frau gewesen war, die das Päckchen abgegeben hatte. Immerhin hatte der Polizist das Päckchen sofort an die Poststation weitergeleitet. Diese hatte das Päckchen mit der gebührenden Vorsicht geöffnet, aber anstatt des vermuteten Sprengstoffs nur eine Diskette zu

Tage befördert. Da die Posteingangsstation informiert war, dass man eine Nachricht auf welchem Weg auch immer erwartete, hatte man unverzüglich die Diskette an das Sekretariat des Innenministers weitergeleitet.

Die Diskette war im kleinen Kreis abgespielt worden. Und damit war um 21:59 Uhr die Bombe geplatzt. Wenn die Diskette kein Fake war, eine Hoffnung, die allerdings schnell begraben wurde, dann war die Boeing 777 des Fluges AC404 von der Terrororganisation Abu Sayyaf entführt worden. Alle anderen Vermutungen und Spekulationen hatten sich damit in Rauch aufgelöst.

Um 22:15 Uhr löste das Innenministerium die Alarmstufe 1 aus. Was in anderen Staaten der Verhängung des Kriegsrechts gleichkam. Das hieß auch in Singapur, dass alle Bürgerrechte erst einmal für 24 Stunden außer Kraft gesetzt waren.

Eine Viertelstunde später wurde eine Sonderkonferenz für 23 Uhr einberufen.

Die war dann entsprechend hochkarätig besetzt. Der Innenminister, der Verteidigungsminister, diverse Sicherheitsberater für die verschiedensten Ressorts. Unzählige Uniformträger. Angestellte, die für irgendetwas Verantwortung trugen, und last not least Andrew Sim, der sich als Leiter der Untersuchungskommission über das Verschwinden des Fluges AC404 außerordentlich unwohl fühlte.

Noch einmal, damit auch der letzte Teilnehmer der Konferenz es mitbekam, wurde die Diskette für alle hörbar abgespielt. Aber mit dem Hinweis auf absolute Geheimhaltung.

Der Text war kurz und knapp und widerstand so von Anfang an irgendwelchen Deutungsversuchen. Abu

Sayyaf forderte für jeden Passagier, der an Bord war, 3 Millionen US-Dollar zuzüglich 175 Millionen für das Flugzeug und Erstattung der Kosten. Sodass sich die Gesamtrechnung auf 829 Millionen Dollar belief. Entgegenkommenderweise verzichtete Abu Sayyaf vorerst auf die Veröffentlichung dieser Forderung, um der Republik Singapur die Möglichkeit zu geben, das Geld in Geheimverhandlungen von den Staaten einzusammeln, die Passagiere an Bord hatten. Eine Art Fundraising spezieller Art, für welches Abu Sayyaf ein Zahlungsziel von vier Tagen gewährte.

Danach sollte das Geld in US$-Noten aus einem Flugzeug abgeworfen werden, über einem noch zu nennenden Ort auf Mindanao.

Erschwerend kam hinzu, dass die Terroristen ankündigten, dass jeden Tag nach Ablauf dieser Frist, an dem das Geld später abgeworfen würde, fünf Geiseln erschossen würden. Die Namen würden im Internet veröffentlicht.

Abu Sayyaf sei es leid zu verhandeln. Das koste nur Zeit. Um der Frage nach Beweisen zuvorzukommen, füge man ein Foto bei, welches man von den Passagieren gemacht habe. Es sei der Beweis, dass alle am Leben seien. Somit würden sich alle Fragen nach dem Befinden der Geiseln erübrigen.

Nach Abspulung der Diskette hatte sich erst einmal eine etwas betretene Stille im Konferenzraum ausgebreitet.

Andrew Sim erkannte in diesem Moment, dass er als Verantwortlicher der Untersuchungskommission etwas sagen musste. Um so auch zu untermauern, dass er das Heft in der Hand hielt, was umso schwieriger war, als seine Versionen Absturz oder Suizid des Piloten obsolet waren. In diesem Augenblick blieb ihm nur die sogenannte deutsche Spur.

Trotz dieser verzweifelten Lage fasste er sich ein Herz, erklomm das kleine Podium und rief von oben, dass es nunmehr klar sei, dass die Boeing entführt und nicht abgestürzt sei. Das sei Hoffnung und Chance zugleich.

Das war zwar auch allen Anwesenden klar, aber es war gut, dass einer die Tatsachen noch einmal aussprach und Verantwortung übernahm.

Andrew Sim fuhr fort: „Da wir nicht wissen, wo Abu Sayyaf die Boeing zur Landung gezwungen hat, können wir zurzeit keine Gegenmaßnahmen unternehmen. Das heißt, wir müssen zahlen." Er machte eine Pause und fügte dann einschränkend hinzu: „Sagen wir, wir müssen Abu Sayyaf die Gewissheit geben, dass wir zahlen. Wobei wir natürlich weiter versuchen vorher die Boeing zu finden."

„Wenn wir nicht zahlen, sind die Geiseln tot. Diese Schweinebacken haben in der Vergangenheit immer ihre Drohungen wahr gemacht. Denken Sie an die Segler, die sie geköpft haben", warf der Innenminister ein. „Das können wir uns nicht leisten!"

„Selbstverständlich", pflichtete Sim seinem Chef bei. „Das Leben der Passagiere steht für uns selbstverständlich an erster Stelle."

„Und haben Sie irgendeine belastbare Vermutung, wo sich die Boeing befinden könnte?", wollte der Innenminister wissen.

Andrew Sim musste das verneinen. Man habe, sagte er, nur noch eine Spur. Die sogenannte deutsche Spur. Ein Kommissar der deutschen Kriminalpolizei sei hier vor Ort. Er werde ihn sofort kontaktieren, um ihn zu

befragen, ob er bei seinen Untersuchungen weiterge-
kommen sei.

„Der Mann soll herkommen", befahl der Innenminister. „Sonst bleibt es uns wohl nicht erspart, dass
wir versuchen müssen, dieses Lösegeld aufzutreiben."
Mehr zu sich selber sagte er, es sei eine Sauerei, dass
diese Moslems in dieser Situation wohl am längeren
Hebel säßen. Aber es kämen auch andere Zeiten. Das
schwöre er.

Da sich Lehn auf seinem Handy nicht meldete, ver-
suchte Andrew Sim Maja Wong zu erreichen. Über eine
Geheimnummer gelang ihm das schließlich. Aber Maja
Wong wusste nur zu berichten, dass Lehn auf ihrer Mail-
box die Nachricht hinterlassen habe, dass er auf dem
Weg nach Tokyo sei.

„Nach Tokyo?", fragte Sim entgeistert. „Ja", bestätigte
Maja Wong. „Er versucht wohl den japanischen Soldaten
zu finden, der diesen Brief geschrieben hat."

„Warum das denn? Wir brauchen Lehn hier."

Maja Wong erinnerte ihren Chef, dass in dem Brief
eine Insel erwähnt war, auf der die Japaner eine Landebahn gebaut hätten. Sie glaube, dass Lehn den Verdacht
habe, dass die Boeing dort gelandet sei. Genaues könne
sie aber auch nicht sagen, da sie sich nur auf die Nachricht der Mailbox berufen könne.

„Aber was nützt uns das alles, wenn wir nicht wissen,
wo sich diese Insel befindet?"

Maja meinte, eine Spur von Panik in Sims Stimme
auszumachen. Beruhigend meinte sie, man müsse Lehn
wenigstens die Zeit geben, seinem Verdacht nachzugehen. Vielleicht würde er ja in Japan einen genaueren Hinweis auf diese Insel finden.

„Die Zeit rinnt uns davon", sagte Andrew Sim. „Wir können diesen Erpressungsversuch der Abu Sayyaf nicht lange geheim halten. So etwas sickert durch. Und dann stehen wir vor unserer Bevölkerung wie die Deppen da. Die Republik Singapur, die von moslemischen Terroristen erpresst wird. Das geht gar nicht!"

Maja fragte, wie sie helfen könne.

„Bringen Sie diesen Lehn dazu, dass er sich bei seinen Nachforschungen in Tokyo beeilt. Wir haben nur vier Tage Zeit, bis wir zahlen müssen. Er soll sich sofort melden, wenn er irgendetwas in Erfahrung gebracht hat."

Maja versprach es.

KAPITEL 28

Der Flug Singapur–Tokyo, ausgeführt von Dai Nippon Airways, war ein Nachtflug. Leider hatte Lehn nur wenig schlafen können. Die Luft war schlecht gewesen. Dementsprechend fühlte er sich ausgesprochen schlecht. Nicht nur die abgestandene Luft, die Masse der Mitreisenden hatte ihm zu schaffen gemacht. Aber das war es nicht alleine. Ihn hatte auch immer wieder die Angst beschlichen, einer falschen Spur nachzujagen.

Was war, wenn der Flug AC404 doch abgestürzt war und er mit seiner Theorie einer Entführung und Landung auf einer kleinen Insel im Pazifik völlig danebenlag? Wie stand er dann da? Was bedeutete das für seine Karriere? War die Konsequenz dann Streifendienst auf der Reeperbahn? Vielleicht Parksünder aufschreiben als Konkurrenz zu diesen Schmeißfliegen von Abcoa?

Andererseits gab es Fakten. Er war sicher, dass Schacht an Bord der Boeing 777 war. Letztlich war das von Frau Koller bestätigt. Er war auch sicher, dass sich Schacht nicht selbst umgebracht hatte. Dieser Schacht war kein Typ, sich selber umzubringen. Natürlich konnte er nur zufällig an Bord gewesen sein. Aber wahrscheinlich war das nicht. Und dann war da noch diese Odyssee der Nossi-Be. „Nein", sagte er laut vor sich hin. „Die Boeing muss entführt worden sein! Mit dem Ziel dieser kleinen Pazifikinsel irgendwo nordwestlich von Rabaul!" Etwas unsicher fügte er leise hinzu: „Oder wo auch immer das liegen mag."

„Sie wollen auf die Toilette?", fragte der Japaner, der den Gangplatz innehatte. Er hatte Lehns laute Selbstgespräche wohl missverstanden. Lehn entschuldigte sich: Er habe nur laut gedacht, danke aber für die Bereitschaft, ihn durchzulassen. Der Japaner zeigte sein liebenswürdigstes Lächeln. Lehn war sich nicht klar, ob das Missverständnis damit geklärt war. Wie dem auch war. Sie blieben beide sitzen.

Dann kam auch schon die Landung auf Narita Airport. Da Lehn nur Handgepäck hatte, waren die Einreisekontrollen schnell überwunden. Beim Herauskommen aus dem Sicherheitsbereich sah er sich einer Phalanx von Menschen gegenüber, die alle nur der eine Wunsch einte, eines ankommenden Passagiers habhaft zu werden. Frauen weinten vor Glück, Kinder kreischten und dazwischen warteten die dumpf dastehenden Angestellten von Taxi-Unternehmen, Hotels und Kreuzfahrtschiffen mit ihren dementsprechenden Schildern in den Händen in der Hoffnung, dass sie bald mit ihrer Beute aus diesem Irrenhaus hinauskamen.

Ohne auf die Gesichter zu achten, überflog Lehn die Schilder, denn Stahmer hatte ihm versprochen, dass auch er in Narita abgeholt würde. Ihm fiel ein Stein vom Herzen, als er das Schild entdeckte:

„Botschaft der Bundesrepublik Deutschland, Tokyo"

Er blickte hoch und war erstaunt, einen Uniformierten der deutschen Marine vor sich zu haben. „Kriminalhauptkommissar Lehn, wie ich annehme", begrüßte ihn der Marineoffizier höflich. „Ich bin Kapitän Leutnant Liebermann von der deutschen Botschaft. Unser Botschafter hat mich beauftragt, Sie zu begleiten."

„Danke", sagte Lehn erleichtert, ja fast ein wenig überwältigt. Jedenfalls begann die Angst vor dieser ihm unbekannten Welt ein wenig zu weichen.

Ein Auto der Fahrbereitschaft der Botschaft wartete auf sie. Dass der japanische Fahrer die Hintertür für Lehn aufriss, kam Lehn übertrieben vor. Dennoch fühlte er sich geehrt. Kaleu Liebermann und Lehn nahmen auf dem Rücksitz Platz. „Das BKA hat uns mitgeteilt, dass Sie einen Besuch bei einer japanischen Familie machen müssen. Wo soll es hingehen?"

Lehn reichte Liebermann den Zettel mit der Adresse, einmal auf Japanisch, einmal in lateinischer Schrift. Dieser gab den Zettel dem Fahrer, der die Adresse auf dem Navi eingab. Wie, blieb sein Geheimnis. „Es gibt hier nämlich keine Straßennamen. Nur Blocks und Nummern, wobei die Systeme oft auch zwischen den Präfekturen unterschiedlich sind", erläuterte Liebermann. „Es ist ein interessantes, ein faszinierendes Land. Ich bin glücklich, die Stelle hier als Assistent des Militärattachés bekommen zu haben."

„Glück oder Zufall?", fragte Lehn. „Beides", antwortete

Liebermann. „Immerhin habe ich auf der Bundeswehr-Uni Germanistik und Japanisch studiert." „Eine tolle Kombination", lobte Lehn. Er fühlte sich immer besser. Zumal wenn er nach draußen schaute. Diese Unmengen von Reklamen, die selbst wie jetzt am Morgen aggressiv leuchteten. Voll von Schriftzeichen, die ihm nichts sagten. Da war es schon angenehm, den Kaleu Liebermann neben sich zu haben, der das alles verstand. Allein wäre er verloren gewesen.

„Die Familie, die Sie suchen, lebt in Yokohama", sagte Liebermann. „Yokohama gehört schon zur Präfektur von Kanagawa."

„Auch gut", meinte Lehn. „Und wann werden wir ankommen?"

„Das ist die Frage aller Fragen hier in Tokyo. Der Verkehr bricht immer wieder zusammen. Oft ist man glücklich, wenn man überhaupt ankommt. Aber wenn alles gut geht, rechne ich mit noch circa einer Stunde. Wir müssen noch durch Shinbuya, dann durch Kawasaki und erreichen dann Yokohama."

Kaleu Liebermann hatte richtig geschätzt. Nach einer guten Stunde kurvten sie durch ein Wohnviertel. Kleinere Häuser säumten die Straßen mit Vorgärten, gespickt mit Bonsai-Bäumchen. Schließlich hielt der Fahrer vor einem Haus.

„Wir sind angekommen", sagte Liebermann.

Sie stiegen aus. Liebermann klingelte. Eine 50- bis 60-jährige Frau öffnete. Liebermann bat wohl um ein Gespräch. Der ganze Auftritt, die Marine-Uniform von Liebermann, die Limousine der Fahrbereitschaft mit dem Chauffeur schufen wohl ein Klima des Vertrauens, sodass sie ohne Probleme ins Haus gebeten wurden.

Wie selbstverständlich zog sich Liebermann die Schuhe aus. Lehn tat es ihm nach. Sicher ein Teil der japanischen Etikette.

Sie wurden in einen Raum gebeten, der mit japanischen Motiven tapeziert war. Die Zwischenwände waren offensichtlich verschiebbar, so dass der Raum vergrößert oder verkleinert werden konnte. Alles wirkte schlicht, aber elegant. Die Japanerin und Liebermann setzten sich im Lotussitz an den Tisch. Lehn bekam immerhin einen Stuhl.

Dann erläuterte Liebermann den Grund des Besuches auf Japanisch. Lehn verstand nichts. Diesen Umstand umschiffte dann Liebermann elegant, indem er jeden Satz erst auf Japanisch, dann auf Deutsch sagte.

Der Kriminalbeamte aus Hamburg, Harry Lehn, suche den japanischen Soldaten Shun Mitsuharu.

Die Japanerin antwortete, sie sei die Schwiegertochter von Shun. Ihr Schwiegervater sei schon vor vielen Jahren ermordet worden. Sie habe seinen Sohn Takeo Mitsuharu geheiratet, der sie aber verlassen habe. Was denn das Anliegen der Herren aus Deutschland sei und warum sie Shun Mitsuharu hätten treffen wollen?

Lehn kramte den Brief aus seiner Tasche und übergab ihn der Frau.

Das hätte er besser nicht getan. Ihr Gesicht verdüsterte sich innerhalb von Sekunden. Lehn meinte sogar ein Zittern ihrer Hände zu bemerken. Ihre Gesichtsfarbe war bleich geworden. Auch Liebermann erkannte den plötzlichen Stimmungsumschwung bei ihrer Gastgeberin.

„Ist etwas mit dem Brief?", fragte er höflich.

Ihre Hände zitterten jetzt auffallend. Sie hatte sich erhoben und machte Anstalten, den Raum zu verlassen.

Immerhin gelang es Liebermann, so beruhigend auf sie einzureden, dass sie sich wieder hinsetzte. „Als mein Schwiegervater ermordet wurde, haben die Mörder auch diesen Brief entwendet", sagte sie. „Und jetzt übergeben Sie mir diesen Brief."

„Dafür gibt es eine Erklärung", antwortete Lehn. „Dieser Brief war im Besitz eines dubiosen Mannes in Singapur. Wir haben den Brief bei seinen Unterlagen gefunden. Vielleicht gelingt es durch unseren Besuch bei Ihnen, das damalige Verbrechen an Ihrem Schwiegervater aufzuklären. Aber wir brauchen dazu Ihre Hilfe. Was ist damals passiert?"

Sichtlich ruhiger erzählte sie aus dem Leben ihres Schwiegervaters, soweit sie es mitbekommen hatte. Shinzu sei im Süd-Pazifik stationiert gewesen. Näheres wisse sie auch nicht. Ihr Mann Takeo Mitsuharu habe ihr erzählt, dass sein Vater 1947 aus amerikanischer Kriegsgefangenschaft zurückgekommen sei.

„Und was hat er nach dem Krieg beruflich gemacht?", unterbrach sie Lehn.

Sie berichtete, ihr Mann Takeo habe ihr einmal erzählt, dass sein Vater ein Geschäft mit einem Mitgefangenen aus dem Internierungslager aufgebaut habe. Dieser Mitgefangene habe Kontakte zu einem Triaden-Clan gehabt. Man habe alte Kriegswaffen verschoben. Sie habe einmal mitbekommen, dass alles mit einer kleinen Insel zu tun gehabt habe, auf der ihr Schwiegervater stationiert gewesen sei. Das Waffengeschäft sei sehr lukrativ gewesen, sodass die Familie ihres Schwiegervaters schnell zu Geld gekommen sei. Doch diese gute Zeit sei dann irgendwann zu Ende gewesen. Eines Abends sei ihr Mann, Takeo, zurückgekommen und habe den

Vater und die Mutter ermordet vorgefunden. Das Haus sei völlig durchwühlt gewesen und alles, was mit dem Krieg zu tun gehabt habe, sei geklaut gewesen. So auch dieser Brief.

„Und hat die Polizei das Verbrechen aufgeklärt?", fragte Lehn.

Frau Mitsuharu schüttelte den Kopf. Um ein Verbrechen aufzuklären, sagte sie, brauche man immer den Willen dazu, es aufklären zu wollen. Dieser Wille sei bei den Behörden wohl etwas unterentwickelt gewesen.

„Ihr Mann hat nie den Namen dieser Insel, auf der Ihr Schwiegervater stationiert war, erwähnt?", fragte Lehn.

„Warum interessiert Sie diese Insel denn so, dass Sie mich mit Ihren Fragen so quälen?"

„Wir nehmen an, dass die Insel in diesen Tagen Schauplatz eines Verbrechens geworden ist. Näheres kann ich Ihnen nicht sagen, da es die laufenden Ermittlungen beeinträchtigen könnte. Wir wissen nur ungefähr, dass die Insel nordwestlich von Rabaul in der Bismarcksee liegt. Aber das Gebiet ist so groß, dass man ganz Japan darin verstecken könnte."

Frau Mitsuharu bedauerte, nicht helfen zu können, da eben alle Unterlagen entwendet seien. Gleichzeitig bedauerte sie, dass die Herren aus Deutschland somit umsonst gekommen seien.

Liebermann und Lehn hatten sich schon erhoben, um sich zu verabschieden, als Frau Mitsuharu noch etwas einfiel. „Warten Sie", sagte sie. „Mir fällt gerade ein, dass ich irgendwo die Entlassungsurkunde von Shun aus dem Internierungslager auf Okinawa gesehen habe. Diese Urkunde lag bei dem Überfall nicht bei seinen Kriegssachen und wurde somit nicht gestohlen."

Sie verschwand in einem anderen Zimmer, um die Urkunde zu suchen.

„Und was ist das für ein Verbrechen, dem Sie auf der Spur sind?", fragte Liebermann interessiert. Für einen Moment schwankte Lehn, ob er den Kaleu einweihen sollte. Aber er hatte Vertrauen zu Liebermann und erzählte ihm, dass es mit dem verschollenen Flug AC404 zusammenhänge, von dem Liebermann sicherlich gehört habe.

„Hier in Japan ist die ganze Presse voll davon", antwortete Liebermann aufgeregt. „Und Sie nehmen an, dass die Maschine eventuell auf dieser Insel gelandet sein könnte?"

„Es wäre eine unter vielen Optionen", antwortete Lehn sibyllinisch.

Frau Mitsuharu kam zurück und übergab Lehn triumphierend ein vergilbtes Schriftstück.

Es war tatsächlich die Entlassungsurkunde von Shun Mitsuharu aus dem US-Internierungslager auf Okinawa.

Lehn studierte das Schreiben Zeile für Zeile. Ordentlich, wie die Amerikaner waren, war der Ort der Gefangennahme vermerkt: Island 1771. Und in Klammern dahinter der japanische Name: Kuo-shima.

Lehn lächelte zufrieden. Da hatte sich der Ausflug nach Tokyo doch gelohnt. Er kannte jetzt den Namen der Insel.

Überglücklich verabschiedete er sich von Frau Mitsuharu.

Auf dem Weg zum Wagen fragte er Liebermann, ob dieser einen Draht zu einer japanischen Behörde habe, um die genaue Lage von Kuo-shima herauszufinden.

Spontan bejahte das Liebermann. Er als Assistent des Militärattachés habe gute Verbindungen zum japanischen Verteidigungsministerium, die würden sicherlich die Frage beantworten können.

Lehn und Liebermann hatten gerade in der Limousine Platz genommen, als ihn ein Anruf auf dem Handy erreichte. Es war Maja. Sie beschwor ihn, so schnell wie möglich zurückzukommen. Die Dinge überstürzten sich in Singapur. Was denn geschehen sei, wollte er wissen. Sie könne am Telefon nicht darüber reden, antwortete sie. Man merkte es ihrer Stimme an, wie sehr sie es bedauerte, ihn im Unklaren zu lassen. Aber Andrew Sim brauche dringend seine Unterstützung. Und im Übrigen vermisse sie seine Gesellschaft.

„Das geht mir genauso", antwortete er glücklich.

Zu Liebermann gewandt, sagte er: „Und da wollte ich mir noch einen Tag in Tokyo gönnen. Ich wollte den Palast des Tennos sehen und dann diesen berühmten Fischmarkt."

„Den Tsukiji-Fischmarkt?", unterbrach Liebermann. Aber Lehn hatte den Namen vergessen. Für irgendwelche Sehenswürdigkeiten blieb sowieso keine Zeit mehr. So fuhren sie zurück zum Narita Airport. Liebermann hatte über die Botschaft schon einen Flug gebucht.

Am Flughafen verabschiedeten sie sich. „Sie haben mir sehr geholfen", dankte Lehn dem Kapitänleutnant. „Ohne Sie wäre ich in dieser Stadt verloren gewesen. Wenn Sie einmal nach Hamburg kommen, möchte ich mich gerne revanchieren."

„Ich nehme Sie beim Wort", rief Liebermann ihm zum Abschied zu.

„Bitte vergessen Sie nicht, sich nach meiner Insel zu erkundigen."

Das werde sofort erledigt, rief Liebermann ihm zu. „Ich rufe Sie an."

KAPITEL 29

Es war noch stockdunkel, als die Boeing der Dai Nippon Airways auf der Landebahn des Changi Airports aufsetzte. Die frühe Landung hatte Nachteile, aber auch Vorteile. Nachteile, weil Lehn nun schon seit zwei Nächten unausgeschlafen und deshalb völlig überplündert war. Vorteile, weil die Immigration-Schalter nicht wie gewohnt umlagert waren und Lehn schon nach weniger als einer halben Stunde in der Ankunftshalle auftauchte.

Maja war einer der wenigen Menschen, die in der abgedunkelten Ankunftshalle auf ankommende Passagiere warteten. Wie ein Traum kam sie aus dem Halbdunkel auf ihn zu, umarmte ihn und gab ihm einen Kuss auf die Backe. „Gut, dass du wieder zurück bist. Du hast mir gefehlt", hauchte sie. Er küsste sie auf die Stirn. „Ich bin glücklich!", erwiderte er nur und legte seine Hand um ihre Taille. So gingen sie zusammen zum Ausgang. Draußen umfing sie die tropische Nachtluft, die langsam dem Morgen wich. Die Berührung ihres Körpers empfand Lehn wie aus Tausendundeiner Nacht. Er wurde aber bald von Maja in die Realität mit der Bemerkung zurückgeholt, sie führen am besten gleich ins Ministerium. Ab 7 Uhr würde sowieso die Alarmbereitschaft unter Andrew Sim tagen.

„Was ist denn eigentlich passiert?", fragte Lehn.

Auf dem Weg zum Parkplatz schilderte Maja kurz, was geschehen war: Dass die Terrororganisation Abu Sayyaf sich zu der Entführung der Boeing 777 bekannt habe. Dass man drei Millionen Dollar für jeden Passagier fordere und sich die Gesamtforderung auf 829 Millionen Dollar summiere. Dass man der Regierung von Singapur vier Tage Zeit gebe, das Geld von den Staaten einzutreiben, die Passagiere an Bord hatten. Die Forderung solle für vier Tage vertraulich behandelt werden. „Von denen ein Tag nun schon verstrichen ist", fügte sie hinzu. „Und jetzt kommst du ins Spiel. Andrew Sim hatte insgeheim auf einen Absturz oder einen Suizid des Piloten gesetzt. Nachdem Abu Sayyaf jetzt die Entführung eingeräumt hat, sind seine Versionen obsolet. Du hattest von Anfang an auf eine andere Möglichkeit gesetzt in Verbindung mit Schacht und diesem Schiff. So bist du jetzt zum großen Hoffnungsträger der Republik Singapur avanciert. Glückwunsch!" Sie lachte ihr wunderbares Lachen.

„Hat die Terrororganisation Beweise geliefert, dass sie wirklich die Boeing mit den Passagieren in ihrer Hand hat?", fragte Lehn.

Maja bejahte das. Man habe ein Gruppenfoto aller Passagiere der Forderung beigefügt. Die Qualität des Fotos sei zwar unter aller Sau, aber die Techniker hätten es fertiggebracht, beispielsweise die Besatzungsmitglieder so zu vergrößern, dass man sie erkennen konnte. Wenn die Besatzung am Leben war, waren es die Passagiere auch, obwohl die natürlich niemand so schnell identifizieren konnte.

„Das sehe ich auch so", sagte Lehn. „Also gehen wir davon aus, dass die Boeing tatsächlich entführt wurde, irgendwo gelandet ist und die Entführer jetzt ihre Forderung gestellt haben. Die Frage ist, wo sich die Maschine befindet. Bevor wir das nicht wissen, kann Singapur keine Gegenmaßnahmen einleiten ..."

„Und wir müssen zahlen", vollendete Maja den Satz. „Es sei denn, du hast in Tokyo irgendetwas herausgefunden, was uns weiterhilft."

Das habe er, berichtete Lehn, wobei er sich bemühte, den Ball so flach wie möglich zu halten. Er habe die Nachkommen dieses japanischen Soldaten gefunden, der im Zweiten Weltkrieg den Brief geschrieben und wohl einer Kompanie angehört habe, die eine Landebahn auf einer kleinen Insel im Pazifik gebaut habe. Dieser Shun Mitsuharu sei bezeichnenderweise vor Jahren ermordet und alle Unterlagen inklusive des Briefes entwendet worden, was den Schluss zulasse, dass seine damaligen Mörder identisch seien mit den Personen, die jetzt im Besitz des Briefes waren.

„Aber der Name der Insel stand nicht in dem Brief", sagte Maja.

„Da hast du recht", entgegnete Lehn und fuhr fort, die Schwiegertochter von Shun habe aber glücklicherweise die Entlassungsurkunde des Japaners aus der US-Internierung gefunden. Aus diesem Dokument gehe hervor, dass die Insel Kuo-shima heiße.

„Und wo liegt diese Insel?", unterbrach ihn Maja aufgeregt.

Lehn bedauerte, das zurzeit noch nicht sagen zu können, aber er erwarte noch heute eine diesbezügliche Nachricht aus Japan.

„Du bist der Größte!", meinte Maja stolz.

„Langsam, langsam", bremste Lehn lachend. „Noch ist

nichts bewiesen. Alles kann Zufall sein. Dieser Schacht kann zufällig an Bord des Fluges AC404 gewesen sein und gar nichts mit der Entführung zu tun gehabt haben. Der Zufall ist bekanntlich der größte Feind der Wahrscheinlichkeit. Einhundert Prozent wahrscheinlich aber ist, dass dieser Brief, der im Besitz von Schacht war, von diesem Shun Mitsuharu geschrieben worden ist. Und dieser Brief führt uns eben nun einmal zu dieser Insel Kuo-shima. Insofern glaube ich schon, dass ich mit meiner Theorie möglicherweise richtigliege."

„Ich bewundere dich", sagte Maja.

„Spare dir das bitte für später auf", meinte Lehn. „Bei uns sagt man: ‚Ein Spiel dauert so lange, bis der Schiedsrichter pfeift', und im Augenblick rollt der Ball noch."

„Was ist das für ein Spiel?", fragte sie.

„Fußball", antwortete er.

„Beckenbauer", sagte sie. Offensichtlich war das der einzige Name, den sie mit Fußball in Verbindung brachte.

Er lachte. Sie lachte. So erklommen sie beide lachend die große Freitreppe zum Eingang des Innenministeriums.

Dank Maja bewältigten sie alle Sicherheitschecks ohne Probleme und betraten einen großen Konferenzraum. Als Andrew Sim sie sah, begrüßte er Lehn herzlich mit den Worten: „Gut, dass Sie gekommen sind. Sie sind unsere letzte Hoffnung! Haben Sie in Japan irgendetwas herausgefunden?"

Lehn wollte schon loslegen und das Gleiche, was er Maja vor wenigen Minuten gesagt hatte, wiederholen. Aber Andrew Sim stoppte ihn und bat, er könne gleich die anwesenden Herren inklusive des Herrn Innenministers informieren.

Lehn erklomm das kleine Podium. Er musterte das Auditorium. Trotz der frühen Stunde war der Raum schon ziemlich gut besetzt. In der ersten Reihe erkannte er den Innenminister. Ansonsten waren es hauptsächlich Uniformträger. Mitglieder der Armee und der Polizei von Singapur.

Lehn stellte sich vor und spulte dann zum wiederholten Mal seine Verdachtsmomente ab. Beginnend bei den Nachforschungen in Deutschland und endend bei den Ergebnissen seines gestrigen Besuches in Yokohama.

„Alles ist noch Annahme, Vermutung und Spekulation. Wir müssen versuchen an Satellitenaufnahmen dieser Insel Kuo-shima zu kommen …"

„Können vor Lachen. Wir wissen ja noch nicht einmal, wo sich diese Insel in den Weiten des Pazifiks befindet. Oder ist Ihnen als deutschem Beamten nicht klar, wie groß dieser Pazifik ist?", warf der General ein, der neben dem Innenminister saß.

Lehn schluckte, steckte aber die Beleidigung schnell weg. „Sir!", konterte er. „Haben Sie eine bessere Idee, wie wir unser Problem lösen können?"

Das saß.

Der Innenminister fühlte sich berufen zu schlichten. „Fahren Sie bitte fort mit Ihrem Vortrag!", sagte er zu Lehn. „Wir sind Ihnen zu Dank verpflichtet, dass Sie mit uns gemeinsam versuchen unsere Probleme zu lösen."

„Sie haben recht", lenkte Lehn ein, wobei er den General anblickte. „Wir wissen in diesem Augenblick noch nicht, wo sich die Insel in den unendlichen Weiten des Pazifiks befindet. Aber ich hoffe, noch heute Morgen einen Anruf aus Japan zu erhalten, wo die Insel liegt. Im Übrigen können Sie auch selber mit dem US-Kriegsministerium sprechen, ob die uns weiterhelfen. Der US-Name von Kuo-shima ist uns bekannt. Island 1727. Bitte versuchen Sie so schnell wie möglich aktuelle Satellitenaufnahmen zu bekommen."

Auf einen Wink des Innenmisters erhob sich ein General und verschwand, um die Informationen zu besorgen.

„Haben Sie noch Fragen?", fragte Lehn.

Aber es gab keine Fragen. Andrew Sim sprang auf und kam zum Podium. „Danke", sagte er zu Lehn.

Lehn dankte ihm für die Möglichkeit, seine Gedanken vor diesem erlauchten Kreis offenlegen zu können, und bat sich zurückziehen zu dürfen.

„Erlaubnis erteilt", antwortete Andrew Sim lachend.

Maja und er verließen den Raum. „Hoffentlich habe ich diesen General nicht beleidigt", meinte er. „Na, ja", sagte sie. „Du hast den General Lim ja ganz schön auf den Pott gesetzt."

„Das täte mir leid, wenn er es so empfunden hätte", gestand Lehn.

„Braucht es nicht", antwortete Maja. „Er hat es verdient! Er hat dich ja auch beleidigt."

Dann ging alles schneller als gedacht. Gegen 10 Uhr kam der ersehnte Anruf von Kapitänleutnant Liebermann. Er habe mit dem japanischen Verteidigungsministerium gesprochen. Die Insel sei gefunden. Die Koordinaten seien 2° nördliche Breite und 154° östlicher Länge. Es handele sich um eine relativ kleine, unbewohnte Insel, die ungefähr fünfhundert Kilometer nördlich von Rabaul liege. Wegen ihrer strategischen Lage sei sie im Krieg stark umkämpft gewesen. Das 144. Regiment der 8. Regionalarmee, die dem japanischen Südseekommando unterstand, habe dort eine Landebahn gebaut, um die Flugzeuge bei ihren Angriffsflügen auf Australien aufzutanken. Dies sei nur möglich gewesen, weil die Insel über eine durch ein Korallenriff geschützte Bucht verfügt habe. Es sei somit möglich gewesen, dort Tankschiffe abzufertigen. Eine Besonderheit sei, dass Kuo-shima, wie viele andere Inseln in der Region, vulkanischen Ursprungs sei. So habe es dort des Öfteren kleine Eruptionen gegeben. Die Folge sei, dass die Insel eigentlich ständig in Nebel verhüllt gewesen sei, sodass die japanischen Bomber oft nicht hätten landen können. Andererseits sei die Insel so vor der amerikanischen Luftaufklärung lange sicher gewesen. Gegen Ende des Krieges, 1944, sei die Insel dann von den Amerikanern eingenommen worden. Die japanische Besatzung sei, soweit sie die Kämpfe überlebt habe, in Gefangenschaft geraten.

Lehn hatte die wesentlichen Punkte mitgeschrieben. Er dankte dem Kapitänleutnant Liebermann noch einmal für seine Hilfe.

Maja übernahm es, die Koordinaten sofort an Andrew Sim zu übermitteln.

KAPITEL 30

Die Umstände ließen Lehn nicht zur Ruhe kommen. Er hatte sich gerade einmal für vier Stunden aufs Bett gelegt, als sein Telefon klingelte. Es war Andrew Sim. Aufgeregt berichtete er, dass Washington die neuesten Satellitenbilder von Kuo-shima übermittelt habe.

„Und?", fragte Lehn noch ziemlich schlaftrunken. „Kann man etwas erkennen?"

„Bingo!", jubelte Sim. Es sei zwar mehr zu erahnen als
zu erkennen. Aber die Amerikaner hätten ältere Fotos
mit übertragen. Beim Abgleich mit den älteren Aufnah-
men sei auf dem neuesten Foto ein Objekt am Ende der
Landebahn zu erkennen, welches die Boeing sein könnte.
Die Maschine sei offensichtlich von den Entführern mit
Tarnnetzen abgedeckt worden. „Sie müssen ins Ministerium kommen und sich das ansehen!"

Diese neue Entwicklung hatte in Lehn einen gewissen
Energieschub in Gang gesetzt. Schon nach dreißig Minuten erreichte er das Innenministerium. Seine Identität schien zwischenzeitlich Eingang in das Security
System gefunden zu haben. Dennoch benötigte er für
die letzten Sicherheitschecks einen begleitenden Beamten. Erwartungsvoll betrat er den Konferenzraum, wo
der Sicherheitsrat tagte. Als Erstes baute sich General
Lim vor ihm auf. Er bitte um Entschuldigung für seine
unhöflichen Worte von heute Morgen. Er sei absolut sicher, dass Lehns Kenntnisse des Pazifiks die seinen bei
weitem übertreffen würden.

„Das glaube ich zwar nicht", antwortete Lehn liebens-
würdig. „Aber danke für Ihre Worte. Wir versuchen
doch alle nur das Beste aus dieser Situation zu machen."

„Ja!", sagte der General dankbar und drückte fest
Lehns Hand.

Nach dieser Lehrstunde asiatischer Höflichkeit steuerte Andrew Sim auf ihn zu, zerrte ihn am Arm zu einem
großen Tisch, der in der Mitte des Raums aufgebaut war.
Der Tisch war bedeckt mit Fotos. Lehn überflog sie, so gut
es ging. Alles Sattelitenaufnahmen. Teilweise stark vergrößert. Lehn erinnerte sich, die Umrisse der Insel wiederzu-
erkennen, von der er Teile zum ersten Mal auf einem Blatt

Papier oben in der Berghütte am Obersalzberg gesehen hatte. „Kuo-shima!", murmelte er fast ein wenig ergriffen.

„Kuo-shima", wiederholte Sim. „Und hier", dabei deutete er auf ein Objekt am Ende der Landebahn, „ist unsere Boeing 777. Zwar nur undeutlich zu erkennen. Aber wir gehen jetzt davon aus, dass es die Maschine ist, die wir suchen. Wir haben uns schon überlegt, ob wir von einer anderen Insel aus Kuo-shima überfliegen sollten, um genauere Fotos zu erhalten. Sind aber von dem Plan abgekommen, um den Entführer nicht zu warnen, dass wir den Standort kennen. Außerdem liegt dieses Kuo-shima verdammt weit entfernt."

„Welche Schritte sind als Nächstes geplant?", fragte Lehn und fügte hinzu: „Könnte man, da wir nun glauben zu wissen, wo die Maschine gelandet ist, eine Befreiungsaktion starten?"

Andrew Sim wiegelte ab. Das Ultimatum, wann die Entführer mit den Liquidierungen der Geiseln beginnen würden, liefe schon in zwei Tagen ab. Bis dahin sei es unmöglich, mit einem Spezialkommando vor Ort zu sein. Man brauche Minimum drei Tage.

„Also muss Singapur dann die 829 Millionen zahlen."

„Wir haben versucht einen Teil des Geldes bei den Staaten einzutreiben, die Passagiere an Bord hatten, aber nur China will sich beteiligen", sagte Andrew Sim zerknirscht.

„Deutschland auch nicht?"

„Ihr versteckt euch wie alle Europäer hinter Brüssel. Bis diese Schnarchlappen in Brüssel zahlen, sind alle Geiseln längst in ihrem Blut verreckt."

„Mit welcher Begründung zahlen die Staaten nicht?", erkundigte sich Lehn.

„Man wirft uns vor, dass die Sicherheitsvorkehrungen auf Changi Airport mangelhaft waren. In Wirklichkeit sind ihre Taschen zugenäht und sie spekulieren mit der Tatsache, dass Singapur ein reicher Staat ist und es wohl kaum zulassen würde, dass Geiseln auf Grund von Geiz ums Leben kommen."

„Wie geht es weiter?", wollte Lehn wissen.

„Es ist noch nichts beschlossen", sagte Andrew Sim. „Aber unser Sicherheitsrat tendiert zu einer Kommandoaktion mit dem Ziel, die Geiseln zu befreien und die Entführer zu liquidieren! Da eine derartige Kommandoaktion gut vorbereitet sein will und uns die Zeit bis zum Ablauf des Ultimatums zwischen den Fingern verrinnt, wollen wir, um Zeit zu gewinnen, erst einmal einer Geldübergabe zustimmen."

„Womit die Forderungen von Abu Sayyaf erfüllt wären", wandte Lehn ein.

„Nicht so ganz", meinte Andrew Sim grinsend. „Wir bezahlen natürlich mit Falschgeld und gewinnen somit vielleicht ein oder zwei Tage Zeit. Bis die Terroristen den Schwindel merken. Es kommt jetzt auf jede Stunde an, die wir rausschinden können. Bedingung für diesen Plan allerdings ist, dass unsere Kommandoeinheit vor Ort sein muss, wenn Abu Sayyaf dann wirklich den Schwindel bemerkt."

„Ein gewagtes Spiel", meinte Lehn. „Wenn da auch nur eine Kleinigkeit schiefläuft, ist alles verloren."

Dem sei wohl so, gab Andrew Sim zähneknirschend zu. Aber das Leben sei nun einmal kein Kindergarten. Und man müsse eben auch ein gewisses Risiko laufen. „Wovon Sie sich übrigens selber überzeugen können."

„Was meinen Sie denn nun wieder damit?", fragte Lehn, Böses ahnend.

„Sie begleiten uns doch", stellte Sim fest. „Ohne Sie wäre alles ein gewagtes Abenteuer. Mit Ihnen aber gibt es eine Chance, die Geiseln zu retten, denn Sie können auf die deutschen Geiseln in Ihrer Sprache beruhigend einwirken und gegebenenfalls sogar mit Ihrem Landsmann, diesem Schacht, verhandeln, sollte er an der Entführung beteiligt sein, was Sie ja annehmen."

Lehn gab zu bedenken, dass zu einer Verhandlung immer mindestens zwei Personen gehörten, die auch verhandeln wollten.

„Das Risiko müssen wir eingehen! Und es wird schon gut gehen, wenn Sie weiterhin gute Überzeugungsarbeit leisten. Und dass Sie das können, haben Sie ja bewiesen, denn wo wären wir jetzt ohne Sie? Sie waren es doch, der von einer Entführung überzeugt war, und Sie haben schließlich Kuo-shima gefunden. Oder?"

Lehn nickte.

„Na also", sagte Andrew Sim.

„Es ist noch immer alles jut jegange!", murmelte Lehn und fügte leise hinzu, er habe sich seinen Einsatz im Fernen Osten anders vorgestellt.

„Wie meinen?", fragte Sim, der Lehns Gemurmel nicht verstanden hatte.

„Alles in Ordnung", antwortete Lehn. „Ich habe mich nur gefragt, ob ich als Hamburger Kriminalkommissar dafür ausgebildet bin, an einer Kommandoaktion im Süd-Pazifik teilzunehmen?"

„Geeignet oder nicht geeignet." Darauf komme es nicht an, antwortete Andrew Sim ernst. Worauf es ankomme, sei, Flagge zu zeigen. „Wenn sich nicht jeder von uns gegen diesen islamischen Terror stellt, haben wir es auch nicht verdient, weiter unsere Art von Leben zu leben. Nur die Vernichtung dieser islamischen Pest rechtfertigt unsere aufgeklärte Zivilisation!"

Lehn war erstaunt und gleichzeitig beeindruckt, derartige Worte aus dem Munde eines Mannes zu hören, den er eher als Playboy eingeschätzt hätte. Aber so war es nun einmal. Irren war eben menschlich.

KAPITEL 31

Ehe Lehn sich versah, saß er zusammen mit Andrew Sim, vielen Offizieren und offensichtlich einer Spezialeinheit der Streitkräfte Singapurs in einem Airbus der Singapur Airlines. Ziel war Rabaul in Papua-Neuguinea. Die Maschine hatte schon abgehoben, als Andrew Sim sich nach rechts zu Lehn beugte und sagte: „Nehmen Sie es mir nicht übel, dass ich Sie praktisch gezwungen habe, uns zu begleiten. Es gab für mich keine Wahl. Die Lage ist ernst. Sehr ernst sogar. Wissen Sie, wenn die 777 abgestürzt wäre, wäre das tragisch gewesen, aber es hätte wahrscheinlich Tage oder Wochen gedauert, bis man gewusst hätte, worauf der Absturz zurückzuführen war. So aber, mit dieser Entführung! Meine Güte! Stellen Sie sich nur vor, dass diese Terroristen die Geiseln töten. Das wäre ein Gau für Singapur. Das können auch Sie nicht wollen. Ich weiß, dass Sie nur nach Singapur gekommen sind, um herauszufinden, was mit dem Flug AC404 geschehen ist. Ihren Auftrag haben Sie erfüllt und Singapur dankt Ihnen dafür, aber jetzt bitten wir Sie nochmals um Ihre Hilfe, die Geiseln aus den Händen von Abu Sayyaf zu befreien."

„Und werden wir erfolgreich sein?", fragte Lehn leise zweifelnd.

Eventuell hänge das auch von ihm ab, entgegnete Andrew Sim. Er wisse zwar nicht, was sie erwarten würde, aber man brauche eben einen Deutschen, sollte es sich bewahrheiten, dass dieser Schacht an der ganzen Sauerei beteiligt sei, und außerdem seien die Mehrzahl der Passagiere Deutsche, die zu betreuen seien. Er sei immerhin der Einzige, der der deutschen Sprache mächtig sei.

„Und wieso fliegen wir jetzt derart überstürzt nach Rabaul?", fragte Lehn, um das Gespräch wieder zu versachlichen und die Last der Verantwortung etwas von seinen Schultern zu nehmen.

Andrew Sim antwortete, dass es mehrere Gründe gebe. Erstens sei Rabaul der nächste größere Ort, in dessen Reichweite Kuo-shima liege. Wenn man das bei den immensen Entfernungen im Süd-Pazifik überhaupt sagen könne. Zweitens sei Rabaul der einzige Ort, der über einen Flughafen in der Region verfüge. Und drittens liege im Hafen von Rabaul zufällig ein Geschwader von Minensuchbooten der australischen Marine, welches dort einen Höflichkeitsbesuch abstatte. Das australische Marine-Oberkommando habe angeboten eines der Minensuchboote für eine Kommandoaktion auf Kuo-shima abzustellen. Immerhin könne das Schiff außer der eigenen Besatzung bis zu fünfzig zusätzliche Personen mit an Bord mitnehmen. Und last not least dränge die Zeit, denn morgen laufe die von den Terroristen gesetzte Frist zur Zahlung des Lösegelds ab. Man müsste die Millionen spätestens im Laufe des nächsten Tages über Mindanao abwerfen, um keine Gefahr zu laufen, dass die

Terroristen mit der Liquidierung von Passagieren beginnen würden. Man hoffe, dass der Schwindel mit dem Falschgeld nicht sofort auffiele, denn man brauche von jetzt ab gerechnet noch gute vierundzwanzig Stunden, um die Spezialeinheit nach Kuo-shima zu verlegen und die Passagiere vor möglichen Erschießungen zu befreien.

„Das klingt ja nicht sehr erfolgversprechend", meinte Lehn etwas sarkastisch.

„Haben Sie einen besseren Vorschlag?", fragte Sim.

„Nein", gestand Lehn ein.

Es war schon spät in der Nacht, als sie in Rabaul landeten.

Busse erwarteten sie vor dem Flughafengebäude, die sie zum Hafen bringen sollten. Obwohl alle müde waren, versuchte ein Guide auf der kurzen Fahrt sie mit allem Wissenswerten über Rabaul vollzudröhnen. Rabaul gehöre zu Papua-Neuguinea. Es sei die Hauptstadt der Provinz East New Britain. Die Stadt sei von den Deutschen in der Kolonialepoche angelegt worden. Noch heute zeugten breite Alleen von der Kolonialherrschaft der Deutschen. Von großer Bedeutung sei Rabaul allerdings erst im 2. Weltkrieg gewesen. Die 8. japanische Regionalarmee unter dem General Horii Tamitaro habe 1942 die kleine australische Garnison überrannt. Die Stadt sei dann von den Japanern zu einer riesigen Festung ausgebaut worden, in der zeitweise bis zu 200.000 japanische Soldaten stationiert gewesen seien.

Obwohl Lehn versucht hatte, mit einem gewissen Interesse dem Vortrag zuzuhören, war er dennoch froh, schließlich im Hafen angekommen zu sein.

KAPITEL 32

Die Minensuchboote der australischen Navy waren nicht zu übersehen, zumal der Hafen sonst nur von Fischerbooten frequentiert zu sein schien. Eines der Minensuchboote lag separat an der Kaimauer und schien abfahrbereit zu sein. Eine kaum erkennbare Rauchfahne kräuselte sich in der Dunkelheit aus dem Schornstein. Die Gangway war ausgelegt. Sie wurde von zwei Marinesoldaten bewacht.

„Captain John Conway erwartet uns. Er ist der Kommandant des Minensuchers", raunte Andrew Sim, als sie sich dem Schiff näherten. Die beiden Marinesoldaten salutierten, als Lehn und Sim die Gangway betraten. Auf dem Bootsdeck erwartete sie ein australischer Navy-Offizier.

„Bitte um Erlaubnis, an Bord kommen zu dürfen", sagte Lehn lächelnd in Erinnerung an die legendäre Filmszene von James Bond.

„Erlaubnis erteilt", antwortete Commander Conway, der über dieses Bonmot auch schmunzeln musste. „Fühlen Sie sich an Bord unseres Minensuchbootes wie zu Hause." Er nahm Andrew Sim und Lehn zur Seite, damit die Soldaten der Spezialeinheit nach ihnen an Bord gehen konnten. Lehn hörte, wie Conway seinem Colour Sergeant befahl, den Männern ihre Quartiere zuzuweisen, damit sie sich noch einige Stunden aufs Ohr hauen konnten.

Als alle an Bord waren, bat Conway Sim und Lehn, ihn auf die Brücke zu begleiten. Man stehe ja unter Zeitdruck, weshalb man sofort auslaufe. Nicht ohne Interesse verfolgte Lehn die Befehle von Conway, was das Ablegemanöver betraf. Dann nahm das Minensuchboot

Fahrt auf, verließ den Hafen von Rabaul, um in die Saint-George-Enge nach Norden einzubiegen.

„Warrant Officer Smith. Übernehmen Sie das Kommando", befahl Conway seinem Unteroffizier. „Ich muss mich jetzt um unsere Gäste kümmern."

Zu dritt betraten sie die Offiziersmesse hinter der Kommandobrücke. „Noch einmal: Willkommen an Bord meines Minensuchers!"

Andrew Sim dankte zuerst Conway im Namen der Regierung der Republik Singapur für die Bereitstellung des Minensuchers, was Conway dazu veranlasste, zu bemerken, dass es selbstverständlich sei, wenn freiheitlich gesinnte Staaten einander gegenseitig helfen würden im Kampf gegen diese Moslems von Abu Sayyaf.

Nach diesen eher offiziellen Statements bat Captain Conway sein Schiff vorstellen zu dürfen. Es sei 1980 in Dienst gestellt worden. Habe eine Länge von 70 Metern, eine Breite von 9 Metern und einen Tiefgang von 2,50 Metern, weshalb es für diesen Einsatz geeignet sei, um über das Korallenriff vor Kuo-shima zu kommen. Die Geschwindigkeit liege bei Höchstleistung um die 25 Knoten. Die Besatzung zähle normalerweise 120 Mann, sei aber bei diesem Einsatz verringert worden, um die Spezialeinheit der Streitkräfte von Singapur an Bord nehmen zu können. Er schätze, dass man bei ruhiger See Kuo-shima in der Nacht erreichen könnte, was gut passen würde, um die Spezialeinheit ungesehen an Land absetzen zu können. Sein Stellvertreter sei im Übrigen Warrant Officer Smith, der über alles informiert sei und an den man sich auch immer wenden könne.

„Und nun zu Ihrem Auftrag", fragte Conway gespannt. „Was erwartet uns auf Kuo-shima?"

Wohl oder übel musste nun Andrew Sim die Hosen herunterlassen. Man merkte, dass ihm nicht wohl dabei war. Aber die Umstände und die offene, herzliche Art von Conway ließen ihm keine Wahl.

Er setze voraus, dass Conway die Vorgeschichte mit dem Verschwinden des Fluges AC404 kenne. Man habe jetzt die realistische Vermutung, dass die Boeing 777 entführt worden und auf dieser Insel Kuo-shima gelandet sei, ein Verdacht, den Satellitenbilder teilweise bestätigt hätten. Die Entführer hätten eine völlig unrealistische Geldforderung gestellt, die Singapur nicht schultern könne, vor allem aber auch nicht schultern wolle. Denn jeder Dollar, den Abu Sayyaf erpressen würde, würde nur in Aktionen gegen die demokratisch orientierten Länder Südostasiens investiert werden. Man habe deshalb beschlossen, das Lösegeld in Falschgeld zu bezahlen, um Zeit zu gewinnen, wohl wissend, dass der Schwindel sehr schnell auffliegen würde. Da die Entführer solchenfalls gedroht hätten die Geiseln zu erschießen, müsste die Spezialeinheit vor Ort sein, wenn Abu Sayyaf merken würde, getäuscht worden zu sein.

„Wer führt das Kommando?", fragte Conway.

Er trage die Verantwortung, antwortete Andrew Sim. Die operative Führung liege allerdings bei Captain James Lee, einem Spezialisten für Sonderaufgaben. Außerdem würde Mr. Lehn, dabei deutete er auf den neben ihm sitzenden Harry Lehn, der Operation beratend zur Seite stehen. Mr. Lehn sei es im Übrigen zu verdanken, dass man Kuo-shima überhaupt als Zielort ausgemacht habe.

„Eine verdammt kleine Insel in den Weiten des Pazifiks", bemerkte Conway nachdenklich. „Ein Glück, dass die Insel überhaupt auf unseren Seekarten verzeichnet ist. Aber wir haben auch noch alte japanische Karten, die uns bei der Navigation weiterhelfen."

Commander Conway wurde von Warrant Officer Smith unterbrochen, der irgendetwas über den Kurs wissen wollte. Nachdem das Problem offenbar gelöst worden war, wandte sich Conway wieder an Lehn. „Übrigens möchte ich Sie bitten Ihren hellen Leinenanzug mit einer unserer Uniformen zu tauschen. Der helle Stoff könnte sonst Scharfschützen der Gegenseite auf falsche Gedanken bringen."

Conway befahl Lance Corporal Prewitt, Lehn zu der Gästekabine zu begleiten, wo er sich umziehen könne.

Lehn folgte dem Mannschaftsdienstgrad unter Deck. Die Kabine war winzig, aber nicht ungemütlich. Prewitt übergab Lehn eine tadellos gebügelte Uniform. Nachdem Lehn sich umgezogen hatte, blickte er in den winzigen Spiegel und fand, dass er in der australischen Navy-Uniform eine gute Figur machte.

Conway und Sim waren der gleichen Meinung, als er in die Offiziersmesse zurückkam.

Andrew Sim, mehrere Offiziere des Kommandos und Conway beugten sich gerade über eine Karte von Kuo-shima. „Sie kommen gerade recht", sagte Sim. „Uns hat soeben der Funkspruch erreicht, dass das Lösegeld abgeworfen worden ist. Nun können wir nur hoffen, dass diese Schweinebacken es nicht so schnell im Dschungel von Mindanao finden und, wenn sie es denn finden, nicht so schnell bemerken, dass es Blüten sind. Wir brauchen Zeit, um nach Kuo-shima zu kommen, zumal wir nicht wissen, was uns dort erwartet." Sim machte eine Pause, blickte Lehn an und bat ihn um seine Beurteilung der Lage.

„Den Umständen entsprechend ist die Lage unüber-
sichtlich", äußerte Lehn ausweichend. Man müsse vorbereitet sein, dass sich unter den Passagieren des Fluges
AC404 Mitglieder der Terroristen befunden hätten, denn
wer sonst hätte die Boeing entführen können. An erster
Stelle verdächtig seien natürlich diese beiden Ersatz-Ste-
wards, deren Identität unklar sei, und dann der geheim-
nisvolle Mr. Schacht. Aber es sei wahrscheinlich, dass
noch weitere Terroristen an Bord seien, denn 230 Passagiere halte man nicht so einfach unter Kontrolle. Man
müsse wohl von ungefähr zehn Terroristen ausgehen,
die im Flugzeug waren. Hinzurechnen müsse man dann
aber eine bisher unbekannte Anzahl von Terroristen, die
an Bord der Nossi-Be gewesen sein könnten. Nach seinen
Recherchen habe die Nossi-Be Kota Kinabalu in Richtung Pazifik verlassen. Das Schiff habe circa einhundert
Bauarbeiter an Bord gehabt, wobei man natürlich nicht
wisse, wie viele davon tatsächlich Bauarbeiter und wie
viele Terroristen seien. Offiziell sei das Schiff zwar gesunken und es habe keine Überlebenden gegeben, aber
er glaube nicht an dieses Schiffsunglück. Er halte die
ganze Geschichte für getürkt. Er vermute, das Schiff
habe als Ziel Kuo-shima angesteuert. Und die Arbeiter
hätten die Aufgabe gehabt, die Landungsbrücke und vor
allem die Landepiste instand zu setzen. Seiner Meinung
nach müsse man deshalb gewahr sein, auf Kuo-shima
mit einer größeren Anzahl von feindlich eingestellten
Personen konfrontiert zu werden.

„Wenn Sie mit Ihren Vermutungen recht haben",
meinte Captain James Lee, „dann könnten wir Probleme bekommen, denn meine Einheit besteht nur aus
50 Mann."

Conway räusperte sich. „Ich könnte noch zwanzig Mann von meinen Marines abstellen."

Captain James Lee sagte, er würde das Angebot gerne annehmen. Dann verlor sich die Diskussion in Einzelheiten. Lehn bat sich zurückziehen zu dürfen. Niemand widersprach. Er ging an Deck und blickte über die unendliche Weite des Ozeans.

Die Fahrt wurde nur von drei Mahlzeiten unterbrochen, die allerdings eine längere Zeit in Anspruch nahmen, da wegen Platzmangels nicht alle zugleich essen konnten. Lehn zog es immer wieder auf eine Bank auf dem Bootsdeck, wo er im Windschatten über die Weite des Ozeans blicken und seinen Gedanken nachgehen konnte. Zwar machte er sich Gedanken über das, was in den nächsten Stunden vor ihm lag. Aber er war sich auch darüber im Klaren, dass er auch auf St. Pauli immer gewissen Gefahren ausgesetzt war. Manchmal erwischte er sich dabei, dass er eingenickt war.

Nach Sonnenuntergang kam eine Durchsage, dass das Ziel in zwei Stunden erreicht sein würde. Die Einsatzkräfte sollten sich zur Landung fertig machen. Alle Lichtquellen seien auszuschalten. Lehn überprüfte seine Taschen, malte sich das Gesicht schwarz an und beobachtete nebenbei, wie Captain James Lee seine Einheit auf dem Bootsdeck versammelte, um sie nochmals über den Einsatz zu instruieren.

Conway bat Lehn auf die Brücke zu kommen. Er wolle ihm etwas zeigen. „Sehen Sie am Horizont diesen grauschwarzen Strich?"

„Was ist das?", fragte Lehn.

„Seenebel", antwortete Conway. Ein typisches Phänomen im Pazifik. Viele der kleinen Inseln und Atolle seien vulkanischen Ursprungs, wobei in vielen Fällen die vulkanischen Tätigkeiten noch nicht erloschen seien. Das führe manchmal dazu, dass es bei der normalen abendlichen Abkühlung der Luft zu Seenebel komme. Heute sei dieses Phänomen sehr willkommen, denn so könne er seinen Minensucher unbemerkt ziemlich nahe an die Insel heranbringen.

Es war fast unheimlich, als sie in die Nebelschicht eintauchten. Conway drosselte die Geschwindigkeit. Dann tauchten plötzlich aus der Dunkelheit die verschwommenen Konturen von Kuo-shima auf. Die Tatsache, dass in dieser Nacht der Mond nicht schien, machte alles noch dunkler. Dem Einsatzkommando kam das nur gelegen. So bestand vielleicht die Chance, die Männer unentdeckt ausbooten zu können. Conway manövrierte den Minensucher vorsichtig über das Korallenriff und warf dann in der Lagune Anker. Der Anker rasselte nach unten. Die Küste war kaum noch zweihundert Meter entfernt. Zu Lehns Enttäuschung war nichts von der Nossi-Be zu sehen.

Dann begann auch schon die Ausbootung des Einsatzkommandos. Andrew Sim und Lehn gingen zuletzt an Land. Als sie auf dem Strand angekommen waren, hatte sich das Einsatzkommando schon aufgeteilt und war in mehreren Gruppen im Dschungel ausgeschwärmt.

Wie geplant, wurde am Strand eine Funkstation errichtet, die einerseits Sprechfunkkontakt mit den einzelnen Gruppen und andererseits Kontakt mit dem Oberkommando in Singapur hielt. Lehn und Andrew Sim sollten am Strand warten, bis die Lage aufgeklärt wäre.

Gegen 4 Uhr kam die Nachricht von Captain James Lee, dass man Sichtkontakt zu den Geiseln habe. Noch sei alles ruhig und die Befreiungsaktion sei bisher unentdeckt geblieben. Man habe einen provisorischen Befehlsstand in der Nähe der Landebahn eingerichtet. Sim und Lehn sollten nachrücken. Er würde einen Marinesoldaten schicken, um den beiden den Weg zu zeigen.

Es dauerte noch eine Stunde, bis der Soldat eintraf. Sie brachen sofort auf, denn die Dunkelheit begann jetzt schon langsam dem Tageslicht zu weichen. Der Marsch auf das Hochplateau war atemberaubend. Ständig wechselte die Umgebung zwischen Dschungel, Macchia und schroffen Felsformationen, die wohl vulkanischen Ursprungs waren. Der Soldat, der voranging, hatte Schwierigkeiten, den Weg von den überall wuchernden Lianen freizuschlagen. Eine Kakophonie von Tierlauten begleitete ihren Aufstieg. Das Kreischen der Vögel machte Lehn ganz nervös. Er hatte Angst, dass die Terroristen von dem Gekreische gewarnt werden könnten.

Es war schon jetzt ziemlich warm. Aber der Soldat ließ keine Ruhepause zu. Schließlich verließen sie den schützenden Dschungel und erreichten die Hochebene. Deutlich war jetzt die Landebahn zu erkennen. Plötzlich trafen sie auf Captain James Lee und weitere Offiziere der Spezialeinheit. Captain Lee reichte Andrew Sim ein Fernglas. „Nehmen Sie", sagte er und zeigte auf eine kleinere Erhebung. „Unsere Aufklärer haben herausgefunden, dass das ein alter japanischer Hangar ist. Dort befinden sich die meisten Passagiere. Aber nicht alle. Wir müssen noch herausfinden, wo die anderen sind."

Sim reichte das Fernglas an Lehn weiter. Der versuchte etwas zu erkennen. Sah aber nichts außer diesen alles überwuchernden Macchia-Sträuchern.

Captain Lee sagte, dass seine Späher in der nächsten

halben Stunde zurückerwartet würden. Dann würde er eine Lagebesprechung abhalten.

„Wird unsere Anwesenheit durch dieses Gekreisch der Vögel nicht verraten?", fragte Lehn. Ein Offizier antwortete beruhigend, dass das nicht wahrscheinlich sei. Die Vögel würden immer kreischen und die Terroristen seien noch nicht lange genug auf der Insel, um eventuelle Nuancen in dem Gekreisch der Vögel beurteilen zu können.

Nacheinander meldeten sich die Späher zurück. Lehn war beeindruckt von der Fitness dieser Soldaten. Sie berichteten, dass ein Teil der Passagiere in dem Hangar untergebracht war, ein weiterer Teil unterhalb der Landebahn in alten umzäunten Verschlägen, die mangels Dächern durch Segeltuch gegen die Sonne geschützt seien. Die Verschläge seien wohl noch Relikte aus dem Krieg.

„Können wir ungesehen Kontakt mit irgendwelchen Geiseln aufnehmen?", wollte Lee von seinen Spähern wissen. „Um Einzelheiten über die Terroristen zu erfahren."

Ein Soldat berichtete, dass man an einen der Verschläge, vielleicht hundert Meter vor der Landebahn gelegen, problemlos herankäme.

KAPITEL 33

Captain James Lee stellte einen kleinen Trupp zusammen. Ziel war einer der Bambusverschläge unterhalb der Landebahn, in welchem einige Passagiere laut Aussage des Spähers gefangen gehalten wurden. Auftrag war: Kontakt mit den Geiseln aufzunehmen, um an Hintergrundinformationen zu kommen. Der Trupp bestand aus einem Offizier, einem Soldaten, der das Funkgerät trug, einem weiteren Soldaten sowie Andrew Sim und Lehn, um, wenn möglich, eine Befragung vorzunehmen.

Um nicht gesehen zu werden, wählte der Trupp einen beschwerlichen Umweg. Erst tauchten sie wieder in den Dschungel ein. Irgendwann ging es dann zurück Richtung Hochebene. Von hier aus war die entführte Boeing sehr gut zu sehen. Während die Soldaten keine Ermüdungserscheinungen zeigten, kämpften Andrew Sim und Lehn schwer mit ihren Lungen. Glücklicherweise machte der Offizier irgendwann eine Pause, nutzte die aber sofort, um das weitere Vorgehen des Trupps zu erläutern. Flüsternd sagte er zu Sim und Lehn: „Wir befinden uns jetzt keine hundert Meter von dem ersten Bambusverschlag entfernt, wo laut unserer Aufklärung einige Geiseln gefangen gehalten werden. Zwei von uns nähern sich jetzt vorsichtig unserem Ziel. Wenn wir Blickkontakt haben, geben wir uns zu erkennen, wobei wir nur hoffen können, dass die gefangenen Geiseln richtig reagieren und nicht vor Schreck die Wachen alarmieren. Solchenfalls ziehen wir uns sofort zurück. Wenn alles gut geht, holen wir Sie, damit Sie die Passagiere befragen können."

Sim und Lehn nickten als Zeichen, dass sie verstanden hatten.

Der Offizier und ein Soldat verschwanden im Dickicht der Macchia. Lehn empfand es als Ewigkeit, bis der Soldat zurückkam und ihnen winkte zu folgen. Die letzten Meter bis zum Verschlag robbten sie auf dem Boden. Dann plötzlich sahen sie die Bambusstäbe des Verschlages. Lehn zählte fünf Männer in dem Gefängnis aus Bambus. Zwei Männer waren offensichtlich wach, die anderen drei schliefen noch. Sim sagte einige Worte auf Englisch. Dabei versuchte er so ruhig wie möglich zu sprechen, um den Geiseln das Gefühl einer gewissen Sicherheit zu geben. Vor allem aber, um sie zu zwingen leise auf die Fragen zu antworten. Eine der männlichen Geiseln, die unmittelbar an der Bambusumzäunung lag, wachte jetzt auf. Erschreckt fuhr der Mann hoch. Sim hätte ihm am liebsten den Mund zugehalten, aber das verhinderten die Bambusstäbe. Dennoch reagierte der Mann gut. Er gab keinen Laut von sich. Offensichtlich war er wie gelähmt. „German?", fragte Sim. Als Bestätigung nickte der Mann.

Lehn robbte heran. Auf den letzten Metern versuchte er sich in Erinnerung zu bringen, was er damals auf dem Lehrgang in Hammelburg gelernt hatte, in dem es darum gegangen war, Menschen in einer Stresssituation zu beruhigen. Das Einzige, was ihm einfiel, war, dass er ruhig und stetig sprechen musste. Das Opfer musste durch die Stimme des anderen ablenkt werden und durfte keine Gelegenheit haben, sich über seine Situation Gedanken zu machen.

Dann führte er seine Hände durch die Bambusstäbe, die ihn von der Geisel trennten. Auch das hatte er auf dem Lehrgang gelernt. Ein gewisser Körperkontakt schuf eine Aura des Vertrauens. „Sie sind aus Deutschland?", begann Lehn keuchend.

Der Passagier nickte. Tränen traten ihm in die Augen. Lehn ließ ihm Zeit. „Wir holen Sie hier heraus!", sagte er beruhigend. „Aber vorher brauchen wir von Ihnen Informationen über die Wachmannschaften. Was sind das für Leute?"

„Die Wachen sind Chinesen. Sie wurden wohl alternativ als Arbeiter eingesetzt, um die Landebahn zu reparieren. Sie sind eher harmlos. Die Befehle kommen von ungefähr zehn Terroristen. Speziell von vier Terroristen und einem Deutschen."

„Wie erkennt man die?"

„Gar nicht", sagte der Passagier. „Alle sind gleich angezogen. Diese Castro-Uniformen. Aber die fünf Anführer halten sich immer in einem Gebäude oberhalb der Landebahn auf." Dabei richtete sich der Mann etwas auf und deutete in Richtung einer Anhöhe oberhalb der Landebahn. Lehn erkannte das Gebäude, dessen Dach mit Palmenblättern abgedeckt war.

„Sie nennen die Hütte ‚Kommandantur'!"

„Und wer bewacht die Gefangenen in dem Hangar?"

Der Mann berichtete, dass dauernd schwer bewaffnete Wachen patrouillierten. Es sei noch nicht lange her, dass eine Wache vorbeigekommen sei. Er sei dann aber wieder eingeschlafen. Links und rechts der Kommandantur seien übrigens zwei Maschinengewehrnester.

„Sie werden uns alle erschießen", sagte eine weinerliche Stimme auf Englisch im Hintergrund des Verschlages.

„Wir werden das verhindern", beruhigte Andrew Sim den Mann.

Lehn, Sim und die drei anderen des Trupps zogen sich wieder in Richtung des Außenpostens von Captain Lee zurück. Dann kam es zu einem Zwischenfall. Lehn bemerkte, dass der Soldat, der den Trupp führte, plötzlich regungslos stehen blieb. Nur mit einer winzigen Handbewegung bedeutete er den Nachkommenden zu verharren, wo sie waren.

Trotz der Kakophonie der Tiergeräusche waren jetzt deutlich Stimmen zu hören. Es musste eine Patrouille der Terroristen sein, die sich laut unterhielten. Dann kamen sie auch schon um eine Biegung des Pfads direkt dem Trupp entgegen. Der Vordere erkannte die Gefahr sofort. Er griff nach seiner Pistole. Aber es war schon zu spät. Das Wurfmesser des Soldaten traf ihn mitten in die Brust. Den hinteren erwischte ein Ninja-Stern des Offiziers. Er konnte zwar noch einen Schrei ausstoßen, der aber in dem Gekreische der Vögel unterging. Da der Pfad nach rechts abfiel, war es leicht, die Leichen zu entsorgen, indem man sie den kleinen Abhang hinunterstieß.

„Das hätte schiefgehen können", meinte Andrew Sim.

Der Offizier verneinte das. Es sei eine Standardsituation gewesen. Es habe keinerlei Gefahr bestanden. Man habe derartige Situationen immer wieder geübt.

Nach einer knappen Stunde erreichten sie den Posten von Captain James Lee. Der Offizier berichtete kurz, was man von dem gefangenen Passagier erfahren hatte.

Nachdenklich sagte Lee, es werde nicht leicht sein für seine Scharfschützen, ungesehen an dieses Gebäude, diese sogenannte Kommandantur, heranzukommen, da die Landebahn davor keine Deckung bot und das Unterholz unterhalb der Landebahn auch nicht gerade ideal als Deckung war. Hinzu kämen die beiden Maschinengewehrnester, die freies Schussfeld hätten. Man müsse sich also etwas einfallen lassen.

Die Zeit verrann danach im Schneckentempo. Soweit man sehen konnte, tat sich bei den Terroristen und den Geiseln nicht viel. Einige Bewegungen waren zu erkennen. Allerdings war der Sichtkontakt auch nur begrenzt, da Captain Lee seinen Männern befohlen hatte auf jeden Fall in Deckung zu bleiben.

Gegen Mittag wurde es unerträglich heiß. Im Hintergrund hörte Lehn den Funker, der ständig mit Captain Conway Kontakt hielt. Offensichtlich gab es bisher aus Singapur keine Neuigkeiten.

Die Lage änderte sich grundlegend erst am frühen Nachmittag. Captain Lee informierte die Männer des Einsatzkommandos, dass er folgende Meldung bekommen habe: Der Schwindel mit dem Falschgeld sei aufgeflogen. Die Oberen von Abu Sayyaf würden vor Wut toben und man rechne unmittelbar mit dem Erschießen der ersten Passagiere. Vor allem, um Druck auf Singapur auszuüben, den Forderungen von Abu Sayyaf nachzukommen.

Tatsächlich brauchten sie keine halbe Stunde zu warten, bis Leben in die andere Seite kam. Offensichtlich hatte die Nachricht von dem Falschgeld auch die Kommandozentrale der Entführer in dem kleinen Gebäude, der Kommandantur, erreicht.

Ein Lautsprecher quakte. Das Gerät war offenbar so stark, dass es die gesamte Umgebung beschallte. Erst kam die Stimme nur brüchig herüber, dann war sie aber relativ klar zu hören. Einer der Entführer hielt auf Englisch eine Ansprache an die gefangenen Passagiere:

Abu Sayyaf sei von der Regierung Singapurs getäuscht worden. Anstatt des geforderten Lösegelds habe man mit Falschgeld bezahlt. Das Leben der Passagiere sei der Regierung offenbar nichts wert. Man werde jetzt mit den Erschießungen beginnen. Die Wachmannschaften würden zehn Personen auswählen, die erschossen würden.

Man werde die Exekution hier vor der Kommandozentrale durchführen. Die Namen würden im Internet veröffentlicht, damit die Welt wisse, wie wenig der Regierung das Leben der Passagiere wert sei.

Dann hustete der Lautsprecher wieder. Er war wohl abgestellt worden.

„Das muss der Deutsche gewesen sein", meinte Andrew Sim. „Das war nicht das Englisch, das Chinesen sprechen."

„Schacht", sagte Lehn laut. „Es muss Schacht gewesen sein." Er richtete sich auf, um besser sehen zu können. Man konnte jetzt in der Ferne fünf Männer erkennen, die vor der Kommandantur standen. Aber es war zu weit weg, um sagen zu können, wer von denen Schacht war.

„Wir müssen jetzt handeln", entschied Captain Lee. „Wir müssen unsere Scharfschützen so weit wie möglich an diese verdammte Kommandantur heranbringen, um diese fünf Anführer gleichzeitig zu liquidieren, sodass keiner mehr den Befehl zum Erschießen der Geiseln geben kann. Das Problem ist ..."

„Und das wäre?", fragte Andrew Sim gespannt.

„Wir müssen die andere Seite ablenken, dass sie nicht merken, dass wir unsere Scharfschützen in bessere Schusspositionen heranführen. Wir brauchen einfach noch Zeit."

„Und wie machen wir das? Was schlagen Sie vor?", wollte Andrew Sim wissen.

Captain James Lee hatte offensichtlich einen Plan. Etwas nachdenklich sagte er: „Einer von uns sollte in die Höhle des Löwen gehen. Meinetwegen nackt oder mit einer weißen Fahne. Wichtig ist, dass der Anblick des Mannes die Schweine so verwirrt, dass sie für eine gewisse Zeit abgelenkt sind. Denn sie rechnen ja nicht damit, dass sich auf dieser Insel jemand aufhält. Diese Zeit der Ablenkung benutzen wir, unsere Scharfschützen in Stellung zu bringen."

„Und wer soll sich opfern?", fragte einer der Offiziere und fügte grinsend hinzu: „Das Opfer müsste sich ja nicht gerade vollständig entblößen."

Aber Lee war nicht zu Scherzen aufgelegt. „Der, der die Rede über Lautsprecher gehalten und die Erschießungen angekündigt hat, ist wahrscheinlich Deutscher gewesen", sagte er. Damit stehe für ihn fest, dass dieser Typ wohl das Sagen habe und damit wohl auch den finalen Erschießungsbefehl geben werde. Es gelte also vor allem diesen Mann durch irgendwelche Aktionen abzulenken. Er schlage deshalb Mr. Lehn für diese Aufgabe vor. Er wisse, wie Schacht aussehe, sodass er ihn erst ablenken und dann den Scharfschützen einen Wink geben könne, wann mit der Liquidierung zu beginnen sei. Da Lehn auch Deutscher sei, werde die Verwirrung bei diesem Schacht entsprechend noch größer sein. Und man könne so Zeit herausschinden.

In Anbetracht dieser Aussichten wurde Lehn ganz duselig. Da aber alle Umstehenden keinerlei anderen Vorschläge unterbreiteten und nur zustimmende Kommentare abgaben, ergab er sich in sein Schicksal. Dieses Sich-Ergeben war vielleicht auch zum Teil der lähmenden Hitze geschuldet, die sich über Kuo-shima gelegt hatte und jeden Widerstand unmöglich machte. Andrew Sim zog Lehn ein wenig zur Seite. „Ich weiß, was man von Ihnen verlangt", sagte er. „Aber denken Sie an Kota Kinabalu. Da ist es auch gut gegangen. Wir haben Sie rausgehauen. Hier wird es auch gut ausgehen! Unsere Scharfschützen passen auf Sie auf."

„Es ist noch immer alles jut jegange", murmelte Lehn. Irgendwie sah er ein, dass der Plan von Captain Lee nicht schlecht war. Wenn einer ging, musste er es sein. Er schien für diese Aufgabe bestimmt zu sein. So stimmte er Lees Plan zu. „Wann soll ich losgehen?"

Captain Lee kam mit zwei winzigen Funkmikrophonen an. „Stecken Sie eines innen in Ihre Hutkrempe, so dass wir alles, was Sie sagen, mithören können. Das andere stecken Sie sich ins Ohr, damit wir mit Ihnen in Kontakt treten können. Dass man Sie nach Waffen filzt, ist möglich. Dass Ihr Hut durchsucht wird, ist unwahrscheinlich. Bei dieser Affenhitze ist selbst den Jungs von Abu Sayyaf der Hut heilig."

Captain Lee machte eine Pause, um seinen Soldaten Zeit zu geben, Lehn richtig auszustatten.

„Noch einmal zu Ihrem Auftrag", sagte Captain Lee. „Es hilft nämlich, wenn man weiß, wofür man ein bestimmtes Risiko eingeht. Wir alle wissen, dass die Entführer planen eine gewisse Anzahl von Passagieren, vielleicht auch alle, zu erschießen, als Druckmittel, dass Singapur das Lösegeld im zweiten Anlauf mit echten Dollars zahlt. Unsere Aufgabe ist es, diese Exekutionen zu verhindern. Dafür müssen wir diejenigen liquidieren, die den Befehl zur Exekution der Geiseln geben. Nach unserer Erkenntnis sind das diese fünf Typen, die dort oben vor der Kommandantur stehen." Lee zeigte mit seiner Hand in die Richtung. „Entscheidend wird sein, dass wir diese Fünfer-Bande gleichzeitig, auf einen Schlag, liquidieren, damit keiner mehr in der Lage ist, einen Erschießungsbefehl zu geben. Um diesen gleichen

Zeitpunkt sicherzustellen, müssen wir unsere Scharfschützen nahe genug ans Ziel heranführen, um absolut
sicher zu sein, dass sie ihr Ziel nicht verfehlen. Das Gelände kommt uns bei diesem Plan nicht sehr entgegen,
weil es zwischen unserem jetzigen Standort und der
Kommandantur nur wenig Deckung gibt. Deshalb ist
es Ihre Aufgabe, die Fünfer-Bande abzulenken. Sobald
unsere Scharfschützen in Position sind, gebe ich Ihnen
ein Codewort durch. Sie bestätigen das Codewort. Dann
versuchen Sie sich so hinzustellen, dass Sie keinesfalls
in der Schusslinie stehen. Sie treffen die Entscheidung,
wann wir schießen. Sie geben also praktisch den Schießbefehl, indem Sie zum zweiten Mal das Codewort wiederholen. Sie haben dann noch circa 20 Sekunden, ich
wiederhole: 20 Sekunden. Sie sehen dann schon die roten
Punkte unserer Laserpointer. Am besten, Sie werfen sich
auf den Boden, denn nach 20 Sekunden bricht neben Ihnen, unter Ihnen und über Ihnen die Hölle los."

„Na, fabelhaft", sagte Lehn und fügte hinzu: „Und wie
heißt das Codewort?"

„GO ON", antwortete Lee und knuffte Lehn in den Arm.

KAPITEL 34

Mit einem ausgesprochen mulmigen Gefühl ging Lehn
los. Ein Offizier hatte ihm noch einen Bambusstock
in die Hand gedrückt, an dem ein weißes Unterhemd
fest verknotet war. Lehn kannte den edlen Spender des
Unterhemdes nicht. Aber das war jetzt auch egal. Der
Mann würde sich nicht erkälten. Es war noch immer

unerträglich heiß. Lehn trug die weiße Fahne, dieses internationale Erkennungszeichen für einen Unterhändler, wie eine Trophäe gut sichtbar vor sich her.

Auf Anweisung von Captain Lee folgte er einem Wildwechsel, der mehr oder minder direkt in Richtung Landebahn und Kommandantur führte. Der Pfad war gut einsehbar. War er an der Landebahn angekommen, brauchte er diese nur zu überqueren, um direkt auf die Kommandantur zuzugehen.

Jetzt war nur die Frage, wann die Gegenseite auf den Mann mit der weißen Fahne reagierte und ob sie sofort das Feuer eröffnen würden.

„Noch tut sich nichts. Es ist keine besondere Bewegung zu erkennen", flüsterte der Empfänger in seinem Ohr. „Schwenken Sie die weiße Fahne hin und her, um die Schweinebacken auf Sie aufmerksam zu machen."

Lehn tat wie befohlen. Unermüdlich das Unterhemd vor sich her schwenkend, ging er weiter. Immerhin führte das zum Erfolg. Ein Schuss wurde irgendwo abgefeuert.

„Sie haben dich gesehen. Fünf der Schweinebacken stehen jetzt vor der Kommandantur, gestikulieren und zeigen in deine Richtung", flüsterte die Stimme. „Geh ruhig weiter, als würde dich der Schuss nicht tangieren. Wichtig ist, dass sie sich auf dich konzentrieren, damit wir langsam die Scharfschützen nachziehen können."

Lehns Herz raste so, dass er es fast als Schmerz empfand. Dennoch ging er weiter, schwenkte die weiße Fahne, als wollte er ihr Flügel verleihen, und hoffte, dass alles bald vorbeigehen würde.

Er war jetzt eine gute halbe Stunde unterwegs. Die Böschung der Landebahn kam bedrohlich nahe. Aber es geschah nichts. „Langsam weitergehen", raunte der Empfänger in seinem Ohr. „Wir brauchen noch Zeit!"

Am Fuß der Böschung blieb Lehn stehen, so als müsse er Pause machen. Mit seinem Arm wischte er sich den Schweiß vom Gesicht. Dann setzte er sich hin.

„Sie da unten", quakte plötzlich der Lautsprecher der Terroristen. „Sie! Mit der weißen Fahne. Kommen Sie langsam näher! Im Falle einer verdächtigen Bewegung schießen wir sofort!"

„Wie soll ich wohl bei dieser Hitze eine verdächtige Bewegung machen?", murmelte Lehn immerhin etwas amüsiert vor sich hin und erklomm dabei langsam die Böschung der Landebahn. Er war sich im Klaren. War er oben angekommen, war seine Deckung futsch. Er musste dann die Landebahn ohne Deckung überqueren und dabei auf die Neugierde der Terroristen vertrauen, mit diesem seltsamen Vogel, der sich da mit einer weißen Fahne näherte, zu reden, anstatt ihn gleich umzulegen. Immerhin rechnete sich Lehn gute Chancen aus, es lebend bis zu der Kommandantur zu schaffen. Es musste ein Schock für die Entführer sein, plötzlich auf der menschenleer geglaubten Insel einen Typen mit einer weißen Fahne zu sehen.

„Kommen Sie zur Kommandantur in dem Gebäude vor Ihnen", quakte der Lautsprecher.

„Geh langsam", sagte der Empfänger in seinem Ohr. „Wir brauchen noch ungefähr fünfzehn Minuten, dann sind unsere Scharfschützen auf Position."

Lehn überquerte die Landebahn betont gemächlich. Manchmal blieb er stehen und wischte sich mit seinem Ärmel den Schweiß aus dem Gesicht. Es gelang ihm hervorragend, eine gewisse Erschöpfung vorzutäuschen.

Das Tragische war, dieser Zustand war nicht vorgetäuscht. Er war die Realität.

Schließlich hatte er es lebend geschafft. Die Landebahn war breiter gewesen als angenommen. Dann brachte er keuchend den letzten kleinen Anstieg bis zur Kommandantur hinter sich. Vor dem kleinen Gebäude standen fünf Personen. Vier entsprachen dem Bild, wie sich Lehn Mitglieder der philippinischen Terrororganisation Abu Sayyaf vorstellte. Braune, fast schwarze Gesichtsfarbe, verschlagene Gesichter, schmuddelige Kleidung und bis an die Zähne bewaffnet.

Der Fünfte war unzweifelhaft Horst Schacht. Lehn erinnerte sich sofort an das Gesicht, das er auf dem Foto in der Hütte auf dem Obersalzberg gesehen hatte, welches Schacht bei der Jagd auf den kleinen Hahn gezeigt hatte. Jetzt trug Schacht einen Tropenanzug aus Leinen und machte im Vergleich zu seinen philippinischen Freunden einen einigermaßen gepflegten Eindruck.

„Who are you?", fragte er Lehn in seinem etwas deutsch gefärbten Englisch.

Da Lehn noch immer nicht das O. K. in Form des Codes von Captain Lee bekommen hatte, dass die Scharfschützen ihre Positionen bezogen hatten, entschied er sich auf Deutsch zu antworten, um nicht nur Schacht, sondern auch die anderen vier Terroristen mit der für sie fremden Sprache zu verwirren und damit Zeit zu schinden.

„Mein Name ist Harry Lehn!"

„Ich kenne Ihr Gesicht nicht. Was ist das für eine Uniform?"

Lehn ging auf die Frage Schachts nicht ein, sondern antwortete lediglich, er sei kein Passagier des Fluges AC404 und damit keine Geisel.

„Und wer sind Sie dann?", fragte Schacht, wobei sich eine gewisse Unsicherheit in seiner Stimme eingeschlichen hatte.

„Ich bin Beamter der Hamburger Kriminalpolizei. Bezirk St. Pauli!"

Wie erwartet, war Schacht von dieser Aussage völlig überrumpelt. Da er offensichtlich nicht wusste, wie er reagieren sollte, flüchtete er sich in einen Lachanfall, der aber eher künstlich klang. Als er sich etwas beruhigt hatte, fragte er: „Und wo kommen Sie jetzt her?"

„Aus Rabaul."

„Geschwommen? Oder vielleicht mit dem Einbaum gekommen?"

„Nein, mit einem Minensuchboot!"

Das saß. Schacht war jetzt mehr als verunsichert. Lehn sah es an seinem Blick. Er suchte Unterstützung von seinen dunkelhäutigen Freunden. Fand aber bei ihnen keine Hilfe. Sie standen nur dümmlich grinsend daneben, zumal sie kein Deutsch verstanden.

Lehn ließ seinem Gegenüber Zeit.

„Und was wollen Sie hier?", fragte Schacht schließlich. „Immerhin haben Sie einen beschwerlichen Weg auf sich genommen, um hier nach Kuo-shima zu kommen."

„Ich suche Sie: Horst Schacht!"

„Da kommen Sie zu einem ungünstigen Zeitpunkt, denn wir wollen gerade damit beginnen, zehn Geiseln zu erschießen. Ich lade Sie ein dieser Bestrafungsaktion beizuwohnen. Danach können wir weiterreden."

Wenn Lehn verschwitzt war, dann war er es jetzt noch mehr. Er hatte immer noch nicht das O. K. von Lee, dass die Scharfschützen bereit waren.

Um Zeit zu gewinnen, ging er betont langsam die

wenigen Schritte in Richtung des Kommandantur-Gebäudes und stellte seine weiße Fahne dort ordentlich ab. Als er dabei den anderen den Rücken zukehrte, sprach er leise in das Mikrophon: „Wo bleibt das Codewort? Wir haben nur noch wenige Minuten Zeit?"

„Kommt sofort", gab Captain Lee glücklicherweise prompt zur Antwort.

Lehn drehte sich zu Schacht um. „Sie fragten mich eben, was ich hier wolle. Ich will es Ihnen verraten. Ich verhafte Sie, Horst Schacht, geboren Ende 44 in Posen, dem damaligen Warthegau, wegen vorsätzlichen und heimtückischen Mordes an Ferdinand Kurz auf der Autobahn A7 unmittelbar hinter dem Hasselbacher Dreieck."

Lehn hatte noch selten ein derart verdattertes Gesicht gesehen. Offensichtlich wusste Schacht nicht, ob er lachen, sorgenvoll dreinblicken oder ob er wütend reagieren sollte. Nach einigen Sekunden Nachdenkens hatte er sich für einen weiteren Lachanfall entschieden. Als dieser etwas abgeebbt war, meinte er mit seinem leicht schwäbischen Akzent: „Meine Güte. Wir ziehen hier auf Kuo-shima das Verbrechen des Jahrhunderts durch. Wir haben eine Boeing 777 entführt und verlangen ein Lösegeld von über 700 Millionen Bucks. Und da kommen Sie hier bis ans Ende der Welt, ein Beamter der Hamburger Kriminalpolizei, und wollen mich verhaften, weil ich dem Ferdi Kurz auf der A7 einen über den Kopf gezogen habe. Das nenne ich verrückt. Das ist bizarr. Ich weiß nicht, wie ich es sonst nennen sollte."

„Sie geben also zu, Herrn Ferdinand Kurz auf der Autobahn A7 ermordet zu haben?", fragte Lehn mit einem amtlichen Ton.

„Das gebe ich zu", gestand Schacht und fügte hinzu: Und er glaube kaum, dass dieses Geständnis für ihn Folgen hätte.

„Aber jetzt habe ich eine Frage an Sie", konterte Schacht. „Haben Sie noch alle Tassen im Schrank? Oder haben Sie jeglichen Realitätssinn verloren? Ich sagte Ihnen doch, dass wir gerade beginnen wollen, zehn Geiseln zu erschießen. Glauben Sie im Ernst, dass Sie mich hier verhaften können?"

Lehn zuckte mit den Achseln: „Vielleicht, vielleicht auch nicht."

„Sind Sie bewaffnet?", fragte Schacht.

Lehn verneinte das.

Schacht wandte sich an einen hinter ihm stehenden Terroristen. „Durchsuch den Mann."

Der Einheimische tastete Lehn oberflächlich ab. Den Hut ließ er aus. So fand er auch das Mikro nicht. „Er ist sauber", sagte er in miesem Englisch.

Schacht schien sich jetzt etwas gefangen zu haben. Versöhnlich lud er Lehn ein, indem er auf eine Bank vor der Kommandantur zeigte: „Setzen Sie sich zu mir. Ich habe lange mit keinem Landsmann mehr gesprochen. Man hat hier auf Kuo-shima nicht viele Möglichkeiten, Deutsche zu treffen. Außer natürlich den Passagieren, mit denen ich aber nicht sprechen will. So empfinde ich, einen Deutschen zu treffen, ein wenig wie Heimat."

Lehn ließ sich nicht auf den Schmusekurs ein. Stattdessen antwortete er: „Das, was Sie Heimat nennen, also Obersalzberg, Watzmann und Steinernes Meer, können Sie vergessen. Heimat wird in Zukunft für Sie Namen tragen wie: Stammheim, Santa Fu oder Klingelpütz."

Schacht schnaufte: „Junger Mann. Wenn wir vernünftig unter Landsleuten plaudern wollen, dann lassen Sie Ihre albernen Anspielungen auf deutsche Gefängnisse, Sie wissen so gut wie ich, dass Sie ohne meine Zustimmung Kuo-shima nicht lebend verlassen werden. Und Sie wissen auch, dass ich nicht in Stammheim oder Santa Fu einziehe, geschweige in den Klingelpütz. Aber Spaß beiseite. Irgendwie ist Ihr Auftauchen hier derart absurd, dass ich schon gerne wissen würde, wie Sie mich hier im Pazifik zwischen Rabaul und Guadalcanal aufgespürt haben?"

„Sie haben Fehler gemacht!", antwortete Lehn. „Entscheidende Fehler!"

„Und darf ich fragen, welche?"

„Der erste Fehler war, zugegeben, Sie können nichts dafür, dass Sie beim Einchecken in Singapur Ihren alten Bekannten Professor Koller getroffen haben. Koller hatte noch Zeit, seine Frau anzurufen, die uns dann erzählt hat, dass ihr Mann seinen alten Bekannten Horst Schacht getroffen habe. So vermuteten wir, dass Sie wahrscheinlich an Bord waren."

„Und wie sind Sie auf Frau Koller gekommen?"

„Wie Sie sich denken können, hat das spurlose Verschwinden des Fluges AC404 weltweit hohe Wellen geschlagen. Da viele Deutsche unter den Passagieren sind, wurde die deutsche Kriminalpolizei beauftragt, den Hintergrund jedes Passagiers aus Deutschland zu überprüfen, um Rückschlüsse auf mögliche kriminelle oder terroristische Machenschaften zu ziehen. So kamen wir auf Frau Koller, deren Mann an Bord war. Und damit auf seinen Bekannten Horst Schacht, der aber nicht auf der Passagierliste stand. Folglich war ein Mann zu viel an Bord des Fluges AC404!"

„Was sicherlich öfter vorkommt", meinte Schacht.

In diesem Augenblick wurde Lehn durch ein Piepen in seinem Ohr ablenkt. Captain Lee gab das Codewort durch: GO ON. Was nichts anderes bedeutete, als dass die Scharfschützen bereit waren, Schacht und die vier übrigen Abu-Sayyaf- Mitglieder vor der Kommandantur zu liquidieren.

Lehn musste jetzt nur noch den Code wiederholen, um zu bestätigen, dass er verstanden hatte. Und dann zum zweiten Mal den Code nennen, um den Schießbefehl freizugeben.

Aber Lehn murmelte nur einmal: „GO ON!" In ihm hatte jetzt der Kriminalbeamte obsiegt. Da er wusste, dass jedes Wort aufgezeichnet wurde, wollte er die volle Wahrheit festhalten. Er wollte das volle Geständnis von Schacht, solange dieser noch am Leben war.

„Sie scheinen irgendwie abgelenkt", unterbrach Schacht Lehns Überlegungen.

Lehn entschuldigte das mit der Hitze. Um sein Gegenüber nicht weiter misstrauisch werden zu lassen, fuhr er schnell fort: „Ein Passagier zu viel bedeutete, dass ein Passagier, der auf der Liste stand, wohl nicht an Bord sein konnte, denn die Summe der Passagiere musste ja stimmen. So stießen wir auf Ferdinand Kurz. Wir wollten seine Angehörigen aufsuchen und stellten fest, dass er gar nicht an Bord gewesen sein konnte, weil er zum Zeitpunkt der Entführung verunfallt war. Wir haben ihn dann auf dem Friedhof getroffen. Leider war er tot und konnte somit in diesem Zustand nicht mitgeflogen sein. Vorher hatte schon ein kurzer Besuch bei der Polizei in Hasselbach den Verdacht bestätigt, dass Ihr Fahrzeug in den Unfall verwickelt war."

„Hasselbach kenne ich nicht", meinte Schacht.

„Das ging mir genauso. Ich kannte es auch nicht", gestand Lehn. „Der Polizeiposten Hasselbach ist zuständig für den Abschnitt auf der A7 zwischen dem Hattenbacher Dreieck und der Abfahrt Niederaula, wo Sie den Mord an Ihrem Freund begangen haben."

Schacht war sichtlich getroffen. „Respekt!", sagte er widerwillig. „Gute handwerkliche Arbeit. Hätte nicht gedacht, dass Ihr von der Kripo so gut drauf seid."

„Aber das ist noch nicht alles", fuhr Lehn fort. „Nun zu einem weiteren Fehler: Conchita Wuzz war ein Griff ins Klo. Sie hat den entscheidenden Brief von diesem japanischen Soldaten so stümperhaft aus Ihrem Haus geholt, dass die Polizei in Singapur nur zugreifen musste. Dieser Brief enthielt dann den entscheidenden Hinweis auf Kuo-shima. Aber das wissen Sie ja."

Völlig fertig stöhnte Schacht: „Ich wusste, dass Conchita eine Schlampe ist."

Im Hintergrund, vielleicht zweihundert Meter entfernt, schrie in diesem Moment eine Frau. Lehn sah, wie zwei der chinesischen Wachen sie mit Gewalt hinter sich herzogen.

Auch Schacht waren die Schreie nicht verborgen geblieben. Gefühllos sagte er, es handle sich um die erste Geisel, die gleich vor der Kommandantur erschossen würde als Strafe für das Falschgeld, das man über Mindanao abgeworfen habe.

Blitzschnell kalkulierte Lehn, wie viel Zeit er noch für weitere Fragen an Schacht hatte, bis die Wachen die Frau vor die Kommandantur gezerrt hätten. Auf jeden Fall blieb nicht mehr viel Zeit. Noch lebte Schacht. Die Zeit galt es zu nutzen.

„Was ist aus der Nossi-Be geworden?", fragte er Schacht.

Schacht blickte ihn einen Moment lang ganz merkwürdig an. „Das Schiff kennen Sie also auch", sagte er in einem seltsam nachdenklichen Ton und fügte hinzu: „Ich befürchte, ich habe Sie völlig unterschätzt. Dennoch haben Sie keine Chance, aus Ihrem Wissen Kapital zu schlagen. Mit Sicherheit werden Sie Kuo-shima nicht lebend verlassen. Sie wissen einfach zu viel."

Mit einem schnellen Blick überzeugte sich Lehn, dass die Wachen mit ihrem Opfer im Schlepptau noch ein Stück entfernt waren. Sie würden bei dem Widerstand, den die Frau an den Tag legte, noch einige Minuten bis zur Kommandantur brauchen.

„Wenn Sie meinen, dass ich die Insel nicht lebend verlasse, können Sie mir ja verraten, was aus dem Schiff geworden ist."

Schacht war jetzt anzusehen, wie er mit sich rang. Einerseits widerstrebte es ihm, ein Geheimnis preiszugeben, andererseits war da die Eitelkeit des Geheimnisträgers, der sich von dem Fragenden provoziert fühlte.

„Es wird auch Ihnen nicht verborgen geblieben sein", sagte Schacht schließlich überheblich, „dass die Boeing einen größeren Betrag Bargeld in Euros an Bord hatte. Zugegeben, Dollars wären uns lieber gewesen. Dieser Geldtransport war ja auch der ursprüngliche Grund, weshalb das Flugzeug entführt wurde. Das mit der Erpressung hat sich erst später ergeben."

Im Hintergrund wurde jetzt eine weitere Geisel angeschleppt.

Schacht nahm nur kurz Notiz davon. Stattdessen kam er auf die Nossi-Be zurück:

Er schien jetzt in Erzähllaune zu sein. „Nach der Landung haben wir das Geld gleich auf die Nossi-Be verladen, die jetzt in Richtung amerikanische Westküste shippert, wo wir mit dem Medellín-Kartell einen Deal abgeschlossen haben. Dort werden die Euros gewaschen."

Die Wachen mit der weiblichen Geisel im Schlepptau waren jetzt bedrohlich näher gekommen. Lehn durfte auf keinen Fall riskieren, dass sie in den Kugelhagel der Scharfschützen geriete.

So entschloss sich Lehn zu handeln.

Es galt jetzt das Codewort möglichst unauffällig zu übermitteln.

„Können Sie dieses unwürdige Schauspiel mit der weiblichen Geisel nicht unterbinden?", fragte Lehn.

„Nein", antwortete Schacht gnadenlos, zeigte aber immerhin Gefühl, indem er erklärte: „In Europa würde ich es vielleicht unterbinden, aber hier im weiteren Einzugsgebiet von Abu Sayyaf herrschen andere, archaischere Regeln als bei uns. Denen muss auch ich mich fügen. Wir müssen diese unschönen Exekutionen der Geiseln jetzt durchziehen! Es muss ein Exempel statuiert werden."

Auf das Stichwort hatte Lehn gewartet. So, als vollende er Schachts Worte, sagte er langsam, jede Silbe betonend:

„The show must GO ON!"

Er zählte die Sekunden. Plötzlich waren die roten Punkte der Laserpointer auf dem hellen Anzug von Schacht zu sehen. Nach fünfzehn Sekunden warf sich Lehn auf den Boden. Keine Sekunde zu früh.

KAPITEL 35

Die folgenden Sekunden, Minuten waren die Hölle gewesen. Er hatte am Boden gekauert. Einer der Terroristen war auf ihn gefallen. Lehn hatte das Blut des Mannes gespürt, wie es über seinen Arm tropfte und im heißen Sand versickert war. Der Lärm war unbeschreiblich gewesen. Vor allem die Einschläge in der aus Lehm bestehenden Vorderwand der Kommandantur waren ihm wie Hammerschläge erschienen.

Dann war plötzlich diese unheimliche Ruhe eingetreten. Diese Stille, die dem Tod geschuldet war. Lehn blinzelte mit den Augen. Als Erstes bemerkte er und spürte gleichzeitig den Körper des Terroristen, der halb auf ihm lag. Dann blickte er auf die Vorderwand der Kommandantur. Es war wie ein Wunder, dass die durchsiebte Wand die Dachkonstruktion noch trug.

Plötzlich die erlösende Stimme von Captain Lee in seinem Ohr. „Es ist vorbei!"

Alles in allem war es zu viel für Lehn gewesen. Er war ohnmächtig geworden. Nicht lange, aber doch lange genug, dass Captain Lee begonnen hatte sich Sorgen zu machen.

Die Geräusche des Ein- und Ausschaltens des Funkgerätes in seinem Ohr holten Lehn wieder in die Wirklichkeit zurück.

„Roger", flüsterte er. „Ich stehe jetzt auf."

Er musste all seine Kraft aufbieten, den Toten, der teilweise auf ihm lag, zur Seite zu wuchten. Dann erhob er sich und blickte sich um. Sah man von den fünf Leichen und der demolierten Vorderwand der Kommandantur ab, war kein weiterer Schaden zu erkennen. Wo auch?

Die Natur hatte wohl irgendwie die Fehlschüsse und Querschläger weggesteckt, absorbiert.

Vielleicht hatte es irgendwo den einen oder anderen Affen erwischt.

„Überprüfen Sie, dass die fünf tot sind", sagte sein Empfänger im Ohr.

Lehn beugte sich über die blutüberströmten Leichen. Die Scharfschützen hatten ganze Arbeit geleistet.

„Roger", flüsterte Lehn. Er spürte, wie ihm wieder übel wurde.

Er schaffte es bis in die Kommandantur und holte sich einen Stuhl nach draußen. Er wollte sich in den Schatten auf der rechten Seite des Gebäudes setzen und dort Captain Lee mit seinen Männern abwarten.

Aber er hatte seine Kräfte überschätzt. Die Hitze, die Aufregung, der Anblick der Toten. Das alles war zu viel gewesen. Er schaffte es gerade noch, sich auf eine Bank zu legen, wo ihn endgültig eine tiefe Ohnmacht einholte.

Im Unterbewusstsein meinte er das Rufen von Befehlen zu hören. Aber auch das ging vorüber. Als er endlich wieder aufwachte, er wusste nicht, wie lange die Ohnmacht gedauert hatte, stand Andrew Sim neben ihm, während ein Sanitäter sich an seinem Handgelenk zu schaffen machte. Wahrscheinlich, um seinen Puls zu fühlen.

„Er wird wach!", hörte er den Sanitäter sagen.

Andrew Sim beugte sich zu Lehn herunter. „Willkommen zurück in der Wirklichkeit! Sie haben Stunden geschlafen. Wir haben langsam begonnen, uns Sorgen um Sie zu machen."

Lehn richtete sich auf. „Wie ist die Lage?", fragte er noch etwas benommen.

Andrew Sim grinste. „Alles unter Kontrolle. Die noch lebenden Terroristen sind entwaffnet. Die beiden von Schacht eingeschleusten falschen Stewards sind identifiziert. Sie werden separat vernommen. Offensichtlich handelt es sich um zwei von einer anderen Fluglinie mit viel Geld geköderte Piloten, die für den technischen Teil der Entführung verantwortlich waren. Sie haben schon kurz hinter Penang die Boeing übernommen, nachdem die Terroristen die Besatzung ausgeschaltet hatten. Im Übrigen sind die befreiten Geiseln glücklich. Wir haben ihnen aus den Beständen der Boeing Champagner und Bier spendiert. Leider ist das Zeug total warm. Ansonsten bemühen wir uns mit Singapur den Abtransport der Passagiere von Kuo-shima zu organisieren."

„Und von Schacht geht definitiv keine Gefahr mehr aus?", fragte Lehn mit einer Spur Sorge in der Stimme. Offenbar hatte er den Anblick der fünf Leichen während seiner Ohnmacht verdrängt.

Andrew Sims Antwort war verhalten. Schacht und die anderen vier Verbrecher von Abu Sayyaf seien zwar tot, aber Schacht sei auch nur ein Neger gewesen, der die Drecksarbeit hatte machen müssen. Die wahren Schuldigen säßen ganz woanders. Vielleicht in Hongkong, vielleicht in Kuala Lumpur oder in Kota Kinabalu, mit Sicherheit aber auch auf Mindanao.

„Und wer bekommt dann die 50 Millionen Euro, die auf der Nossi-Be in Richtung amerikanische Westküste unterwegs sind? Wie Schacht mir gegenüber erwähnt hat."

Andrew Sim zuckte mit den Schultern, als wisse er es auch nicht. Das Einzige, was er sagen könne, sei, dass es nur zwei Möglichkeiten gebe. Entweder würde die Nossi-Be von der amerikanischen Coast Guard aufgebracht und das Geld sichergestellt, oder das Geld würde in Süd- oder Mittelamerika gewaschen und an einen der Paten in Südostasien zurücktransferiert. Natürlich mit einem gehörigen Abschlag.

„Also Ende gut, alles gut", meinte Lehn.

Jedenfalls, was die Passagiere betreffe. Singapur habe einen Bulker gefunden, der leer von Quingdao in China nach Australien zurücklaufe. Der Kurs des Erzfrachters führe „nicht weit" an Kuo-shima vorbei, wobei man den Begriff „nicht weit" so oder so auslegen könne. Die Reederei und der Kapitän hätten Bereitschaft signalisiert, die Passagiere aufzunehmen und in Rabaul auszuschiffen. Das Schiff werde morgen Abend auf der Reede von Kuo-shima vor Anker gehen, und die Übernahme der Passagiere könnte dann sofort beginnen.

„Und was ist nicht gut?", hinterfragte Lehn vorsichtig.

„Der Imageschaden, den diese Entführung angerichtet hat."

Aber letztlich habe doch die gute Seite obsiegt, widersprach Lehn und zählte auf: Die Passagiere befreit, Abu Sayyaf habe kein Geld bekommen, die Nossi-Be werde mit großer Wahrscheinlichkeit aufgebracht und das Geld sichergestellt werden. Der einzige Totalverlust sei die Boeing 777, die wohl zwischen einigen im 2. Weltkrieg zerstörten Nakajima-Bombern und Kokusai-Transportern auf Kuo-shima verrotten werde. Im Gegensatz zu den japanischen Flugzeugen sei die Boeing aber mit Sicherheit gut versichert gewesen.

Andrew Sim schmunzelte. „Sie haben ja Recht, aber Sie haben auch Unrecht. Objektiv ist alles gutgegangen. Aber was die Politik und vor allem die Presse daraus macht, bleibt abzuwarten. Warten Sie einmal ab, was

wir in Singapur in der internationalen Presse lesen werden. Da wird uns um die Ohren gehauen werden, dass
unsere Spezialeinheit wehrlose Terroristen abgeschlach-
tet hat, dass die anderen Staaten sich mit Recht nicht
an der Lösegeldzahlung beteiligt hätten, weil unsere
Sicherheitsbehörden versagt haben ... Na, und so weiter. So wird alles verdreht. Mich kotzt das alles an. Aber
eines verspreche ich Ihnen. Ich werde persönlich dafür
sorgen, dass Sie als Held aus dieser Geschichte herausge-
hen. Wenn es einen Helden in diesem Drama gibt, dann
sind Sie es. Denn nur Ihnen ist es zu verdanken, dass wir
Kuo-shima gefunden haben und dass die Befreiung ohne
Opfer bei den Geiseln vonstattenging. Außerdem haben
Sie sich eine anständige Belohnung verdient.“

„Das mit der Belohnung können Sie sich an den Hut
stecken. Ein Beamter der Hamburger Kriminalpolizei
darf keine Belohnung annehmen.“

„Ich werde darüber nachdenken“, meinte Sim lächelnd.
„Vielleicht gibt es einen anderen Weg. Denn Sie haben es
sich verdient.“

„Na, schauen wir mal“, antwortete Lehn hoffnungsvoll,
wobei er an sein Konto bei der Haspa dachte.

Voller Elan schlug Andrew Sim vor, die befreiten Geiseln zu besuchen. Sie hätten ein Recht darauf, aus erster
Hand zu erfahren, wie alles gelaufen sei und was sie noch
erwarte.

Andrew Sim, Commander Conway, Captain Lee und
Lehn machten sich gemeinsam auf den Weg zum Hangar. Dort angekommen, wurden sie von den Passagieren und der Besatzung stürmisch begrüßt. Nur mühsam
gelang es einigen Soldaten des Spezialkommandos, die

vier von den begeisterten Opfern abzuschirmen. Um sich besser Gehör zu verschaffen, erklommen Sim, Lee und Lehn einen alten Zementsockel, auf dem noch eine völlig verrostete Oerlikon-Flugabwehrkanone der Japaner montiert war.

Andrew Sim rief in die Menge: Er freue sich berichten zu können, dass morgen ein Schiff käme, um alle Passagiere und Besatzungsmitglieder aufzunehmen und sie nach Rabaul zu bringen. Er sei glücklich über diesen Augenblick! Glücklich, weil es den Sicherheitskräften der Republik Singapur gelungen sei, die Geiseln aus den Klauen der menschenverachtenden Terrororganisation Abu Sayyaf zu befreien. Sim machte eine Pause. Dann fuhr er fort: „Aber dieser Kraftakt wäre nicht möglich gewesen, wenn es nicht Menschen gegeben hätte, die im richtigen Augenblick am richtigen Ort waren. So möchte ich als Erstes Captain Lee als Leiter des Spezialkommandos danken!"

Andrew Sim musste Captain Lee fast mit Gewalt nach vorne schubsen, um ihn den dankbaren Geiseln zu präsentieren.

Captain Lee brachte nur ein „Hallo" hervor. Er war kein Freund von langen Reden. Seine Stärken lagen woanders.

Dafür klatschten und johlten die befreiten Geiseln umso begeisterter, bis Andrew Sim um Ruhe bat, um fortfahren zu können:

„Danken möchte ich auch Commander Conway von der Königlichen Australischen Marine. Er hat es uns mit seinem Minensucher ermöglicht, rechtzeitig Kuo-shima zu erreichen."

Wieder brandete Beifall auf.

„Last, but not least", Andrew Sim packte Lehn am Arm und dirigierte ihn an den vorderen Rand des Zementsockels.

„Last, but not least haben wir alle dem deutschen Polizisten Harry Lehn zu danken. Er war es, der durch seine Beharrlichkeit überhaupt erst Kuo-shima gefunden hat und so die Befreiungsaktion der Republik Singapur ermöglichte. Wäre er nicht gewesen, ständen wir heute mit Sicherheit nicht hier."

Andrew Sim umarmte Lehn und es sah fast so aus, als gebe er ihm einen Kuss auf die Backe.

„Er scheint den Deutschen zu mögen", raunte Conway Captain Lee zu, der aber keine Miene verzog. Er war kein Freund von Gefühlen.

Dann war Lehn an der Reihe, ein paar Worte zu sagen. Er reiche den Dank, den er soeben empfangen habe, weiter an den Professor der Germanistik Herbert Koller, einen der Passagiere. Professor Koller sei es gewesen, der den entscheidenden Hinweis gegeben habe. Professor Koller möge doch bitte nach vorne kommen, damit alle ihn hochleben lassen könnten.

Nach einigen Augenblicken drängte sich ein großer Mittvierziger durch die Reihen und erklomm mit einem sportlichen Sprung den Zementsockel des Flakgeschützes.

Er sei Herbert Koller, stellte er sich vor. Er sei gespannt darauf zu hören, welchen entscheidenden Hinweis er denn gegeben habe. Er wisse von nichts.

„Sie haben Ihrer Frau beim ‚Boarding' in Singapur am Telefon gesagt, dass Horst Schacht an Bord der Boeing war. Ihre Frau hat es uns erzählt. Das brachte dann die Lawine ins Rollen, denn Ihr früherer Bekannter, Schacht, stand nicht auf der Passagierliste."

Man merkte Herbert Koller an, dass er mit seinen Tränen kämpfte. Schließlich sagte er stockend, er habe während des Fluges schon mit seinem Leben abgeschlossen gehabt. Dann nach der Landung auf dieser Insel sei Hoffnung aufgekommen. „Wie heißt noch einmal diese Insel?", fragte er mit einem Zittern in der Stimme.

„Kuo-shima", klärte ihn Lehn auf.

Fast ergriffen sagte Professor Koller: „Für mich ist Kuo-shima: die Insel des zweiten Lebens! Es ist wie eine Wiedergeburt in ein zweites glückliches Leben."

Koller wollte schon von dem Zementsockel herunterspringen, als er sich noch einmal zu Lehn mit der Frage umdrehte: Was aus Schacht geworden sei?

Lehn dachte einige Sekunden nach. Dann antwortete er: „Um mit den Worten des ‚Gottseibeiuns' zu antworten, würde ich sagen: Er ist nun tot und lässt schön grüßen. Noch liegt er unbestattet im Sand auf dem Boden vor der Kommandantur. Aber warten Sie ..." Lehn stockte. Es dauerte etwas, bis er den eben gesagten Satz neu formuliert hatte: „Ich habe mich geirrt. Schacht wird Sie nicht grüßen lassen. Sie haben ihm das Geschäft zu gründlich vermasselt!"

KAPITEL 36

Anfang Juli trafen sich die Kommissare Perner und Koslowski nach Beendigung der Spätschicht auf ein Bier im „Blauen Papagei" in der Botmereigasse im Herzen St. Paulis. Der Tag war anstrengend, vor allem aber heiß gewesen, so dass das erste Bier nur so weggezischt war.

Sie erzählten einander von den Ereignissen des Tages, streiften ein wenig die Politik, belustigten sich über den nie enden wollenden Niedergang des HSV und landeten beim 1. FC St. Pauli, dem es auch nicht viel besser erging. Als die abgedroschenen Themen erschöpft waren, erinnerte sich Perner: „Weißt du noch, vor mehr als einem Monat, als wir hier im ‚Blauen Papagei' Harry Lehns Geburtstag gefeiert haben? Wie schnell ist die Zeit vergangen, in der unser Kollege zum Held der Hamburger Kriminalpolizei avanciert ist. Meine Güte!" Perner stockte, als denke er über etwas nach. Dann fuhr er fort: „Eigentlich müsste sein 30-tägiger Sonderurlaub, den er von Stahmer für besondere Verdienste bekommen hat, bald zu Ende gehen."

„Apropos Harry Lehn", fiel ihm Koslowski ins Wort. „Gestern traf ich bei einem Einsatz Paule Struck vom Sittendezernat St. Georg."

Perner hinterfragte, ob Paule Struck dieser Zwei-Meter-Mann sei. Denn er kannte den Kollegen Struck nur vom Hörensagen. Koslowski bestätigte das und fuhr fort, dass er von Paule Struck ein Lebenszeichen von Harry Lehn gehört habe.

„Erzähl!", antwortete Perner, der ja Assistent von Lehn war. Und fast ein wenig wie Freundschaft für Lehn empfand.

Koslowski wusste zu berichten, Paule Struck habe ihm erzählt, dass er vor einer Woche mit seiner Frau Helga einen Wochenendurlaub in Venedig über TUI gebucht habe. Als die Helga shoppen gegangen sei, um billige italienische Klamotten zu kaufen, habe er sich einen

Espresso auf dem großen Platz gegönnt. Dort, wo die vielen Tauben sind."

„War sicher der Markusplatz", unterbrach Perner.

„Mag sein", antwortete Koslowski. Er kenne sich mit den Plätzen nicht so aus. „Aber plötzlich sei wie aus dem Nichts unser Kollege Harry erschienen mit einer Traumpuppe an der Hand! Das Paar habe sich dann zu ihm gesetzt."

„Wat sagst du?", entfuhr es Perner. „Dabei ist unser Harry doch gar nicht verheiratet."

„Richtig! Paule sagt auch, die Puppe sei keine Deutsche, die sei Chinesin gewesen."

„Vielleicht hat er die in Singapur kennengelernt und sich mit ihr verlobt?", spekulierte Perner.

Koslowski schüttelte den Kopf. „Paule Struck sei nämlich der gleiche Gedanke durch den Kopf geschossen, weil die beiden sehr verliebt getan hätten. Aber aus der anschließenden Unterhaltung sei hervorgegangen, dass die Chinesin zum Dienst nach Singapur zurückgemusst habe. Sie sei nämlich ein Dienstgrad in der dortigen Armee."

„So eine schöne Frau in der Armee", resümierte Perner nachdenklich, fast ein wenig traurig.

„Das hat Paule auch gesagt. Und dann hat er noch gesagt, er hätte mal lieber in Singapur seinen Wehrdienst abgeleistet. Stattdessen habe er in Neumünster bei der 6. Panzergrenadier-Division gedient. Da sei das mit den Frauen nicht so umwerfend gewesen."

Sie lachten.

Überflüssigerweise fügte Koslowski hinzu, dass Paule Struck sich ja eigentlich nicht beklagen dürfe, denn der sei ja bei der Sitte, wo man ja immerhin die eine oder andere schöne Frau zu sehen bekomme.

Perner prustete vor Lachen, wobei er fast ein Drittel seines Biers verschüttete.

Als er sich beruhigt hatte, stand er auf und hielt Koslowski sein nur noch halb volles Bier entgegen. „Trinken wir auf den Helden unserer Hamburger Kripo, Harry Lehn, auf den wir Kollegen stolz sind, und hoffen wir, dass er noch einige schöne Tage mit einem Teil der glorreichen Armee von Singapur in San Marco verbringen kann! Prost und Rest!"

Sie leerten ihre Gläser, knallten sie auf den Tresen und fragten dann den Wirt nach der Höhe der Zeche.

„Das geht aufs Haus!", antwortete der Wirt. Auch der „Blaue Papagei" wolle sich an der Heldenverehrung von Lehn beteiligen.

Als Perner und Koslowski die Kneipe verließen, sagte Perner nachdenklich. „Hoffentlich folgt Lehn nicht dieser Frau nach Singapur, sondern kommt zurück zu uns nach St. Pauli. Ich würde ihn sehr vermissen. Aber ich glaube, er braucht St. Pauli genauso, wie wir ihn brauchen."